ハヤカワ文庫JA
〈JA1304〉

グランプリ

高千穂　遙

早川書房
8093

カバー／扉絵　石渡治

目次

競輪場の各コーナー名称

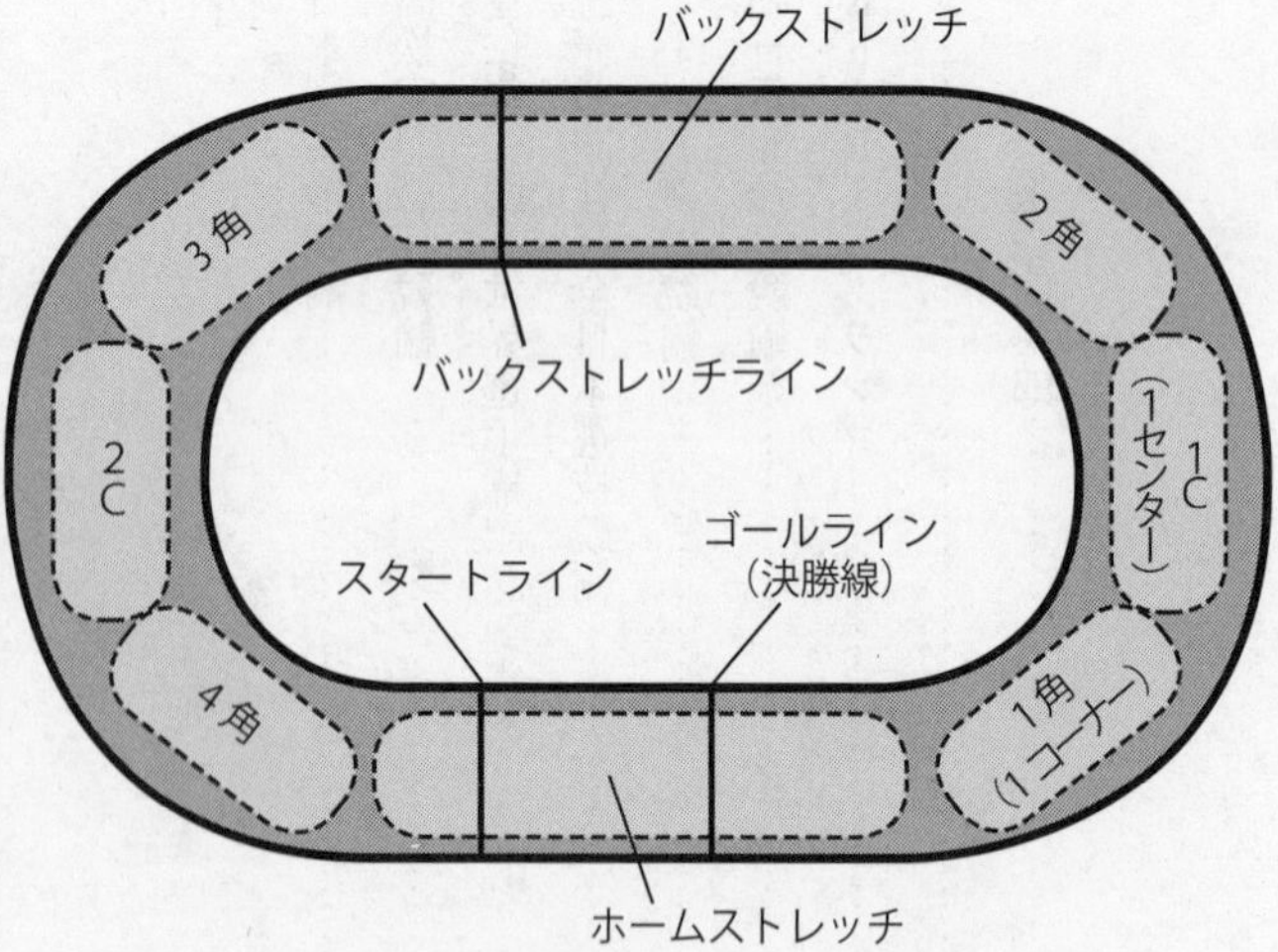

グランプリ

GRAND PRIX

第一章

日本選手権競輪

NIHON SENSHUKEN
KEIRIN

1

検車場がにぎわってきた。

三十分ほど前まではまだがらんとしていたが、いまはもうそこかしこに人垣がいくつもできている。検車員。開催レースの執務員。新聞記者、雑誌の編集者、競輪専門チャンネルのクルー。そして、日本中から集まってきた選手たち。今年初のGI前検日を迎え、立川《たちかわ》競輪場の空気がじょじょに熱を帯びていく。

「まこっさん、早いですね」

競技用自転車《ピスト》を組みあげ、三本ローラー台の脇にそれを立てかけようとしていた八十《やそ》嶋誠《じままこと》に、到着したばかりの選手が、声をかけた。瀬戸石松《せといしまつ》。広島の選手だ。派手な柄のオーダースーツの上に、イタリア製のコートを羽織っている。茶色く染めた髪は短く刈りこまれ、頭頂部だけがぴんと立っている。いわゆるソフトモヒカンだ。顔もからだも、相当にいかつい。

「余裕を見て家をでたら、あっという間に着いちまったよ」

八十嶋が言った。きょうは車で競輪場に入った。

「まこっさん、飛ばすから」

「ばか言え、超安全運転だよ。中央道がたまたまがら空きだったんだ」

八十嶋は苦笑した。瀬戸は選手仲間でも有名なスピードマニアだ。愛車はフェラーリとポルシェで、中国自動車道では、かれの前を走る車はないとまで言われている。

「大将は元気か？」

八十嶋は訊いた。安芸《あき》の大将こと清河一嘉《きよかわかずよし》は、瀬戸の師匠である。

「まあまあですね。いまでてますよ。地元のFⅡ戦。きょうが最終日です。選抜ですが」

「チャレンジだろ。もうそろそろ発走じゃないのか？」

「第四レースなんで、十一時四十分です。きのうは久びさに優参かというくらい、惜しい四着でした」

準決勝戦を三着以内で勝ちあがると、決勝戦に進出できる。輪界では、これを優参、あるいは優出という。

「五十三だっけ。よくやってるなあ」

「先月、四になりました。腰がよくないので、冬はきついとこぼしてましたよ」

「そうか」

八十嶋は小さくあごを引いた。清河には、若いころから世話になった。二十二年前、A級からS級にあがってすぐの開催だ。名古屋競輪場で関東の選手が八十嶋ひとりというレースにあたったとき、俺も前がいないと言って、うしろについてくれたのが広島の清河だった。二車ながら、清河は鮮やかな牽制《けんせい》で先行する八十嶋を援護し、最後は四分の一車輪差で、八十嶋を差した。準記念、いまでいうFI戦の決勝である。優勝選手インタビューで、勝てたのは八十嶋のおかげだと答え、清河は十歳年下の若手選手の脚を絶賛した。

「じゃあ、またあとで」

瀬戸が頭を下げた。ブランドもののキャリーバッグを引きずり、左手には紙袋を提げている。競輪場の門の前で、ファンに渡されたものらしい。東京の洋菓子店の名前が大きく印刷されている。

「おう」

八十嶋は右手を挙げ、検車場からでていく瀬戸を見送った。

瀬戸は、いったん宿舎に入る。そこで着替えて検車場に戻り、選手控室に荷物を置いて宅配便で配送されている自分のピストを受け取る。ピストは分解してハードケースに納められているので、検車前にケースからだして組みあげなくてはいけない。

あらためて、八十嶋はローラー台に向き直った。検車場の一角にローラー台が何台も並んでいる。すでに四、五人の選手がピストにまたがり、クランクをまわしてウォームアップをはじめている。

八十嶋は、自分のピストをローラー台に載せた。ミネラルウォーターのボトルを一本、ジャージのバックポケットに押しこみ、タオルをローラー台の手摺《てす》りにひっかける。サンダルをサイクリングシューズに履きかえ、ピストをまたいでサドルに腰を置いた。ペダルを踏む。ハンドルから手を放して上体を起こした。そのまま、ゆっくりとクランクをまわす。

「すみません。ちょっといいですか?」

甲高い、うわずっているような声が、八十嶋の耳に届いた。

左横のローラー台だ。その前に若い女性がひとり立っている。どこかの記者らしい。だが、見覚えのない顔だ。男女を問わず、競輪記者の顔はすべて記憶している。いつも同じ顔ぶれだから、自然に覚えてしまうのだ。今回のように大きな開催だと、記者の数は桁《けた》違いに増えるが、それでも同じだ。競輪取材に新人記者が入ってくることは、めったにない。

「けいりんキングの松丘蘭子《まつおからんこ》です」女性は名乗った。

「インタビューをお願いします」

お願いされているのは、綾部光博《あやべみつひろ》だ。この立川競輪場に所属している地元選手である。

三十八歳。そろそろベテランと呼ばれる年齢だが、それでも八十嶋よりも六歳年下だ。

「けいりんキングさん？」

綾部の表情に、とまどいの色が浮かんだ。『けいりんキング』は、業界唯一の月刊競輪専門誌である。

「いやどうも、おはようございます」

蘭子の横に、不織布のマスクをかけた男性記者が並んだ。背が高い。浅黒い肌に、短く刈りこんだ髪。防寒仕様のカメラマンジャケットを着こんで、大型のカメラバッグを肩にかけている。一眼レフのデジタルカメラを構え、ローラー台に乗る綾部の写真を一枚、撮影した。

この記者なら、八十嶋もよく知っている。赤倉達也《あかくらたつや》だ。マスクで顔の半分を覆《おお》っていても、すぐにわかる。けいりんキングの編集長だ。競輪記者歴は二十年。デビュー直後の若手を除けば、選手で赤倉の顔を知らない者はいない。マスクはインフルエンザ対策として、検車場に入る関係者すべてに着用が推奨されている。

「この娘《こ》、どうしたの？」

綾部が赤倉に訊いた。会話を交わしていても、脚は休めない。くるくるとクランクをまわしている。

「うちの新人です」赤倉が言った。

「きょうが初競輪場。初々《ういうい》しいでしょ」

「入り待ちの女子高校生がまぎれこんだのかと思ったよ」

熱心な競輪ファンが、前検日に競輪場にやってくる選手を門の前で待ち、到着したらサインをねだったり、プレゼントを渡したりする。それが入り待ちだ。開催が終わって帰路につく選手を待つ、出待ちという行為もある。

「顔も体形も幼児並みですからね」

大きくうなずき、赤倉は綾部の言《げん》に同意した。

「編集長、ひどい」

蘭子が赤倉を睨《にら》みつける。その表情が、さらに子供っぽくなった。

「ど素人ですから、とんちんかんな質問ばかりすると思いますが、これも経験、しっかり教えてやってください」

「辛抱強くね」

「そう。辛抱強く」

「すみません。よろしくお願いします」

蘭子がインタビューをはじめた。赤倉は頭を下げ、きびすを返した。

八十嶋の前にくる。

「ご無沙汰です」

カメラを構え、写真を撮った。ストロボが光る。

「京都ではお世話になりました」八十嶋が言った。

「レースはぼろぼろでしたけど」

一か月前、二月の頭に京都向日町《むこうまち》競輪場で東西王座戦がおこなわれた。日本を東西二地域に分け、それぞれの地域のトップを決めるGⅡレースだ。赤倉は、その特集で四十四歳になってもなおS級の上位に名を連ね、三年ぶりに決勝戦に進出した八十嶋を大きく扱った。

「いやいや」赤倉は首を横に振った。

「まさか、あそこで捲《まく》るとは思わなかったなあ」

「目標がないレースでしたからね。あの顔ぶれで、自力はたしかに無謀ですよ。でも、やるしかなかった」

山梨の選手会に所属している八十嶋は、地区としては関東になる。だが、その決勝戦に関東の先行選手はひとりもいなかった。やむなく、八十嶋は単騎を選び、スタート直後、強力無比の北日本ラインの四番手に入った。

「勝利への執念。しっかりと拝見しましたよ」

赤倉は言う。これは実感だ。お世辞ではない。前にでる北のラインに合わせての渾身《こんしん》の捲りは、結局、不発に終わった。ゴール手前で八十嶋は失速し、四着と敗れた。それでも、観客の多くは八十嶋に拍手し、賞賛の声をかけた。こんなことは、めったに起きない。

「ところで」

八十嶋が言った。

「あの新人さんだけど」あごをしゃくった。

「どっからさらってきたんです？」

蘭子を示した。

「ひどい物言いだ」赤倉は首を小さく横に振った。

「誘拐犯扱いされている」

「違うの？」

「たしかに、競輪にも、競馬にも、オートにも、競艇にも縁のなかった娘です。でも、むりやり連れてきたわけじゃない」

「もしかして、親戚とか？」

「近いかな。大学時代の友人の姪ですよ。専門学校のデザイン科をでたんだが、いい就職先がない。なんとかならないかって相談されまして」

「いまは、たいへんな時代ですからねえ」

「イラストを描いていたけど、写真と組み合わせたＣＧ作品が得意だったということでカメラも使えると聞いて、うちに入れることにしました。文章はまだぜんぜん書けませんが、これから仕込みます。競輪の知識とコミで」

「それで、いきなりダービーの前検日から投入？」

「人手が足りないんです。東西王座のあと、浅沼《あさぬま》が辞めて、アッコが出産。とりあえず、今回は早坂《はやさか》さんにきてもらうことにしましたが、あの人も六十五歳。地方は無理だって言ってます」

「GⅠ一発目が立川でよかったね。久留米《くるめ》や青森だったら、たいへんなことになっていた」

「まったくです」

やりとりが終わった。

じゃあと言って赤倉がその場を離れた。八十嶋は時計に目をやった。検車がはじまる時間だった。

2

指定練習走行から検車場に戻ってきた。

他の選手たちとともにバンクを周回し、一汗流してきた。三月に入って、暦《こよみ》の上では春になっているが、季節はまだ移っていない。冬型の気圧配置が二月末からつづいていて、きょうもきれいに晴れわたっているのに北風が強い。立川競輪場の最高気温は十度を切っている。

「どうですか？　八十嶋さん」

同じ山梨の涌山大輔《わくやまだいすけ》が声をかけてきた。二十六歳の若手だ。この日本選手権競輪が初GⅠ戦になる。

「ギヤが合わない」八十嶋は小さくかぶりを振った。

「少し下げてみる」

競輪で使われるピストという自転車には、固定ギヤが用いられている。一般的な自転車に装着されているフリーギヤとは異なり、このギヤは逆回転させると、そのまま車輪も逆回転する。当然、足を止めることはできない。走っている間はまわしつづけている必要がある。変速機能もなく、ギヤ比を変えるためには、クランク側のチェーンリングか後輪側のスプロケットを交換しなくてはいけない。

八十嶋は歯数が五十三丁のチェーンリングと、十四丁のスプロケットで検車を受け、指定練習に臨んだ。ギヤ倍数は三・七八五だ。

検車場の一角にピストを置き、八十嶋は作業をはじめた。倒立台にひっくり返したピストを載せ、チェーンを外す。

「失礼します」

横に誰かがきた。首をめぐらすと、覗《のぞ》きこむように松丘蘭子が八十嶋を見ていた。

「俺?」

八十嶋はきょとんとなった。けいりんキングの新人記者が、自分のところに取材にくるとは思っていなかった。

「インタビュー、させてください」

「綾部くんは? もういいの?」

「なんか、だんだん答えてもらえなくなっちゃって」

そうだろう。

八十嶋は内心でうなずいた。

「あたし、嫌われちゃったんでしょうか?」

不安げな表情を浮かべ、蘭子は言う。

「ちょっと違うな。綾部は、あまり人にものを教えるのに向いていない性格なんだ。天才肌で、直感的。今回は落車の怪我で欠場してるんだが、弟の俊博《としひろ》も競輪選手だ。あいつがデビューしたころ、しきりに嘆いていたよ。にいちゃんはなんにも教えてくれない。

指導してやるって練習をはじめたのに、いつの間にかひとりで走りまくっている。俺はいつも置いてけぼりだって」

「はあ」

「よく言えば、集中力が半端じゃないってことだな。練習に入ったら、何も見えない。他人のことは何も考えない。悪く言えば、自分勝手ってやつだ。長所でもあり、欠点でもある」

「ということは」

「たぶん、途中からあんたの話はまともに聞いていなかったと思う」

「そうなんですか」

蘭子はため息をついた。

「インタビューは受けてやるよ」八十嶋は言葉を継いだ。

「なんでも訊いてくれ」

「ありがとうございます」

蘭子の声が明るくなった。

「赤倉さんが言ってたよ。競輪のことは何も知らないんだって？」

「はい。知りません」

「……………」

「自転車でレースをしているというのは知ってます。あと、ギャンブルだってことも」

「綾部くんには、何を訊いた？」

「なんで、ブレーキがないのかとか、レースは何人で走るのかとか、きょうはなんのために集まっているのかとか」

チェーンリングの留めネジを六角レンチで外そうとしていた八十嶋の手が止まった。

「それは、たしかに綾部くんも逃げちゃうね」

短い間を置いて、言った。首をめぐらし、蘭子を見る。

「いま、たくさんの選手がそこで走ってましたよね。もしかして、あれがレースだったんですか？」

蘭子が言った。

「いやいや」六角レンチを握る右手を、八十嶋は左右に振った。

「きょうは前検日。レースはない。あれは指定練習だ」

「………」

「レースにはグレードがある。FⅡ、FⅠ、GⅢ、GⅡ、GⅠ。あとに行くほど格式が高くなり、賞金も高くなる。もちろん、出場できる選手も限られてくる。これからはじまる日本選手権競輪は、ダービーとも呼ばれていて、格式もめちゃくちゃ高い。勝った選手は、ダービー王だ」

「GⅠなんですね」

「そう。毎日、盆も暮れも正月もなく、日本のどこかでおこなわれているレースは、そのほとんどがFⅡ、FⅠ戦で、三日開催になっている。初日が予選。二日目が準決勝、最終日が決勝戦。ダービーはGⅠだから、ちょっと長くて、六日開催。その開催日の前の日に、選手は競輪場に集合する。そして、検車を受ける」

「さっきやってたことですね」

「ピストや用具を検査するんだ。競輪は公営ギャンブルだから、常に公正でなくちゃいけない。それで、ピストのフレームやパーツに歪《ゆが》みや傷がないかなんてことをしっかりと調べる。お客さんが大金を賭けた選手のピストが、レースの途中でいきなり壊れちゃったら、話にならない」

「そんなの、あたしも怒ります」

「というわけで、きょうはレースがない。検車のあとは練習して、記者会見なんかがあって、宿舎に入る」

「選手全員が？」

「全員だ。最終日まで、宿舎暮らし。競輪場の外には一歩もでられない」

「近くに住んでいる人は、家に帰っちゃうとか」

「できない。さっきも言ったように、競輪はギャンブルだ。選手が客と接触するのはご法度《はっと》になっている。公正さを保つためには、選手を宿舎に入れて缶詰にしておくしかない。外にでたら、誰とどこで会うか、いっさいチェックできないだろ。当然、携帯電話も預けることになる。インターネットも使えない。テレビは見られるけどね」

「じゃあ、今回は一週間、競輪場に入ったきりになるんですか？」

「長いんだなあ」

チェーンリングの交換が終わった。五十三丁が五十二丁になった。これでギヤ倍数は三・七一である。少し軽くなった。後輪を装着し、チェーンをかける。

「奥さん、さみしがりますね。お子さんも」

「…………」

「あ、すみません」かすかに曇《くも》った八十嶋の表情を見て、蘭子があわてた。

「お独《ひと》りじゃないと思って」

「そうだよ」グリスで汚れた手をウエスで拭《ぬぐ》いながら、八十嶋は言った。

「独り身じゃない。一応、嫁がいる。子供はいないけどね。たしかにさびしがっているかもしれないなあ。でも、それは結婚する前からわかっていたことだ。競輪選手の生活がどういうものか承知の上で、うちにきた」

「たいへんですねえ。競輪選手は」

「競輪だけじゃない。競馬もオートレースも競艇も、みな同じさ。この仕事は、こういうもの。何日かを宿舎の四人部屋で仲間とともに過ごし、開催が終わったら、またつぎの競輪場に向かう。開催と開催の間は、ひたすら練習だ。それが一年中つづく。俺は、もう二十年以上、この生活だ」

「八十嶋選手、まもなく特選の共同インタビューです」

ダービーの専用ジャケットを着た執務員が、八十嶋に声をかけた。

「おっと、もう時間だ」

工具をまとめ、八十嶋は立ちあがった。ダービーではシード選手二十七人が、特別選抜予選を走る。開催初日に一レース、二日目に二レースが予定されている。二日目の第十レースが八十嶋のでる特別選抜予選だ。初日はレースがない。

「共同インタビュー、行くかい？」

八十嶋が蘭子に訊いた。

「………」

蘭子はきょとんと首を傾けた。

言われたことの意味すらわかっていない表情《かお》だった。

3

第十一レースが終わった。

開催五日目。きょうの最終レースだ。三本目の準決勝戦である。

選手が敢闘門《かんとうもん》をくぐり、検車場につづく通路へと戻ってきた。三着までに入った選手を記者たちが取り囲む。コメントをとるためだ。勝った選手は、このあと観客の前にでて勝利選手インタビューを受ける。

瀬戸石松は三着で決勝戦に進んだ。

「きつかったあ」

通路の端でしゃがみこみ、サイクリングシューズを脱いで、裸足になった。同地区の若手選手がサンダルを渡す。鎖骨《さこつ》と脊椎《せきつい》を保護するために着こんでいたプラスチック製のプロテクターも外した。記者が瀬戸に向かって、デジタルレコーダーを突きだす。

「ついに優出ですね」記者のひとりが言った。

「捲りの石松は惜しくも不発でしたけど」

「須走《すばしり》くんの先行がすごかった」肩で呼吸《いき》をしながら、瀬戸は答えた。

「捲る気満々で行ったんだが、並ぶこともできなかった。二十二歳か。ありゃ、南関の宝だな」

瀬戸は五年前までは先行選手として、中国勢を文字どおり先頭に立ってひっぱってきた。だが、五年前、徹底先行をつづけることに限界を感じた。打鐘《だしよう》前から全ラインの先頭に躍りでて、二周近くを逃げきるような地脚《じあし》はもうないことを自覚した。しかし、追いこみには転向しない。自力を貫く。そこで、捲りを多用するようになった。ホーム過ぎからダッシュし、逃げるラインを一気に抜き去ってゴールへとなだれこむ。この戦法なら、まだ十分にトップ選手相手に通用する。

その目論見《もくろみ》は的中した。瀬戸の脚は、捲りに向いていた。三十三歳になったいま、瀬戸は捲りのスペシャリストと呼ばれ、高い勝率を常に維持している。展開さえぴしゃりと合えば、捲れぬ先行はいないとまで言われるようになった。

が、今回は違った。そうならなかった。

レースの展開は、ほぼ予想どおりに進んだ。

神奈川の須走良太《りようた》がレース前から先行することを表明していたので、展開予想は立てやすかった。中四国ラインが中団さえ獲れば、このレースは勝ったも同然と、瀬戸は思っていた。

スタートのトップを確保したのは、北日本勢の勝菊造《かつきくぞう》だった。ためらうことなく、誘導員の真うしろに入った。レースは一周四百メートルのバンクを五周する。そのうちの二〜三周は九人の選手がポジションを確保してから一列棒状で走り、後半の勝負に向けて動くタイミングを推し量る。さまざまな策をめぐらす。ゆっくり、淡々と走っているように見えるが、この時点で速度はすでに時速四十キロ前後だ。

誘導員は、その九選手の先頭に立ち、風よけになってレースのペースをつくる。もちろんレースには参加しない。

バンクには残り周回数を表示する表示パネルがあり、執務員が一周ごとにそれをめくっていく。残り三周を示す〝3〟が描かれたパネルは表面が青く塗られているので、青《あお》板《ばん》と呼ばれている。残り二周の〝2〟は赤く塗られた赤板《あかばん》だ。それぞれの周回を「青板周回」「赤板周回」とも言う。

九人の選手は三人ずつ三つのラインに分かれ、三列をつくった。先頭ラインが勝のひっぱる北日本。秋田の権藤《ごんどう》と、青森の江川田《えかわだ》がうしろを固めている。そのつぎが瀬戸、愛媛の土井《どい》、高知の横芝《よこしば》の中四国で、最後尾のラインが須走、馬部《まべ》、天童《てんどう》の南関東ラインである。馬部は静岡、天童は千葉の選手だ。

青板周回で、南関ラインが動いた。須走が一気に前にでて中四国ラインを抜き、北日本ラインの横に並んだ。いわゆる蓋をしたという状態だ。強力な先行選手である勝を牽制し、動きをしばらく封じておこうとしている。

赤板周回に入った。

あと半周で打鐘だ。鐘《ジャン》が打ち鳴らされる。須走が腰を浮かせた立ち漕《ダンシング》ぎで、さらに前へと進む。すかさず瀬戸も動き、天童の背後にぴたりとつく。

須走が勝を抜いた。直後、誘導員がコースから外れ、ジャンが鳴った。ここから、選手全員が全力疾走に突入する。

北日本ラインは、後方に下がった。おとなしく七番手以降に下がって、最後尾からレースの流れを見る。

須走が駆けた。ほぼ全開だ。先頭にでても、流そうとしない。残り一周半。六百メートルは長い。その六百メートルを、先行する須走はもがきつづける気でいる。

無理だ。もつはずがない。

瀬戸は、そう思った。いや、瀬戸だけではない。須走以外の八人全員が、必ず途中で須走は力尽きると見た。

ゴールラインのあるホームを通過した。あと一周だ。須走は快調に飛ばす。速度が落ちない。残り半周のバック手前で、瀬戸は満を持して捲りを放つべく、加速を開始した。

しかし、南関ラインに追いつかない。

須走が強い。この状況から捲れないとは、瀬戸は思っていなかった。だが、現実にいま、瀬戸は須走に力負けしている。

四角《コーナー》をまわった。あとはゴールまでの直線を残すだけだ。瀬戸は外にでて背後を振り返った。

うしろがいない。土井と横芝がラインから切れた。単騎で、瀬戸は南関勢を追う。直線に入ってすぐだった。天童が遅れた。立川バンクは四角から直線に入るとき、風の壁にぶち当たる。バンクを囲む施設の隙間から吹いてくる強烈な向かい風が、選手の行手を阻む。天童は、その風にやられた。

ゴールが近づく。瀬戸は天童をかわした。残るはあとふたり。須走と馬部だ。

ゴール手前で、須走の加速が鈍った。馬部が外から抜きにかかった。瀬戸は、さらにその外側にいる。

三人が、いっせいにハンドルを前方めがけて突きだした。ハンドル投げだ。最後まで諦めない。選手は一ミリでも多く進めとばかりに、ピストをゴールラインに向かって押しだそうとする。

三人が、ひとかたまりになって、ゴールラインを通過した。

馬部が手を挙げた。コンマ数秒の争いであっても、走っている選手には誰が勝ったのかがわかる。馬部が、須走を差した。瀬戸は車輪半分以上、届かなかった。失速した須走を抜くこともできなかった。

「調子は、どうなんです？」記者が瀬戸に訊いた。

「絶好調だと思いますか？」

「悪いとは言わない」瀬戸は首を横に振った。

「優出できたんだから、それなりに走れていると思う。しかし、絶好調ではないでしょう。そんなによかったら、きょうも須走くんを抜いている」

「これで決勝メンバーが出揃ったんですが」べつの記者が言った。

「この顔ぶれ、どう思います?」

「新鮮って言ったら、まずいかな?」瀬戸は、タオルでごしごしと顔を拭った。

「S級S班がふたりしかいない。今年のダービーは、落車がちょっと多かったね。優参できたふたりも、室町《むろまち》と綾部くんで、自力型が軒《のき》並み消えちゃった。これは、ぜんぜん予想してなかったなあ」

「落車といえば」年配の記者が言葉をはさんだ。

「清河さん、退院されたみたいですよね」

「もう?」

瀬戸の顔に、驚きの表情が浮かんだ。

清河一嘉落車棄権の報を聞いたのは、前検日のことだった。検車後の指定練習が終わり、検車場に戻ってきたとき、記者のひとりに教えられた。

「競《せ》りで飛ばされました。しかも、まずいことに、捲ろうとしていた3番車が横にきていて、それにからんだ」

競りは番手《ばんて》争いだ。先行選手が少なくて、ラインをつくることのできなかった追いこみ選手が、他のラインに割りこんで、有利な位置を獲ろうとする。狙われた番手の選手は、当然、抵抗する。体当たりや頭突きといった、格闘技もかくやという技を繰りだし、先行選手の真うしろを奪い合う。

この競りに、稀代のマーク屋といわれた清河が敗れ、飛ばされて落車した。

「骨は？」

瀬戸が訊いた。

「わかりません。いま問いあわせています。しかし、大将が競りであんなふうに飛ばされるところ、はじめて見ましたよ。飛ばすほうは何度も目撃してますが」

「…………」

その後、病院に運ばれたという情報が届いた。検査のため、しばらく入院することになったらしいとも言われた。骨折はなく、肩の脱臼《だっきゅう》と腰の強度打撲で、診断は全治二か月だった。

「退院直前、うちのカメラマンが携帯に電話したんですよ」年配の記者は言葉をつづけた。

「大将、引退を口にされたそうです」

「引退？」

瀬戸の動きが止まった。

「競りに負けたのがショックだったらしくて、こんな落車してるようじゃ、もうだめだなと言われたとか」

「うーん」

瀬戸はうなった。思いあたる節はある。昨年の夏あたりから、清河はほとんど勝てなくなった。清河の所属するA級3班は競輪選手のヒエラルキーにおいて、最下層である。ここで成績をあげられない選手は、自動的に解雇される。要するに、馘首《くび》だ。昨年暮れ、清河はその崖っぷちに追いこまれた。このまま低迷がつづいたら、解雇通知が、間違いなく送られてくる。そのことを清河は明らかに気にかけていた。

勝利選手インタビューを終えた馬部が、検車場に戻ってきた。

記者たちが移動する。今度は馬部を囲み、コメントをもらう。

瀬戸は立ちあがり、三本ローラー台まで歩いた。ローラー台の手摺りに、自分のピストが立てかけてある。若手が運んでおいてくれたのだ。瀬戸はローラー台にピストを載せて、サンダルを脱いだ。首にタオルを巻き、サドルにまたがって、ゆっくりとクランクをまわす。クールダウンだ。力を使いきった脚の筋肉をほぐし、疲労をあとに残さないようにする。

「あのお」

両手を放し、リラックスしてクールダウンをつづける瀬戸に、誰かが声をかけた。首をめぐらすと、少し離れたところに松丘蘭子がいた。前検日と異なり、レースがはじまると、記者の入れる場所にも制限が生じる。床に黄色と黒の線が引かれていて、そこから先に立ち入ることができない。蘭子は、その線の端に立っていた。

「八十嶋さん、どこにもいないんですが」

蘭子が言った。

4

松丘蘭子を瀬戸に紹介したのは、八十嶋誠だった。

初日のレースが終わり、一息ついたときである。

「おもしろい娘《こ》がまぎれこんでるぜ」

そう言われた。

そのおもしろい娘が、蘭子だった。

競輪体験二日目だという。それでも、立派なけいりんキングの記者だ。

「いろいろ教えてやってくれ」

　他地区とはいえ、師匠と親しい大先輩の八十嶋に瀬戸が逆らうことはできない。

　きょうのレースの感想を訊いてみた。

　それだけで、蘭子が競輪について何も知らないことが、はっきりとわかった。そもそも競輪体験の一日目は前検日である。レースを見たのは、ダービーの初日が生まれてはじめてだ。

「自転車って、あんなに速く走るんですね」

　最初の一言が、これだった。

　とりあえず、いまいちばん知りたいことを訊いてくれと、瀬戸はうながした。

「なんで、あんなふうに選手は並んで走るんですか？」と、蘭子は尋ねた。

「ふたりとか、三人とかで、ひとかたまりになってますよね。選手九人でレースをしているのに」

　ラインのことだ。

　ラインが何かをまったく理解できていない。

　競輪の競走は、他のスポーツ種目の競走と大きく異なっている。他のスポーツの競走は、そのほとんどが個人競技だ。団体競技ではない。マラソンも、百メートル走も、競泳も、スピードスケートも。リレーや駅伝は団体競技だが、同じチームの選手が同時に走ることはない。

競輪も基本的には個人競技である。だが、その中に団体競技——チーム戦の要素が色濃く含まれている。それがラインによる戦いだ。

出場する選手は、出走表が発表されると、それを見てラインをつくる。組むのは、同地区の選手たちだ。競輪では、日本を八つの地区に分けている。北日本、関東、南関東、中部、近畿、中国、四国、九州だ。

関東の場合、東京、茨城、栃木、群馬、埼玉、新潟、長野、山梨の一都七県の選手が同地区ということになる。

出場選手の地区構成に偏《かたよ》りがあり、同地区の先行選手がいないときは、近隣の地区の選手と組む。近隣の地区の選手も見当たらないときは、競輪学校の同期生や個人的に親しい選手などと組む。どうしてもだめなときは単騎となってひとりで走るか、他地区のラインに割りこみ、競る。ラインの軸となるのは、常に先行選手だ。先行選手が前を引き、追いこみ選手が他のラインを牽制したり、進路をふさいだりする。追いこみ選手は先行選手をマークして走るので、マーク屋とも呼ばれる。

ひとつのラインは三人でつくられることが多い。ふたり、四人ということもあるが、うしろがひとりだけだと、他の三人ラインに圧倒されやすくなる。また、ライン後方の者ほど勝てる確率が低くなるため、ラインが四人以上になることはめったにない。

そういったことを、瀬戸は蘭子に向かって話した。

「先行の人って、たいへんですねえ」蘭子が言った。

「風の抵抗を一身に受けて、うしろの人たちをゴールまで連れていくんですから」

「たいへんだね」瀬戸はうなずいた。

「若いうちは体力まかせでしゃにむに突っ走れるが、年食うと、なかなかそういうわけにはいかない。俺はぎりぎりのところで踏みとどまっているが、まあ、ほとんどの選手は追いこみに転向する。四十過ぎても徹底先行にこだわっている選手は尊敬に値するよ。福島の藤堂《とうどう》さんとか」

そこで時間が尽きた。瀬戸にも、いろいろとやることがある。いつまでも検車場で初心者講座をひらいてはいられない。とりあえず、八十嶋に対する義理も果たした。

三日目、四日目は、蘭子に会わなかった。いや、違う。正確に言えば、顔は見た。検車場を心細げにうろうろとしていた。だが、瀬戸は声をかけなかった。暮れにおこなわれるKEIRINグランプリの出場権がかかった今年最初のGIレースの真っただ中だ。新人記者に気配りするほどの心の余裕は、瀬戸にはなかった。

その蘭子が、自分から瀬戸の前にやってきた。

八十嶋誠を探していると言う。

「八十嶋さんって」とまどいの表情で、瀬戸は答えた。

「もうここにはいないよ」

「いない……」

「きのうのレース、見てなかったの？　第九レース。まこっさんは、二次予選で失格になったんだけど」

「失格、知ってます。放送で2番選手を押しあげたって言ってました」

押しあげは、自分の右側にきた選手を体当たりでバンク上方へと弾《はじ》き飛ばす行為だ。牽制のひとつだが、基本的に反則である。程度によって走行注意や重大走行注意といった処罰が課せられるが、著《いちじる》しく押しあげ、他の選手をふらつかせ、急激に後退させたときは失格となる。

「やりすぎちゃったんだね。規定以上に大きく押しあげちゃったから」

「規定……ですか？」

「初心者に教えるのはむずかしいんだけど、牽制で横に動く幅には規定があるんだ。内外線間の幅の四倍程度、押圧《おうあつ》または押しあげをおこなったら失格になるって。それにひっかかった。いい仕事をしたのに、残念だったなあ」

追いこみ選手がおこなう牽制行為を、競輪では〝仕事〟という。自ラインの先行を勝たせるいい仕事は、失格と紙一重だ。二次予選の八十嶋は、その一重の紙を破ってしまった。

「失格したから、きょうの出走表に八十嶋さんの名前がなかったんですよね」

蘭子が言った。

「失格したら、選手は即帰郷となるんだ」

「帰郷」

「荷物をまとめて、うちに帰れってこと」

「家に帰っちゃったんですか、八十嶋さん」

蘭子の目が丸くなった。

「きのう、全レースが終わる前にそそくさとね」

「そうだったんだ」

蘭子は顔を伏せ、はあとため息をついた。

「まこっさんに用があったのかな？」

「用というほどじゃないんですけど」蘭子はおもてをあげた。

「レースにでられないのなら、もっといろいろ競輪のお話を聞きたかったんです」

「それは残念だったねえ」

瀬戸は小さく肩をすくめた。

「瀬戸選手」執務員がやってきた。

「あと五分で、共同インタビューです」

「すぐ行きます」

瀬戸は右手を挙げた。

「決勝出場選手のインタビューですね」

蘭子が言った。

「でる？」

「隅っこで。邪魔にならないように」

瀬戸に訊かれ、低い声で、蘭子は答えた。

「じゃあ、また」

「はい」

クールダウンを終えてローラー台から降り、瀬戸は選手控室に向かった。控室は朝、宿舎をでてから夕方、また宿舎に戻るまでの選手の生活の場だ。大部屋で、ひとりあたり約一畳の空間が割りあてられている。そこで瀬戸はスウェットの上下に着替えた。

執務員がきた。先導され、移動する。

インタビュールームに入った。

数十人の記者、評論家たちと向かい合う形で、テーブルと椅子がしつらえられていた。執務員にうながされ、瀬戸は椅子に腰をおろした。テーブルの上には、マイクが置かれている。

最前列中央の席にいる記者がマイクを手にして口をひらいた。

「大都スポーツの田臥《たぶせ》です。幹事社として、わたしがまず代表質問をおこないます」

「よろしくお願いします」

瀬戸もマイクを把《と》り、頭を下げた。ストロボの光が交差する。テレビカメラもまわっている。

「瀬戸石松選手、この五日間を戦ってきての感想を、まず聞かせてください」

田臥が言った。

「きょうは不発でしたが、まあ捲りもそれなりに決まって勝ち残ってきたのですから、出来そのものはそんなに悪くないと言っていいと思います。しかし、きょうの須走くんにはまいった。あしたもあいつを捲らないとだめだと思うと、少し気が重くなります」

どっと笑いがあがった。瀬戸も笑った。五、六列に並んだパイプ椅子のうしろ、最後尾の壁ぎわに蘭子が立ってメモをとっているのが見える。真剣な表情だ。瀬戸の冗談に笑う余裕は、まだないらしい。

「あしたの並びですが、福岡の遠山《とおやま》くんが瀬戸さんのうしろにつくと言ってます。何か作戦の話はしましたか？」

「まだです。これからじっくりと考えます。ほかはどうなってます？」

「四分戦ですね。瀬戸、関《せき》、須走、綾部。関大五郎《だいごろう》くんの中部近畿ラインがいちばん長くて、三人です」

「中団がとれるといいかな。スタートは、遠山くんにがんばってもらいます」

「わかりました。質問は以上です」

「ありがとうございました」

瀬戸が一礼し、立ちあがった。

「つぎは馬部選手です」

執務員の声が響き、瀬戸はインタビュールームをあとにした。

5

選手宿舎に戻った。

まずは風呂に入って、汗を流す。それから夕食だ。

食堂に遠山岳彦《たけひこ》がいた。都合がいい。食べながら、あしたの話をした。スタートで、どの位置をとるか。他のラインがどう動いたら、どう対処するか。そういったことを雑談混じりに打ち合わせた。遠山は二期下の三十歳で、瀬戸はこれまでに二回ほど連携したことがある。仕事は悪くない。二回とも、瀬戸は連《れん》に絡むことができた。

「須走と関が叩き合うと思います」

遠山はそう展開を読んだ。徹底先行のふたりが主導権を奪おうとして意地を張り、絶好の捲りごろになるはずだと言う。

「ということは」

「いちばん怖いのは綾部さんです」

遠山は周囲を見まわし、声をひそめた。食堂には十数人の選手がいる。綾部の姿はない。だが、立川は綾部の地元だ。東京の選手は何人かいる。

食事を終え、瀬戸は自分の部屋に入った。

競輪選手の宿舎は、四人部屋になっている。テーブルとテレビが置かれた畳敷きの小部屋に、ベッドが四つ。それで一室になっている。相部屋になるのは同地区の選手たちだ。GⅠの五日目となると、すでに帰郷してしまった選手もいる。きょうは三人部屋だ。

部屋には誰もいなかった。まだ時間が早い。入浴したり、食事をしたり、洗濯をしている者もいる。マッサージを受けている選手もいる。サロンでくつろいでいる選手も多い。瀬戸のマッサージの予約は午後八時だ。あと一時間ほど余裕がある。

CSの競輪チャンネルできょうのレースのダイジェストを見ようかと思ったが、やめた。何がよくて、何がだめだったのかは、はっきりしている。あらためて確認する必要はない。

瀬戸は巣箱にもぐりこんだ。ベッドの上、カーテンで仕切られた自分だけの空間。それが巣箱だ。

仰向けに寝転び、手足を伸ばす。ベッドに敷いてあるマットレスは自分で宿舎に持ちこんだものだ。睡眠の質は、大きくレースに影響する。熟睡できない選手は勝てない。だから、愛用の寝具をわざわざ持ってくる。耳栓も用意するし、アイマスクをかけることもある。

スウェットのポケットから携帯音楽プレーヤーを取りだした。イヤフォンを耳にはめる。通信機能がなければ、電子機器の持ちこみに制限はない。液晶画面付きの携帯DVDプレーヤーやゲーム機も大丈夫だ。

仰向けに横たわり、好みのJポップを聴く。

目を閉じると、師匠の顔が浮かんだ。

入門したのは、十六年前だ。清河一嘉は三十七歳。そのときすでにベテランの競輪選手であった。

工業高校の自転車部員だった瀬戸は、二年生の夏に競輪選手になることを決めた。そのことを自転車部のコーチに告げると、元競輪選手だったコーチは、清河を紹介してくれた。競輪選手には弟子をとる人と、とらない人がいる。清河は前者だった。自宅横につくった練習場を道場と呼び、そこに十一人の現役競輪選手と三人の競輪選手志望者が通っていた。話はすぐにまとまり、瀬戸は高校在学のまま、清河道場の一員となった。

清河道場の練習は、瀬戸の想像をはるかに超えていた。厳しいと思っていた部活の練習だったが、道場でのそれと比べると、幼稚園のお遊戯並みでしかなかった。

トラック競技では、一般道路での練習を街道練習と言う。バンク練習は広島競輪場でおこなわれるが、街道練習はメニューによって行く場所が変わる。山の中に入り、距離五キロ以上の急坂を固定ギヤのピストで登ることもある。入門して最初の街道練習が、この登坂訓練だった。ピストに前後ブレーキを装着し、まず三十キロを走って練習コースに行く。ギヤ倍数は四十八丁×十六丁の三・〇だ。部活のバンク練習は三・五七前後でやっていたが、アップダウンのある街道練習となると、そこまでギヤ倍数を落とす。

この街道練習で、瀬戸は記憶が飛んだ。坂道でのダッシュ練習。四本目までは覚えている。だが、それ以降、何をしたのかは、いまに至るも思いだせない。気がつくと、瀬戸は清河道場の床に転がっていた。先輩たちに、ちゃんと自走して帰ってきたと言われたが、その記憶はまったくない。脚が痙攣《けいれん》し、腰から下の感覚もどこかに失《う》せている。立とうとしたが、立てなかった。結局、ピストと一緒に清河の車の後席に放りこまれ、全身硬直状態で、家に帰った。

翌日は筋肉痛でのたうちまわっていたが、練習は休ませてもらえなかった。朝、清河が車で迎えにきて、広島競輪場に連れていかれた。このときも、ウォームアップを兼ねた五十周の周回練習以外の記憶がほとんどない。しかし、一キロメートルタイムトライアルの記録は残っていた。一分十五秒。競輪学校合格には、ほど遠いタイムだった。

競輪学校には二度目の挑戦で合格した。

入学して、競輪学校の練習があまりに楽なので、驚いた。記録会のタイムは順調に伸びていったが、競走訓練での成績はいまひとつだった。

「勝敗は無視しろ。とにかく先行して、逃げられる限り逃げる。それだけをやれ」

そう清河に言われたからだ。

同じように先行にこだわる同期のライバルがいた。

名古屋の室町隆《たかし》だ。一発合格で入学してきた室町は一歳年下だったが、身長も体重も同期でトップという大型選手で、その走り方から入学と同時にダンプカーという綽名《あだな》をつけられた。

ダンプカーの室町と瀬戸は、卒業記念レースまで、先行争いを繰り広げた。結果として、どちらも在校十位以内には入れず、卒業記念レースも準決勝止まりになった。

卒業後、伊豆の競輪学校から広島に戻った瀬戸は、デビューまでの間、清河道場であらためて徹底的に鍛え直された。

デビュー戦は、圧勝だった。二着の地元選手に四車身の差をつけて勝った。二戦目、三戦目も逃げ切りで勝利し、瀬戸は実戦初場所を完全優勝で飾った。

瀬戸がS級に昇級したとき、清河がA級に陥落した。皮肉な入れ替わりであった。このおかげで、瀬戸は師匠の前を走る機会を逸した。特別競輪に師匠とともに出場し、先行して師匠をゴールまでひっぱりたい。瀬戸のその願いは、ついにかなわなかった。清河がS級に戻ることは、もうなかった。

「仕方がない」と、清河は笑った。

「俺んとこにくるのが、三年くらい遅かった」

清河が引退する。

いつか、その日がくることはわかっていた。それが、そんなに遠くない日であることも承知していた。

しかし、いざ本当にその日がきてしまうと、瀬戸は自分でも驚くほどに動揺した。

「石は、俺の最高傑作だよ」

雑誌で清河がそうコメントしているのを読んだことがある。

師匠にそう言われると、反発する選手もいる。自分は自分で努力してここまできた。師匠につくってもらったわけではない。

そのように思うらしい。

瀬戸は違った。

読んで、そのとおりだと納得した。

S級にあがるまでは、ただ清河に言われるままに走ってきた。徹底先行。その指示を愚直に守りぬいてきた。

S級にあがって十年目。壁に当たって勝てなくなり、捲りに転向するときも、瀬戸は清河に相談した。自分で勝手に決めることはしなかった。清河は一言「好きにやれ」と言っただけだった。だが、その一言が重かった。それがあって、はじめて戦法を変えることができた。気分を一新して、競輪に対峙《たいじ》することが可能になった。あの一言がなかったら、壁を越えられたかどうかわからない。越えたにしても、それはもう少し先になっていただろう。

「勝ちてえなあ」

瀬戸は目をあけた。頭の中では、女性シンガーの歌声が大音量で渦を巻いている。

グレードレース、むかしでいう特別、準特別競輪の決勝で瀬戸が勝ったことがあるのは、GⅡまでだ。GⅠは、全日本選抜競輪の三着が最高成績だ。三十歳だった。獲得賞金のランキングでKEIRINグランプリに出場できた。

GⅠで、勝ちたい。勝って、またKEIRINグランプリにでたい。もちろん、今度はグランプリでも勝つ。そして、その勝利を師匠の引退のはなむけとする。

「臭い話だ」

瀬戸は苦笑した。とんでもない人情芝居である。舞台かなんかで見せられたら、臭くて席を立ってしまう。とてもじゃないが、いたたまれない。そもそもGIの決勝もグランプリも、勝ちたいと思っただけで勝てるようなやわなレースではない。どちらも体験して、実感した。桁違いの実力と、尋常ではないツキ。そのふたつがそろって、ようやくなんとかなる。だが、なんとかなっても、かなうのはグランプリ出場までだ。グランプリで勝つには、もうひとつ、何かが要《い》る。

何かとは、なんだ？

見当もつかない。

「入ります」

部屋に、選手がふたり帰ってきた。岡山の選手だ。丹那《たんな》と根見川《ねみかわ》。どちらも後輩で、あしたは第二レースと第四レースを走る。

時計を見た。七時五十五分。マッサージの時間だ。

瀬戸は、うっそりとからだを起こした。

6

名前を呼ばれ、決勝出場選手が敢闘門からバンクにでていく。

日本選手権競輪開催六日目、第十一レース。

場内にファンファーレが響き渡った。華やかな曲が芝居がかったアナウンスとともに、
中央走路を通ってバンクを横切り、全選手がスタートラインに着いた。スタンドは半分以上が埋まっている。昨今は、GIといえども、スタンドが満席になることはない。これは入っているほうだ。さすがは立川競輪場である。

発走機にピストをセットし、観客席に向かって一礼した。野次と声援が激しく飛び交っている。ホーム側のバンクを囲んでいる金網前は観客が多い。人垣が、幾重にも重なっている。

瀬戸は4番車だ。例外もあるが、車番はおおむね競走得点で決まる。車券を買う客が予想を立てやすくするためだ。

選手はレースにでて順位を得ると、競走得点が与えられる。得点は、レースのグレードによって異なる。むろん、グレードの高いレースほど得点も高い。また、一般戦よりも、準決勝、決勝のほうが同じ順位でも得点が高くなる。競走得点は、A級S級といった選手のランクそのものに直結するので、ひじょうに重要な意味を持つ。

瀬戸の直近四か月の平均競走得点は百十四点だ。いまひとつ伸びていない。決勝出場選手の中では下から三番目にあたる。それで、4番車となった。通常、4番、6番、8番には競走得点下位の選手が割りあてられる。これを俗にヨーロッパと呼ぶ。いちばん競走得点が低い選手は6番だ。ユニフォームの色は緑。この色を、競輪選手はあまり好まない。

選手たちが、サドルにまたがった。瀬戸のとなりの3番車は室町隆だ。競輪学校では徹底先行を貫いてきた室町だが、デビューして五年目くらいに追いこみに転向した。そのほうが、自分の脚質に合っていると考えたからだ。

その判断は正しかった。追いこみに転向してから、室町はさらに強くなった。巨体を利しての牽制が強烈で、瀬戸も何度か飛ばされ、渾身の捲りを阻止された。いま現在の競走得点は、百二十一点。三千五百人いるといわれる競輪選手の中で、わずか十八人しかいないS級S班のひとりだ。

九人の決勝出場選手がスタートの号砲を待つ。1番、綾部光博。2番、都賀《つが》公平《こうへい》。3番、室町隆。4番、瀬戸石松。5番、池松竜《いけまつりゅう》。6番、関大五郎。7番、馬部敏春《としはる》。8番、遠山岳彦。9番、須走良太。

構えの声がかかった。

瀬戸は、ゆっくりと深呼吸をした。左横では、室町が両手で顔を覆い、しきりに何かつぶやいている。集中力を高めるための、いつもの儀式《ルーティン》だ。右横の池松は気合を入れるために大声を発し、すぐに前傾姿勢をとってハンドルを握った。

選手それぞれのスタート儀式が終わった。全員がハンドルをつかむ。いちばん最後が瀬戸になった。

瀬戸がハンドルを持った直後。

号砲が鳴った。

スタートした。九台のピストが、つぎつぎと発走機から離れていく。

関がダッシュした。一気に加速し、誘導員に追いつく。遠山が関につづいた。8番車という、位置取りには不利な車番だったが、強引に前にでた。

後続が、ひとかたまりになって前二車を追う。集団が前進しつつ細長くなる。遠山の前に、瀬戸が入った。遠山のうしろは綾部だ。その背後には池松。そして、須走、馬部が最後尾についた。関と瀬戸のあいだには、室町、都賀がもぐりこんだ。

位置取りが終わり、隊列が一列棒状になった。最初の駆け引きが、一段落した。

GIの決勝戦は、周回数が他のレースよりも一周多い。四百メートルの立川バンクを六周する。三周して青板、四周して赤板になる。

青板の二コーナーで、須走が動いた。アウト側にでて、じりじりと前に進む。馬部がついていく。綾部、池松も一緒に動く。

須走が関に並んだ。誘導員を先頭にして、九人の選手が二列になってバンクをまわる。そのまま赤板周回に入った。関は引かない。イン側で粘る。ともに徹底先行タイプで、負けん気が強い。

四コーナーを抜け、ホームを通過した。須走が強引に前にでようとする。それを関が突っ張る。行かせない。誘導が外れた。二列並行状態で一コーナーに進む。先行ふたりがもつれ合っている。

綾部が踏みこんだ。もつれ合いに伴う一瞬のゆるみを綾部は見逃さなかった。わずかな隙を衝《つ》き、力でねじ伏せるべく綾部はかまそうとした。だが、それを関と須走が許さない。ここで綾部をだしたら、終わりだ。

須走が抜けだした。関が遅れた。綾部ももがく。

瀬戸は池松のうしろにぴったりとつけていた。いける、と思った。このスピードをもらう。もらって、根こそぎ捲りきる。

再びホームを通過。

残り一周。捲るチャンスは、いまだ。

一コーナーと二コーナーの傾斜を利用してバンク上部に駆けあがり、山降ろしをかけた。瞬時に池松をかわし、かぶせるように綾部の前に飛びだした。バックで須走に並んだ。

綾部が瀬戸を追う。しかし、進路を須走がふさいでいる。須走は捲ってきた瀬戸を牽制すべく、横の動きで外にでた。綾部は須走のインをすくうしかない。だが、インには馬部がいる。強引に、綾部は須走と馬部の隙間をすりぬけようとした。

須走の後輪と、綾部の前輪が交差する。

火花が散った。耳障りな金属音が響いた。

接触《ハウス》だ。綾部の前輪が須走の後輪に接触した。

ふわりと、綾部のピストが浮いた。

もんどりうって倒れた。前輪を持っていかれると、二輪車は弱い。あっという間にひっくり返る。

馬部があおりをくらった。関も巻き添えになった。

馬部は前転し、関は横ざまに転んだ。コンマ数秒の出来事だ。ともに、よけようがない。

かろうじて、池松が外に逃げた。逃げたが、大回りになった。池松と並んでいた遠山も、それに合わせて外に行くしかない。二車が、ともに失速した。瀬戸から大きく離れた。

瀬戸は疾駆する。須走は後輪が壊れた。落車は免《まぬが》れたが、もうまともに走れない。先行を失った室町と都賀が、自力で瀬戸を追った。体勢を立て直した池松と遠山が、そのうしろにつづいた。

四コーナーをまわった。この時点で、瀬戸は室町に四車身の差をつけていた。立川の直線は五十八メートルと長いが、パワーを誇る室町といえども、この差はもう埋められない。

一着で、瀬戸がゴールした。二車身遅れて、室町が入る。三着は、二分の一車身で都賀公平。

瀬戸が右拳で天を突き、雄叫びをあげた。追いついてきた室町が、瀬戸の背中をてのひらで軽く叩いた。

ゆっくりとバンクをまわり、瀬戸はヘルメットを脱いだ。それを観客席に投げ入れる。

敢闘門に戻った。

同地区の仲間が、瀬戸を待っていた。電光掲示板には審議の赤ランプが灯っていて、結果はまだ発表されていない。審議対象は1番車の綾部と9番車の須走だ。綾部は落車棄権で、須走は着外となっている。審議がどうなろうと、瀬戸の優勝は動かない。

胴上げがはじまった。瀬戸のからだが、大きく宙を舞った。囲んだ記者、カメラマンがいっせいにカメラを向け、ストロボの光が夕闇を鋭く切り裂く。

「石松。ダービー王だぞ」

胴上げが終わり、記者の人垣を引き連れて検車場に向かう瀬戸に、先輩選手が声をかけた。

ダービー王。

まだ実感が湧かない。

場内放送がはじまった。上位三着までが審議対象となっていないので、このまま順位が確定すると言う。

4－3－2。

二車単で六千三百二十円。三連単では三万二千四百三十円となった。かなりの高配当である。

あらためて、同地区の選手の間からばんざいの声があがった。

瀬戸はチャンピオンジャージに着替えた。このあとすぐに表彰式がはじまる。賞金は六千六百万円だ。

ファンファーレが鳴った。

7

記者会見が終わった。

共同インタビューがおこなわれたインタビュールームだ。集まった記者たちが、いっせいに引き揚げていく。

だが、瀬戸はまだこの部屋に留《とど》まらないといけない。このあと優勝者への個別インタビューがある。

まずCS放送のカメラがセットされた。競輪専門チャンネルの番組だ。インタビューアーは、自転車世界選手権プロスプリントを十連覇したかつての名選手、野中一慶《のなかいっけい》である。いまはスポーツ評論家として、多方面で活躍している。

「師匠にいい報告ができるね」

野中が言った。小倉《こくら》競輪場に所属していた野中は、現役時代に何度も清河と連携している。

「ありがとうございます」

瀬戸は頭を下げた。

つぎにきたのが、BS放送の番組クルーだった。毎週放送されている自転車競技番組だ。この番組は以前、清河道場まで取材にきたことがある。女性キャスターが、瀬戸の話を聞いた。小さなモニターで録画映像を見ながら、レースを振り返った。このとき、はじめて実感が湧きあがってきた。間違いなく、瀬戸は勝った。ダービー王になった。

最後は雑誌の取材だった。けいりんキングである。インタビューをするのは、編集長の赤倉達也だ。ベテラン記者の早坂潔《きよし》がカメラを構えている。そのうしろには、松丘蘭子もいる。瀬戸と目が合い、小さくおじぎをした。きょうの蘭子はデジタル一眼レフカメラを手にしている。早坂の補佐という感じだ。

「やりましたね」

赤倉が言った。

「やりました」

瀬戸はうなずいた。

「田端《たばた》さんからメールがありました」赤倉はつづけた。

「清河さん、こっちにきちゃったみたいですよ」

「え？」瀬戸の顔色が変わった。頬がひきつり、声もわずかにうわずった。

「嘘でしょ」

田端秀勝《ひでかつ》は瀬戸の弟子《でし》だ。A級1班の選手で、いまはレースが入っていない。たぶん、地元にいる。退院した清河につきそっている可能性は十分に高い。

「昼前に届いたんです。これから大将が東京に行くと言ってるって。それ以降は、こっちが問いあわせても、返事がありません」

「昼前ですか」

瀬戸の表情が、もとに戻った。

たしかに、あの師匠だ。弟子がＧＩで優出したとなれば、怪我を忘れ、本場まで応援に行くと言いだしかねない。

だが、いまに至るも、清河の姿はどこにもない。きたという話も伝わってきていない。

時計に目をやった。午後六時二十五分。清河は飛行機嫌いだ。東京にくるのなら、新幹線だろう。となると、昼に広島をでたのでは決勝レースに間に合わない。

家族か田端が師匠を止めた。

たぶん、そんなところだ。腰の打撲で、新幹線の座席に四時間以上すわりつづけるのはむずかしい。肩の脱臼もあるから、横になることもできない。誰もが無理だと思う。ドクターもそんな暴挙は許さない。スタートに間に合わないのだから、おとなしく自宅で静養してましょう。瀬戸がその場にいたら、必ずそう言う。それは田端も同じだ。

「はじめてください」

赤倉に向かい、瀬戸は言った。

二十分ほどで、インタビューは終わった。読者プレゼント用のサインも、ウェアと色紙に書いた。

これで、優勝に伴うすべての儀式が完了した。

瀬戸は宿舎に行き、スーツに着替えて検車場に戻った。手にしているのは、もちろんブランドもののキャリーバッグである。

検車場は、がらんとしていた。もう検車員も選手も、ほとんど残っていない。ガードマンが数人と、執務員が何人かいるだけだ。

しかし、瀬戸があらわれると、どこからか記者たちが集まってきた。まだコメントがほしいらしい。

ピストを自分のハードケースの横に持ってきた。ピストはすでに入念な手入れがなされている。仲間がやっておいてくれた。瀬戸はピストを分解し、それをハードケースの中に納める。その間も、記者たちは質問をしつづける。写真も遠慮なく撮影する。

最後は雑談になった。すでに七時半だ。きょうは九時から六本木で祝勝会をやる。仲間がもう店を押さえていて、準備をととのえている。そろそろ行かなくてはならない。

ハードケースにカバーをかけ、宅配便に預けて、記者団と別れた。

選手管理室に向かう。

そこで、預けてあった携帯電話を受け取った。

コートを着て、キャリーバッグを引きずり、選手宿舎棟の外にでる。タクシーは選手管理に手配してもらった。ほどなくくるはずだ。さすがにもう、出待ちのファンの姿もない。

瀬戸は、携帯の電源をオンにした。六本木の先遣隊から連絡があるはずだ。

着信音が鳴った。メールの着信音だ。電源オフの間に何通か届いている。いつものことだ。きょうは、たぶんお祝いメールもたくさん入っているはずだ。

チェックした。

キーを打つ手が止まった。

メールの送信者は田端秀勝だ。件名に「東京駅に着きました」と記されている。

「あの馬鹿……」

つぶやきながら、瀬戸はメールの本文を読んだ。

大将が行くと言い張って制止できなかった。病院で車椅子を借りて、自分が一緒についてきた。これからタクシーで立川に向かう。

そういう内容だった。発信時刻は六時十八分。

タクシーがきた。反射的に目を向ける。迎車の文字が見えた。自分のために手配されたタクシーである。

瀬戸の前で、タクシーが止まった。ドアがひらく。ためらうことなく、瀬戸は財布から一万円札をだした。

「すまん。急用ができてしまった。乗ることができない。こいつで勘弁してくれ」

運転手に一万円を渡した。その金額に、運転手のほうがかえって恐縮した。

ドアが閉じ、タクシーが動きだす。瀬戸は、それを見送る。

さて、どうするか。

待つほかはない。師匠がここに向かっているというのなら、瀬戸はもう動けない。衿《えり》を立て、コートの前を合わせた。きょうは前検日ほど冷えこんではいない。

ヘッドライトが見えた。屋根の上で、社名表示灯も光っている。タクシーだ。止まった。助手席のドアがあき、男がひとり飛びだした。車体後部にまわる。トランクがひらいた。車椅子をだして、男はそれを路上で組み立てた。そのあいだに、後席のドアもひらく。

瀬戸はキャリーバッグを放りだして、タクシーに駆け寄った。後席のドアの前に立った。

「よお」

シートに腰を置く清河一嘉と目が合った。

「優勝、おめでとう」

清河は言った。

「用意できました。いま、そこから降ろします」

タクシーの脇に車椅子をセットした田端が、瀬戸の肩ごしに声をかけた。

「手え貸してくれ」

清河が言い、腕を伸ばしてきた。

抱きかかえるようにして、瀬戸は清河のからだを車椅子の座面に乗せた。田端が金を支払い、タクシーはその場から去っていった。

「まったくむちゃなマネを」

膝を折ってかがみこみ、瀬戸は清河の顔を覗きこむように見た。

「けっ、あいかわらずふざけた頭だな」

清河はあごをしゃくった。瀬戸の髪型に、清河はいつも文句を言っていた。茶色に染めたのも、ソフトモヒカンも、気に入っていなかった。

「先輩。ダービー王、おめでとうございます」

田端が横にきた。握手を求めている。

「ああ」

立ちあがり、瀬戸は田端の右手を握った。

「祝勝会、やるんだろ」

清河が言った。

「やりますが、まさか」

「そのまさかです」田端が言った。

「レースに間に合わんのなら、祝勝会だと怒鳴って、ここまできてしまったんです」

「師匠」

「仕方がないだろ」清河は肩をすくめた。

「一生に一度のことかもしれんのだから」

「タクシー、呼び直しましょうか」

「いや」田端の言葉に、清河はかぶりを振った。

「おまえ、車椅子を押してくれ。大通りにでて、そこで拾おう」

「自分が押します」

瀬戸が車椅子の握りに手をかけた。

「だめだ。石は俺の前を歩け」

「え？」

「きょうは、俺がダービー王のハコをまわるんだ」

「………」

なるほど。そういうことか。

瀬戸は得心し、黙って清河の前に立った。先行選手の真うしろにつく、いちばん有利な位置。それがハコだ。瀬戸は、ついにレース本番で清河に自分のハコをまわらせることができなかった。

歩きだす。田端が車椅子を押した。

「ジャンが鳴らねえなあ」

清河がぼそりと言った。

GRAND PRIX

第二章

高松宮記念杯競輪

TAKAMATSUNOMIYA KINENHAI
KEIRIN

1

「張ってるな」

草壁弘之《くさかべひろゆき》が言った。

「ぱんぱんだよ。岩みたいだろ」

室町隆が応えた。室町は、治療台の上で俯《うつぶ》せになっている。上半身裸で、ボトムはスウェットパンツだ。

その背中に、草壁がつぎつぎと鍼《はり》を刺していく。刺しては抜き、刺しては抜き、ツボへの刺激で、筋肉をゆるめていく。

「地元で落車ってのがいただけねえ」

横から、轟英心《とどろきえいしん》が言った。この治療院のあるじだ。背が低く、からだ全体が丸い。顔の半分が黒いひげで覆《おお》われている。

「三着でゴールしてからひっくり返るってのが、いかにも隆らしいよ」

草壁が笑った。

「おかげで、優出したのに決勝戦ではさんざんだった」うなるように、室町が言った。「まさかお調子ものの舘久仁夫《たちくにお》にしてやられるとは思っていなかったなあ」

ＧⅠレース、ＳＳシリーズ風光るが終わったのがきのうのことだった。ゴールデンウィークの最終日である。このレースは、Ｓ級Ｓ班の選手だけが出場できる。グレードはＧⅠだが、優勝しても、ＫＥＩＲＩＮグランプリの出場権は得られない。しかし、優勝賞金は副賞も含めて二千四百九十万円。この額は大きい。賞金を積みあげることでも、グランプリ出場権は確保できる。こういうレースは、確実に獲っておかなくてはいけない。ましてや地元名古屋競輪場での開催だ。競輪には地元三割増しというジンクスがある。名古屋競輪場をホームバンクにしている室町にとって、この開催は圧倒的に有利なレースになるはずだった。だが、準決勝戦の途中でいきなり降りだした雨に、すべての目論見《もくろみ》が狂った。ゴール直後に、優勝した舘と大接戦を演じた二着の才丸信二郎《さいまるしんじろう》の後輪が滑り、室町の前輪を払った。雨で濡れたバンクで、いきなり前輪をすくわれては、ひとたまりもない。室町は横ざまにばたっと倒れ、路面を滑走した。ゴール後の落車なので、もちろん審議にもならない。勝敗は、そのまま確定し、室町は決勝に進んだ。骨折はなく、打撲と擦過傷《さつかしよう》だけですんだのは不幸中の幸いだった。が、その負傷が決勝での走りに大きく響いた。脚が重く、踏みこむことがまったくできなかった。人気を背負いながら、室町は九着と惨敗した。飛び交う罵声《ばせい》の中、首うなだれて、室町は自宅に戻った。

一夜明け、室町は、からだのケアを開始した。

つぎのＧＩレース、高松宮記念杯競輪はひと月後の開催だ。それまでに、体調を完璧にしておかなくてはいけない。

名古屋の中村区若宮町にある轟治療院は、高校の自転車部時代から室町が世話になっている整体の治療院だった。

紹介してくれたのは、自転車部の監督である。部活ではなく、体育の授業のサッカーで足首をひねったとき、ここに行くように言われた。清洲《きよす》の自宅から中村まで、ＪＲと地下鉄で、室町は通った。学校から直接行った初日は、同じ自転車部の草壁がつきそってくれた。草壁は中村区の竹橋町に住んでいる。区役所の裏手にある草壁歯科の三男だ。室町が典型的なパワー系のスプリンターだったのに対して、草壁は地脚の強い持久系の選手としてロードレースとトラックレースにでていた。トラックレースは、四キロメートル速度競走や、個人、団体の追い抜きなどである。

その後、ふたりはしばしば轟治療院で整体治療を受けるようになった。治療の帰りに室町は草壁の自宅に立ち寄り、自転車やレースの話をした。また、連れだって、近くの名古屋競輪場に行き、競輪を観戦することもあった。

競輪選手になりたいと言いだしたのは、草壁のほうだった。二年生の秋のことである。

　ロードでの練習を終え、部室に戻って三本ローラー台でクールダウンをはじめたとき、室町と草壁はとなり合わせになった。まわしはじめてしばらくしてから、草壁が独り言《ひとりごと》のように、ぼそりと言った。

「俺、競輪学校に入る」

　一瞬、室町は草壁が何を言っているのか理解できなかった。

　ややあって、その意味に気がついた。

「プロになるのか、おまえ？」

　驚いて首をめぐらし、草壁の顔を見た。

「なる」草壁はきっぱりと言った。

「いっちゃん上の兄貴は歯学部に入った。すぐ上の貴兄《たかに》いも医学部めざして、浪人している。俺は勉強がだめだから、兄貴たちのマネはできない。けど、俺には脚がある。この脚で、俺は天下を獲る」

　天下獲り。

　その言葉を聞いたとたん、室町の背すじがうねるように跳ねた。首のあたりの毛がざわつき、逆立った。

　いつだったか、部員の誰かに、からかうように言われた。

　草壁は中村だから、秀吉だ。室町は清洲だから、信長だ。

単なる冗談だったが、妙に意識に残る一言だった。清洲の出で、信長だと言われたら、悪い気はしない。というか、むしろ血が騒ぐ。

「偶然だったな」知らず、室町の口がひらいた。

「俺も、競輪学校、受けるんだ」

「本当か？」

今度は草壁が室町の顔を見た。

「本当だ」まるっきりの大嘘だったが、そんなことはおくびにもださず、室町はゆっくりとうなずいた。

「愛好会にも入るつもりだ」

愛好会とは自転車競技愛好会のことである。名称は後にサイクルスポーツクラブと変わったが、当時は愛好会と呼ばれていた。競輪学校の予備校的存在といった組織である。室町が言っているのは、中部地区の愛好会のことだ。

「ふむ」草壁は小さく鼻を鳴らした。

「いつ入る？」

「どこに？」

「愛好会だ。いま入るって言っただろ」

「ちょっと親がうるさいんで、てこずっている」

室町は、もっともらしく答えた。さすがに思いつきで言っただけとは明かせない。

「じゃあ、俺と一緒に手続きしよう。正直言うと、俺もひとりだけっていうのは、ちょっと心細かったんだ」

「マジかよ」

「ああ」

最高の提案だった。弾みと勢いででまかせを言い散らしてしまったが、それがいきなり現実味を帯びた話になって室町のもとに戻ってきた。こういう予想外の展開は、大歓迎だ。

室町と草壁はともに愛好会に入り、高校卒業と同時に競輪学校へと入学した。室町は愛好会の指導にきていたA級選手の道元善康《どうげんよしやす》を師匠とし、草壁は師匠を持たなかった。

競輪学校の同期に、瀬戸石松がいた。

この男が、徹底先行を宣言していた。

おもしろい、と室町が受けて立った。

徹底先行は競走訓練の基本だ。

室町は道元にそう言われて、競輪学校にやってきた。どうやら、同じことを瀬戸も師匠に言われてきたらしい。

実戦形式でおこなわれる競走訓練で、室町と瀬戸は、常に先行を競い合った。そして、どちらも草壁に敗れた。

草壁は、強かった。ゼロ発進で千メートルを全力で走る一キロメートルタイムトライアル、通称千トラでは、常にトップタイムを叩きだしていた。草壁は、その強い地脚を利して、先行争いをつづける室町と瀬戸を最終バックで軽がると捲《まく》った。

あとはゴールまで、草壁ひとりが一気に突っこんでいく。叩き合った室町と瀬戸は、四コーナーを過ぎたところで失速する。これが、いつものパターンとなった。

草壁は、在校三位で競輪学校を卒業した。卒業記念レースでは優勝した。室町は二十八位で、瀬戸は三十一位だった。卒業記念レースは、そろって準決勝で敗退した。だが、卒業記念レースを観戦した道元は、室町の戦い方を絶賛した。これでいいと言った。だが、あとはデビューまでの半年で、しっかりと鍛えあげてやる。絶対に勝てるようにしてやると言いきった。

卒業記念レースを制した草壁は、中部の新星として扱われた。競輪マスコミの取材も、かれに集中した。

デビューまで一緒に練習しようと、室町は誘った。だが、草壁はそれを断った。

俺は街道中心に、独自の練習をする。

草壁は、そう言った。

デビュー戦を見て、室町は仰天した。

草壁が徹底先行に変身していた。初日は七車身の差をつけての圧勝。準決勝も三車身差で勝利。決勝はさすがに追いこまれたが、それでも二位以下を一車身以上離してゴールし、三連勝で優勝した。

打鐘《だしょう》前から二周近くひとりで駆けても、後続がまったく追いつかない。桁《けた》違いの先行力だ。

半月後、名古屋競輪場でのバンク練習で、久しぶりに室町は草壁と顔を合わせた。

「おまえと瀬戸に倣《なら》っただけだ」と、草壁は言った。

「おまえたちの叩き合いを一年見ていて、よくわかった。実戦で生きぬいていくのには、先行ができないとだめだ。だから、俺は自力で、徹底先行できる脚をつくった。街道で、そういう練習を毎日やってきた。俺は一気に上に行くぞ。連勝をつづけて、S級に特昇する。俺が戦う場所はあそこだ。B級A級の普通開催に興味はない」

「ほざいてくれるじゃないか」

自信過剰ともいえる草壁の言《げん》に、室町は苦笑した。

「天下を獲るんだぜ」草壁は引かなかった。

「このくらい吹けなきゃ、天下は奪えない」

そのとおりだ。心の中で、室町は大きくうなずいた。これは大言壮語ではない。大法《おおぼ》螺《ら》でもない。圧倒的な正論だ。

だが。

その野望は潰《つい》えた。

草壁の手は、天下に届かなかった。

2

「ゆるんだか？」

轟が草壁に訊いた。

「十分に」

室町の背中を指の腹で押し、その感触をたしかめながら、草壁が答えた。

「よし。じゃあ、かわる」

轟が治療台の前にきた。草壁がうしろに下がった。壁に手をつき、右足を引きずって、ゆっくりと移動する。右足は、膝から下がほとんど曲がらない。

一メートルほど進み、壁ぎわに置かれた椅子に、草壁は腰をおろした。

轟が、両手で室町の背骨を探る。脊椎《せきつい》の歪《ゆが》みを補正し、痛みや違和感を取り除く。

神技とまで言われた轟の整体手技だが、それでも草壁の膝を治すことはできなかった。

　事故は、街道練習のときに起きた。

　朝早く家をでて、養老《ようろう》山地方面へと向かった。自転車はロードレーサーだ。競輪選手の多くは街道練習でも前後ブレーキを装着したピストを使うが、草壁は必ずロードで行く。高校時代から、そうしていた。競輪選手になったからといって、いきなり方針転換はできない。自分で組みあげた練習メニューも、ロードで走ることが前提になっている。

　養老山地一帯は、名古屋、岐阜の自転車愛好家が好んで通う練習コースだ。とくに人気があるのが二之瀬峠で、近隣のヒルクライマーたちには、聖地のように扱われている。揖斐《いび》川《がわ》を越え、養老山地が目の前に広がりはじめたあたりだった。

　前方に大型トラックがいた。時速四十キロ以上で走っている。その背後に、草壁はついた。スリップストリームに入った。風圧が消え、逆に背後から押されるような感じで自転車が走る。加速し、速度がぐんとあがる。車間距離は二メートル以下だ。

　交差点に、ファミリーレストランがあった。

　そこから道路に乗用車がでてきた。あとから聞いた話だが、この乗用車が発進時に暴走した。原因ははっきりしていない。運転していたのは、八十二歳の老人だった。アクセルとブレーキを踏み間違えたのかもしれない。

　とつぜん飛びだしてきた乗用車を、トラックはよけきれなかった。あわてて右にハンドルを切ったが、乗用車の右フロントと、トラックの左フロントが激しくぶつかった。鉄板のかけらやちぎれた部品を撒《ま》き散らし、トラックが右に進む。その勢いに流されるかのように、乗用車も右折し、トラックとは逆方向に疾駆する。ボディとボディがこすれ合い、火花を散らした。

草壁の眼前から、トラックが消えた。かわりに、忽然《こつぜん》と乗用車があらわれた。乗用車は、草壁めがけて、まっすぐに突っこんでくる。

草壁の記憶は、そこで途切れた。

その先は、もう何も覚えていない。

気がつくと、病院にいた。母親が、かれの顔を覗《のぞ》きこんでいる。からだが、まったく動かない。言葉もでてこない。眼球だけが左右に動く感覚があった。

頸椎《けいつい》、鎖骨、肋骨《ろっこつ》、骨盤《こつばん》を骨折し、右の膝蓋骨《しつがいこつ》が粉砕されていた。当然、腱《けん》や靭帯《じんたい》もずたずたに切断されている。ヘルメットのおかげで頭蓋骨が守られ、即死を免《まぬが》れた。

手術を受け、しばらくしてからリハビリを開始した。幸い、全身麻痺《まひ》などの後遺症はでなかった。擦過傷や裂傷は、すぐに治った。

膝だけが、回復しない。激痛に耐えて、理学療法士とともにリハビリに励んだが、自転車に乗るどころか、まともに歩くこともできなかった。いや、ベッドからひとりで起きあがることさえ、かなわない。自力では、どうしても曲げられないのだ。

三か月後に退院した。それから、十か月にわたって、リハビリをつづけた。

競輪選手に戻りたい。なんとしてでも、バンクに帰りたい。

轟も力を貸した。持てる技術のあらん限りを使って、草壁の膝を治療した。

だが、奇跡は起きなかった。

一年後、草壁は諦めた。諦めたくなかったが、諦めざるをえなかった。少しでも動くきざしがあれば、まだ希望がある。粘ることができる。しかし、どれほどリハビリを重ねても、草壁の膝は、かれの意思に応えてくれなかった。

競輪選手を辞め、轟の勧めもあって、草壁は鍼灸《しんきゅう》の専門学校に入学した。一度気持ちを切り換えると、草壁の立ち直りは早かった。落ちこんでいても、事態は好転しない。ならば、積極的に第二の人生の道を確保したい。

三年後、国家試験に合格し、草壁は鍼灸師となった。技術に関しては轟の指導を直接受けて、合格時には、すでにプロとしてやっていけるレベルに達していた。轟は、草壁を自分の治療院の一員に加え、鍼治療をかれに完全にまかせた。

骨の鳴る音が小さく響いた。

轟が、室町の背骨をととのえていく。腰椎《ようつい》も、骨盤も調整する。

「瀬戸くんがダービー王か」

つぶやくように、草壁が言った。

「むかつくぜ」治療台で俯せになったまま、室町が応じた。

「俺は春一番でも風光るでもしくじっちまったのに」

SSシリーズ風光るの前に、広島競輪場で共同通信社杯春一番が開催された。GⅡのレースだ。地元ということで、ダービーからの連続優勝の期待が瀬戸に集まった。が、瀬戸も室町も不発に終わった。ふたりとも二次予選で敗退した。

「瀬戸は、きのうの俺と同じ気分だったんだろうな」室町は言を継いだ。

「地元開催はプレッシャーが大きい。それがいいほうに動けば、最高のレースになるんだが、しくじると泥沼にはまる。準優にすら乗れなくなる」

「早々とグランプリ出場を決めて、気がゆるんだのかもね」

「あるな」室町はあごを引いた。

「それは、絶対にある。あいつは、そういう性格だ」

「だったら、おまえはなんなんだ」轟が口をはさんだ。

「春一番がだめで、地元の風光るも勝てなかった。平塚記念は獲ったみたいだが、GⅢひとつきりじゃ、グランプリには届かない」

「だから、風光るは、落車のせいですよ。信二郎が滑らなかったら、俺が優勝してました」

「先生、隆は自動番組が苦手なんです」草壁が言った。「先行がいないんなら、むかしのように自分が先行して積極的にレースをつくるようにすればいいのに、すぐにどこかのラインにもぐりこもうとしてしまう。それでしくじるんです」

「んなことはない」

室町は上体を起こし、大声をあげた。

番組とは、開催されるレースに出走する選手の組み合わせのことである。通常は、どのレースにどの選手をだし、車番をどうするかを、日本自転車競技会番組編成課の職員が人為的に決める。それによって、選手の脚力や脚質、地区の偏《かたよ》りをなくし、レースをより公平なものにする。もちろん、ギャンブルとして当たりやすくするための配慮でもある。ラインがきれいに地区別に分かれてはっきりしていれば、予想が立てやすい。

自動番組編成は、出場選手の選考順位や抽選によって、番組が自動的に決まる。開催二日目以降の一部の種目を除くと、人為的な変更はいっさい加えられない。そのため、あるレースでは先行選手が九人中七人などということになったり、九人全員が追いこみ選手になったりする。あるいは中部の選手が六人もいるといったレースも出現する。二日制以上のGⅡレースとSSシリーズには、すべてこの自動番組編成方式が導入された。

「たしかに春一番の二次予選は、片岡《かたおか》の九州一車先行になってどうしようもなかったが、風光るはちゃんと勝ちあがった」

「舘くんの番手《ばんて》に入れてもらえたからね。それなのに、捲ってきた才丸くんにあっさりとどかされてしまった」

「………」

「あれは、本当にまずかったな」轟が言った。

「あれがなければ、落車もなかった。当然、決勝でまともに走れないなんてこともなかった」

「はいはい、そうです」悲鳴のような声を、室町は発した。

「みんな俺が悪い。俺がちゃんと走ってれば、どの開催も、みんな優勝していた」

「やけくそだな」

草壁が苦笑した。

「つぎは、やるぞ」うなるように、室町が言った。

「今年こそ天下獲りだ。信長になってみせる」

「久しぶりだな。隆の信長宣言は」

轟が言った。言って、室町の姿勢を横向きに変えた。

「車《デコトラ》のイラストを新しくしたんだ。安土城と濃姫《のうひめ》。スローガンは天下布武《ふぶ》だ」

「本当か？」

室町の言葉に、草壁が身を乗りだした。

「来週、完成だ。できたら、いちばんに拝ませてやる」

「いや、俺はいい」

草壁は首を横に振った。

「遠慮するな」

「遠慮じゃねえ」

「動くな。治療ができない」

轟が室町を押さえつけた。骨盤に肘を置き、体重を思いきり載せた。

「てててて」

室町が叫んだ。今度は、本物の悲鳴だった。

3

猿投《さなげ》の山道を室町が登る。勾配は五パーセントくらいだろうか。急坂とまでは言わないが、それなりに手応えのある斜度だ。自転車は、ロードではない。ギヤ倍数三・〇〇のピストである。街道練習専用に誂《あつら》えたもので、最初から前後ブレーキが装着されている。

朝六時に、草壁が車で室町を迎えにきた。左足だけで運転できるように改造された身体障害者用のワンボックスカーだ。草壁の愛車である。

三年前、二十九歳のときに、室町は草壁と専属トレーナー契約を結んだ。

トレーナーになってほしいと言われて、草壁は驚き、とまどった。

「こんなからだになった俺の生活の面倒でも見てやろうということか？」

草壁は訊いた。

「違う」と、室町は首を横に振った。

「本気でおまえの力を借りたい。デビューしたとき、俺はおまえのトレーニングメニューを見てぶっ飛んだ。師匠も俺も、あそこまできめ細かいメニューで練習するなんてこと、考えもしなかった」

「ふむ」草壁は鼻を鳴らし、小さく肩をすくめた。

「まあ、ひととおりは勉強したからな。競輪学校での練習だけじゃ、絶対にプロデビューしたら、やっていけなくなると思って」

「あのメニューは、おまえがひとりでつくったんだろ？」

「そうだ。自分の脚質、体力、筋力、性格、心肺機能のレベルなんかをデータ化して、どこをどう鍛えればいいのかを徹底的に調べた。もちろん、俺が通っていたフィットネスクラブのコーチにも相談し、アドバイスをもらった」

「俺には、そういうメニューがなかった」室町は言った。

「おまえも知ってのとおり、俺の師匠は道元善康だ。ちょっと古いタイプの競輪選手で、どうしても精神論や根性論が優先してしまう」

「とにかく走れ。とにかくもがけ。毎日休まず、夜明けから練習しろってやつだな」

「ああ」

「そういうの、けっして悪くはない。若いときには、そんな練習も必要になる。実際、俺も集中的にその手の練習をする時間をとった。クラブのコーチは非合理的だと眉をひそめていたが、あえて、俺は採用した」

「でも、そればっかじゃな」

「いつか限界がくる」

「みごとにきたよ」室町は苦笑した。

「あっという間に先行できなくなって追いこみに転向。転向後は、しばらくまあまあだったが、最近はぜんぜんだめだ。ここらで根本的に肉体をつくり変えないと、間違いなくやばいことになる」

「へたすると、三十を待たずに引退だ」

「やなことを言うな」

「競輪チャンネルの放送で、おまえのレースはほとんど見ている」草壁は言葉をつづけた。

「たしかに、ぜんぜんだめだ。まったく走れていない。番手の仕事も満足にできていない」

「来期はS2だよ。マジにまいっている。まさか降班するとは思っていなかった。青森記念の落車が響いているんだが、原因は、それだけじゃない」

「そもそも、あの落車からして、脚が落ちていることから起きたんだ」

草壁は、鋭く指摘した。

「…………」

「先行についていけなくなり、捲ってきた暮林《くればやし》を強引に押しあげたら、前輪がからんでひっくり返った」

「鎖骨を折って、失格だよ。おまけに骨盤も少し歪んでしまった」

「轟先生も、あれを治すのには苦労したとぼやいていた」

「面目ない」

「…………」

腕を組み、草壁は口をつぐんだ。

ややあって、低い声で言った。

「わかった」

「？」

室町は、草壁の顔を見た。

「わかったと言ったんだ」草壁は声を高くした。

「やってやるよ。おまえのトレーナー」

すぐに契約を結んだ。

口約束ではなく、室町はちゃんと書類をととのえた。友人同士の中途半端な狎《な》れ合いではない。これは、プロとプロが手を組む、本格的なトレーニングプロジェクトだ。

それから三年。

室町は、鮮やかに復活した。一期でS級1班に戻り、翌年はGⅡの共同通信社杯を制し、オールスター競輪でも二着に入って、獲得賞金八位でKEIRINグランプリ初出場をもぎとった。つぎの年も順調に賞金を積みあげて、S級S班の位置をしっかりと確保した。しかし、賞金獲得順位は十四位で、グランプリ出場はかなわなかった。

賞金を稼ぐだけではだめだ。

GⅠに勝って、グランプリで優勝する。そのときはじめて、室町の天下獲りが現実のものになる。

今年、草壁が室町のために作成した練習メニューは、これまでになく厳しい。年間スケジュール、月間スケジュール、週間スケジュールに細分化されたそれは、睡眠時間、練習時間帯、食事の内容と摂取時刻まで、厳密に定められている。

「おまえは俺で、俺はおまえだ」と、草壁は言った。

「何があってもグランプリを獲るというのなら、俺はこういう生活をして、これだけの練習をする。だから、おまえのために、このメニューをつくった。やれるか？」

「やるも何もない」室町は即答した。

「おまえは、俺が選んだ俺のトレーナーだ。そのトレーナーがやれということは、すべてやる。そうでなかったら、おまえにトレーナーを頼んだ意味がない」


「あと二キロ」

草壁のワンボックスカーが、室町のピストの背後にやってきた。声が飛ぶ。坂道での高負荷練習だから、速度が遅い。時速五キロ以下だ。じりじりと、這うように室町のピストが山道を登る。

苦悶《くもん》の表情を浮かべ、室町は弱々しく首を縦に振った。すでにこの坂道を三キロ近く登ってきた。目いっぱい追いこんでいて、言葉を返す余裕はない。五月の陽光が、じりじりと背中を焼く。全身、汗だくだ。

ワンボックスカーが室町を抜いた。加速して視界から消えていく。途中でUターンして戻ってくる。そして、また下からあがってきて室町に向かい、声をかける。そのたびに、草壁は室町の様子をうかがう。水分補給などができる練習ではないので、脱水症状が見られたら、即座に中止だ。

二十分後。

登坂が終わった。室町がゴールした。

ペダルのクリップバンドをゆるめるのももどかしく、室町がピストごと道路脇の叢《くさむら》に倒れこんだ。

草壁が車を停めた。

運転席から降りて、ピストを道路の外側に移す。室町は仰向けになったたまま、身動きできない。目を閉じて、肩で呼吸《いき》をしている。

スポーツドリンクのボトルを室町に渡した。

「すぐに飲め」

草壁が言う。

飲めと言われても、飲める状況ではない。意識が飛びかけている。

草壁は室町の背中を起こし、その顔に冷えたボトルを押しつけた。

室町が目をあけた。右手でボトルを握った。

スポーツドリンクを飲む。むせないように草壁が手を添え、流量を調整した。飲み終えると、また室町はひっくり返った。胸が大きく上下している。呼吸がととのうまでに十分ほどかかった。室町が自力で起きあがり、あぐらをかいた。

「効いたあ」

かすれた声で、そう言った。

「下でダッシュを五十本やってから、これだからな」草壁が言った。

「街道練習は、きょうで終わる。あしたからバンクだ」

高松宮記念杯競輪まで、あと一週間。FⅡ開催があったので、この四日間、名古屋競輪場は練習に使えなかった。そのぶんを、草壁は街道での集中練習にあてた。

「聞いたぞ。玉垣《たまがき》を呼んだんだって？」

「ああ」草壁はうなずいた。

「宮杯には玉もでる。あいつのGⅠデビュー戦だ。勝ちあがってきたら、おまえとの連携もありうる。ここは一発、合同練習でラインを仕上げておきたい」

玉垣昌平《しょうへい》は、豊橋競輪場に所属するS級1班の若手選手だ。果敢な先行で昨年の後半から成績をあげ、宮杯の出場権利をつかんだ。持久力はいまひとつだが、強烈なダッシュ力は、若手随一と言われている。

「番手で切れるわけにはいかないな」

室町は立ちあがった。

ピストを起こし、サドルにまたがった。

「そういうことだ」

草壁も運転席に戻った。

「うりゃあ」

一声叫んで、室町はペダルを漕ぎだした。これから山道を下り、自走で清洲の家に戻る。草壁がつくったトレーニングメニューには、こう書かれていた。

帰宅するまでが、練習だ！

4

名神高速道路を八日市《ようかいち》インターチェンジで降りた。

安土山に立ち寄るためだ。

室町がハンドルを握っているのは、二トンのアルミバントラックである。

もちろん、ふつうのトラックではない。車体のルーフや窓まわり、バンパーなどをステンレスプレートに交換し、赤、青、黄色のライトを、そこに埋めこんでいる。いわゆるデコレーション・トラック——通称デコトラだ。荷台のアルミパネルには極彩色で安土城と織田信長、濃姫が描かれている。

室町は、デコトラマニアだった。

小学校三年生のとき、父親に連れられて見にいった映画で、室町はデコトラの魅力に取り憑《つ》かれた。子供が見るような映画ではなかったが、室町の父親は、そういったことに頓着《とんじゃく》しなかった。妻に「たまには息子をどこかに連れていってよ」と言われ、好きな競輪に行こうとしたら、「それはだめ」と拒否された。そこでやむなく行ったのが、名古屋の栄《さかえ》にある映画館だった。

翌日、室町はデコトラのプラモデルを買ってきた。このプラモデルを、ひと月かけて組みあげた。デコトラのプラモデルは、その後も増えつづけ、三十二歳になったいまになっても、新作がでると必ず購入している。将来なりたい職業は、中学を卒業するまでデコトラの運転手だった。高校で自転車部に入ったことにより、その希望は競輪選手に変わってしまったが、デコトラの運転手になる夢は捨てきっていなかった。そして、ついに昨年、専門ショップに赴《おもむ》いて、室町はデコトラをオーダーした。積載量は、用途を考慮して二トンにした。車体が一般的なデコトラよりもかなり小さいが、トラックはトラックだ。そのぶん思いきってドレスアップに予算をつぎこみ、特注のパーツを数多くそろえて、目いっぱい飾りたてた。

競輪選手に、自動車マニアは多い。そのほとんどがヨーロッパのスポーツカーを買うが、巨大排気量のアメリカ車を好む者も少なくない。人気があるのは、キャデラックだ。とくにスポーツワゴンは、ピストを運ぶのにも適していて、何人もの選手が愛車にしている。

そういったカーマニアの中にあって、室町のデコトラはことさらに異色だった。はじめて乗っていったのは岸和田記念競輪だったが、関西の競輪ファンから大喝采《だいかっさい》を浴びた。選手仲間は目を丸くし、あきれたり、爆笑したりした。新聞、雑誌の記者がデコトラを取り囲み、その写真はスポーツ新聞の紙面と、競輪雑誌のグラビアに掲載された。

JRの安土駅を過ぎると、安土山は、すぐ目の前だった。

この山に織田信長の安土城があった。

天下布武を標榜する室町にとって、安土城は、その象徴的存在である。

山のふもとでデコトラを停め、室町は運転席から降りて山頂を見上げた。

城は明智光秀の謀叛により、あっけなく焼け落ちた。信長の天下布武の夢は、そのとき霧散した。

この山を見るためだけに、室町はここにきた。

何があっても、俺は俺自身の天下布武を成し遂げる。

その決意を持って、宮杯に臨む。

もちろん、安土に寄ることは草壁にも話していない。言えば、何を子供じみたマネをと笑われるのが落ちだ。自分でも、そう思っている。だが、室町は何ごとも本気だ。デコトラに乗るのも本気だし、天下布武を口にするのも本気だ。そもそも草壁にトレーナーを頼んだのは、本気で天下を獲りたいと願ったからだ。輪界の頂点に立ちたいと切望したからだ。

グランプリ。

二年前に初出場したときは、完全に舞いあがっていた。あの雰囲気に完全に呑まれてしまい、何がなんだかわからないうちにレースが終わっていた。

あんなぶざまなレースは、もう二度としない。

だから、どうしても出場権を勝ちとりたい。あの場所に、もう一度立つために。

室町の背後で、車が停まった。

十二トンオーバーの大型トラックだ。デコトラというほどではないが、運転席まわりを少し派手に飾りたてている。

窓からドライバーが顔をだした。

「あんた、競輪の室町か?」

大声で訊いた。年配のドライバーだ。室町の父親くらいの年齢に見える。

「そうです」

室町は答えた。

「やっぱりな。そいつを見て、あんただと思ったよ」ドライバーはあごをしゃくり、室町のデコトラを示した。

「キングに写真が載ってた。あんときとは絵がちょっと違ってるみたいだが」

「描き直したんです。ついこのあいだ」

「宮杯だろ。大津びわこに行くとこだな」

「ええ」

「絶対に勝ってくれ」ドライバーは、さらに声を張りあげた。

「こいつを運んだら、俺も応援に行く。俺たちの仲間は、みんなあんたのファンだ。トラック乗りで、あんたを知らないやつはいねえ」

「ありがとうございます」

室町は頭を下げた。

「じゃあな」

トラックが動きだした。エンジンを響かせ、室町の眼前から姿を消した。

よかった。

と、室町は思った。

デコトラを買って、よかった。

これで競輪場に行って、よかった。

雑誌に載って、よかった。

こうやって、あらたな競輪ファンが生まれていく。

いま、競輪は危機的状況にある。

客は年々減りつづけ、車券の売り上げも、大きく落ちている。

ただ一所懸命走っているだけではだめだ。選手全員が、そのことを自覚している。

だが、具体的に何をすればいいのか。それは、室町にもわからない。わからないが、何かをしたい。

目立つのも、プロの仕事だ。

そう思い至った。目立つ。話題になる。多くの人の目に触れる。

それなら、室町にもできる。

つぎは、かれらファンの期待に応えることだ。

レースに勝つ。

身銭を切って購入してくれた車券を無駄にさせない。

まわり道して、安土にきた甲斐があった。やるべきことを、あらためておのれの意識に刻みこむことができた。

「子供じみたマネじゃないぞ。草壁」

室町は、小声でつぶやいた。

デコトラに乗った。

名神高速には戻らず、琵琶湖大橋を渡って、百六十一号線に入った。このコースで大津に向かうと、右手に比叡山《ひえいざん》が見えてくる。ここにも織田信長の足跡がある。焼き討ちで評判を落とした信長だが、やらねばならぬから、信長は、あえてそれをやった。文献を調べ、資料を読んで、室町は、そう確信した。

天下布武のためには、鬼にもなる。大魔王とも化す。

琵琶湖に沿って走って、競輪場に着いた。

午前十一時をまわったころだ。

管理棟につづく入口には入り待ちの客が何人も立っている。

室町のデコトラを見つけ、かれらが歓声をあげた。室町は電飾を光らせ、その歓声に応じた。

門をくぐり、場内に入る。あまり時間に余裕はない。デコトラを停め、小走りで門に戻ってファンと握手をかわし、サインをした。一緒に写真も撮った。それから、あわててピストと荷物をデコトラの荷台から降ろした。

後輩の選手がきて、手伝ってくれる。その中には、豊橋の玉垣もいる。

検車場に、ピストを運び入れた。すでに組みあげた状態で持ってきたのでフレームをかかえて歩く必要がない。ステムを握って引きずっていくだけでいい。こういう点でもアルミバントラックは便利だ。

検車場にピストを置き、デコトラを駐車場に入れ直して、宿舎に向かった。

部屋でサイクルウェアに着替え、選手控室に寄って、検車場に戻った。サンダル履きで度、工具バッグを手にぶらさげている。記者が室町を囲んだ。最初、到着したときに一

度囲まれたのだが、着替えを優先して、コメントはあとまわしにしてもらった。

「調子はどうです？」

「落車の怪我は治ってますか？」

「どんな練習をしてきたの？」

つぎつぎと質問が飛んでくる。

その質問ひとつひとつに室町は丁寧に答えた。

「玉垣くんと、バンク練習してきたそうですね」

記者のひとりが言った。

「強いよ。あいつは。とてもじゃないが、ダッシュについていけない」

室町がそう言うと、どっと笑い声があがった。

「よお」瀬戸石松がやってきた。

「気合入ってるな」

「そう見えるか？」

「見える」

ふたりが並ぶと、記者が写真を撮りまくる。シャッター音が途切れない。ストロボの光がまぶしい。

「今年は年間グランドスラムだ」

瀬戸が言った。

「ふざけるな」

室町が言い返した。そのさまを、カメラを構えた記者たちが、また狙う。

検車がはじまった。このあとは指定練習、青龍賞、白虎賞出場者の共同インタビューなど、GIのいつものスケジュールがつづく。

順番を待つ選手の列が、検車場にできた。

5

高松宮記念杯競輪の初日は、特別選抜レースとして、青龍賞と白虎賞がおこなわれる。これは、東西戦となっていて、青龍賞が東地域の選抜選手によって競われ、白虎賞が西地域の選抜選手によって競われる。

青龍賞は、S級S班の朝長圭介《ともながけいすけ》が獲った。四十歳。福島のベテラン選手だ。今年は年頭から成績が悪くて五月が終わっても競走得点が伸びず、4番車で走っての大穴勝利だった。二車単で一万三千二百円、三連単では十万円を越えた。

白虎賞に勝ったのは、岸和田の舘久仁夫だった。風光るの好調を、いまに至るも維持しているらしい。室町は展開に恵まれず、六着となった。翌日の優秀戦、龍虎賞にはでられない。二日目は、二次予選Aを走ることになった。だが、それが逆に室町には幸いした。一次予選を玉垣が一着で勝ちあがってきたからだ。玉垣は絶好調だった。一周五百メートルの大津びわこバンクを一周半先行で駆けて、二着に一車身近い差をつけた。

その玉垣の番手についた二次予選Aはゴールでのちょい差しが決まって一着が室町、二着が玉垣となり、ラインで準決勝へと進んだ。室町としては、このレース、自分が勝ったことよりも、番手の仕事がうまくいって玉垣を二着に残せたことに安堵していた。マーク屋の仕事は、捲ってくる相手への牽制《けんせい》だけではない。先行選手との車間を微妙に保ちつつ、ラインで勝負が決められるよう、巧みに展開をコントロールすることも重要だ。それが、全力で走って後続をひっぱってくれる先行選手への最大の返礼となる。

検車場に戻ってきて、通路の壁に立てかけてあった自分のピストの脇に腰をおろした室町を、記者たちが囲んだ。

質問が、矢継ぎ早に飛んでくる。それに、つぎつぎと室町が答えていく。

「玉垣に感謝です」

今回は、その言葉がすべてだ。

「ラインで決まって、よかった」

素直な本音である。

囲み取材は、二十分ほどで終わった。

ひとりふたりと記者が散る。カメラマンもいなくなる。まもなく最終レース、龍虎賞のスタートだ。

室町は立ちあがって、ピストのハンドル中央を右手で握った。裸足にサンダル履きで、まだアンダーウェアも着替えていない。

「仕上げてきたな」

瀬戸石松があらわれた。瀬戸は、直前の第十レースで三着に滑りこみ、準決勝進出を決していた。

「いつものことだ」

室町は、笑って応じた。

「草壁の苦労が偲《しの》ばれる」瀬戸も笑った。

「わがままな選手のトレーニングから体調管理まで、ありとあらゆる面倒をみなければならない。まさか、食事もつくってもらってるんじゃないんだろうな」

「あいつの父親の別荘が飛驒高山の近くにあるんだが、そこで合宿したときは、あいつが飯のしたくをしてくれたなあ」

「やらせてたんだ」

「合宿のときだけだぞ」

「元気なのか、草壁は？」

「当然だろ。誰と組んでいると思っている。俺とやってたら、いつでも元気潑剌《はつらつ》だ」

「たしかに、おまえだけは元気潑剌みたいだよ。草壁はいい仕事をしている。おまえにはもったいないトレーナーだ」

「おだてても、貸さない」

「いや、おだててはいない」

吹きだすような笑い声が、甲高く響いた。

瀬戸の背後からだった。

室町が首をめぐらし、瀬戸はうしろを振り返った。

そこに、松丘蘭子が立っていた。取材用のビブベストを身につけ、望遠レンズをつけた一眼レフを手にしている。見た目は、完全にいっぱしのカメラマンだ。

「お久しぶりです。瀬戸さん、室町さん」

蘭子は頭を下げた。

「誰かと思えば」室町が言った。

「きのうはいなかったよね？」

「そうです。きょうから入ってます。校了で、動けなかったんです」

「赤倉さんは前検からいたけど」

瀬戸が言った。

「編集長は、ああいう人ですから」

蘭子は、さらっと答える。

「慣れたなあ」室町が感心するように言った。

「三か月前は、まだわけもわからず、そこらへんをうろうろしていたのに」

「みなさんにびしばし鍛えていただいたおかげです」

「赤倉さんに、じゃないのか」

瀬戸が言う。

「説教だけは、めちゃくちゃ垂れまくるんですけどね」

「まあ、手とり足とりってタイプじゃないよな」

室町は、ひとりで納得している。

「GIは、これで二回目だっけ？」

瀬戸が訊いた。

「風光るにも行ってます」

「そうそう。俺、インタビューを受けた」

室町がうなずいた。

「俺は無視だったのか」

瀬戸の眉間に縦じわが寄る。

「おまえ、優出してないからな」

「そのせいかよ」

「やめてください」また、蘭子が声をあげて笑った。

「あたし、お笑いに弱いんです」

「漫才扱いだな」瀬戸が室町を見た。

「ザ・ダンプカーズだ」

「デコトラーズのほうがいい」

「だからぁ、もうやめてください」

蘭子は腹を押さえている。笑いすぎて痛くなったらしい。

歓声があがった。

最終レースがゴールを迎え、その結果が検車場のモニターに映しだされた。

「綾部の兄だ」

瀬戸がモニターに視線を移した。

「弟は？」

「才丸に割りこまれている」

「三-七-八か」

「八十嶋さん、着外ですね」

蘭子が言った。笑いの発作は完全におさまった。

「八十嶋さんは、へたすると欠場って状況だったんだろ」

瀬戸に向かい、室町が言った。

「ああ」

瀬戸は曖昧《あいまい》な表情を浮かべた。

「怪我でもされてたんですか？」

蘭子が訊いた。

「いや、そうじゃない」室町が首を横に振った。

「初日はしっかりと着に入っている。絶好調かどうかはわからないが、二次予選にまわった俺たちよりはましだったはずだ」

「俺をまぜるな」

瀬戸が文句を言った。

それから、蘭子に向き直った。

「奥さんの具合がよくなかったんだ」

低い声で、ぼそりと言った。

「ご病気なんですか？」

「けっこう前からね。あまり知られてないことなんだが」

「それで、今回は」

「欠場届をだす直前に病状が改善して、なんとか出場できた。……ということみたいだ。実のところ、まこっさん、あまり話したがらないから本当にそうだったのかどうかは、はっきりしていない」

「治ったということじゃないんですね」

「おそらく。こっちにきちゃうと外との連絡を断たれちまうから、ストレスもいろいろとあるんだろうし、たいへんだよ」

「…………」

通路がざわついた。ゴールした最終レースの選手たちが戻ってきた。記者がまた集団で動きはじめた。

「ちっ」室町が舌打ちした。

「うっかり話しこんじゃったよ」

「すみません」

あわてて、蘭子が謝った。

「いや、あんたのせいじゃない。気にしないでくれ。悪いのは全部、石松だ」

「おいおいおい」

瀬戸が両手を広げた。

「じゃあな、またあとで」

室町がピストを押しながら歩きだした。

瀬戸は「おう」と言って、その場から離れた。蘭子も動いた。仕事をしなければいけない。勝った綾部光博のもとへと向かう。

「やれやれ」

誰かが室町の横に並んだ。

見ると、池松竜がひとりでとぼとぼと歩いている。室町と同じ、アンダーウェアにレーシングパンツとサンダルという姿で、何も手にしていない。ヘルメットもシューズもグローブもピストも、みな若手に預けてしまったのだろう。

「大きい着って顔ですね」

室町が言った。

「大きいよ。九着だ。バックから自力で行ってみたが、歯が立たなかった」

池松は追いこみだが、きょうのレースは同地区の先行選手がいなかったため、単騎での勝負となった。

「お疲れさまでした」

室町は苦笑で応えるしかない。

「おまえはいいよ。玉垣がいたんだから」

「本当に助かりました。あいつの脚は本物です」

「今回は我慢だ」池松は首を小刻みに横に振った。

「親王牌《しんのうはい》まで耐えるしかない」

「帆刈《ほかり》ですか？」

「そうだ。帆刈は強いぞ。デビュー戦からの二十四連勝はフロックなんかじゃない。全プロで見ただろ、あいつの千トラ」

「見ました」室町はうなずいた。

「まさかの一分三秒台」

帆刈由多加《ゆたか》は二十歳のスーパールーキーだ。自分が所属しているいわき平競輪場でデビューし、わずか六場所、十八連勝でS級2班にあがってきた。そして、S級でも二場所連続の全勝優勝を果たし、五月の全日本プロ選手権自転車競技大会では一キロメートルタイムトライアルで優勝。寛仁《ともひと》親王牌・世界選手権記念トーナメントの出場権を手に入れた。

「親王牌では、あいつが引いてくれる」

「池松さん、コメントお願いします」

記者がきた。数人が池松の左右に並んだ。

足を止め、池松は言った。

「きょうは、そっとしといてほしいよ」

半分は、本音だった。

6

池松が準決勝で沈んだ。

八十嶋も、着外に消えた。八十嶋は、レース終了後に途中欠場の届けをだした。理由は体調不良だった。

最終日の朝。

室町は朝食を終え、着替えを入れた紙袋を手にして、宿舎から検車場にでてきた。まもなく朝の指定練習がはじまる。きょうは観客を場内に入れての公開練習だ。きのうは雨が降ったが、それも明け方にはやんだ。雲が多く、晴天とは言いがたいものの、降水確率は二十パーセントほどだ。

いったん選手控室に行って紙袋を置き、それからまた検車場に戻った。すでに長袖ジャージに競走用パンツという恰好だ。グローブをはめ、シューズさえ履けば、いつでもバンクにでて走りだすことができる。

「よお」

声をかけられた。

売店の脇である。

「おまえ」

室町の目が丸くなった。

そこに立っていたのは。

草壁弘之だ。

右手で杖を突き、首に取材パスを提《さ》げている。

「何、驚いてるんだ」言葉を失っている室町に向かい、草壁が言った。

「俺がけいりんキングに記事を書いてるのは知ってるんだろ」

「あ、ああ」

室町は、こくこくとうなずいた。

「今回は宮杯の決勝レポートを書いてくれと赤倉さんに頼まれた。だから、四時に起きて飛んできたんだ」

「車か？」

「名神ががら空きだったよ。まさか、こんなに早く着くとは思っていなかったな。俺、大津で走ったことなかったから」

室町は左右を見まわした。まだ午前八時十五分だ。選手以外は、執務員と検車員しかいない。記者は、草壁のほかにはカメラを肩にかついだテレビクルーがひとりいるきりである。

「GIの最終日か」しみじみとした口調で、草壁が言った。

「検車場にきたのは、はじめてだなあ」

「そうだっけ？」

「記事のテーマがトレーニングとボディケアばかりだったからな」

「本場には縁なしか」

「そういうことだ」

「あれ」声がした。

「草壁がいる」

左間田《さまだ》八朗《はちろう》が室町と草壁の間に割りこんできた。名古屋の先輩選手だ。四十一歳だが、S級1班の上位に在籍し、今年も常に安定した成績を残してきている。しかし、今場所は二日目に大量落車の巻き添えをくらい、再乗してゴールしたものの予選通過はならず、最終日は選抜戦にまわることになった。

「怪我はどうですか？」

左間田の姿を見て、草壁が訊いた。左間田はもちろん轟治療院の常連客だ。鍼を打つときは草壁が担当している。

「擦過傷だけ」左間田はにこやかに答えた。

「だが、どっか歪んでいる感覚がある。マッサージは受けたんだが、腰も背中もすっきりしない。おかげで、みごとに予選落ちだ。帰ったら、すぐに轟さんに診《み》てもらうから言っといてくれ」

「承知しました」

草壁は頭を下げた。

「こんなとこで、営業してやがる」

室町が言った。

「そんなことより」草壁は室町に向き直り、右前方を指差した。その先には敢闘門がある。

「指定練習がはじまるぞ。お客さんがお待ちかねだ」

「わかってるよ」

手を振り、室町はきびすを返した。

が、すぐに背後を振り返った。

「最終レースを楽しみにしてろ」Vサインをつくった。

「おまえに優勝インタビューをやらせてやる」


敢闘門から、バンクにでた。

「やべえ」とつぶやきながら。

かっこつけすぎちまったぜ。

サドルにまたがり、室町は舌打ちをした。

そもそも、しゃべりすぎた。取材パスを持った記者といえども、その日のレースが終わるまでは選手との雑談は控えなくてはいけない。競輪がギャンブルである以上、それは当然の制約となる。

しかし、草壁が検車場にきたことを知り、室町は心が昂《たかぶ》った。その勢いで、つい言葉があふれでてしまった。

バンクを周回している選手たちの列に、室町は合流した。

加速はしない。しばらくはウォームアップだ。時速四十キロ前後のゆったりとしたペースで、淡々とまわる。

そのあいだにも、さまざまな思いが、室町の脳裏で渦を巻いた。

そうか。検車場に入れるようになったか。

感慨が深い。

草壁にレースの取材を依頼したいという話はかなり前からあった。かれが室町のトレーナーに就任したと聞いてから、とくにけいりんキングの赤倉が興味を示した。

「草壁くん、うちで書いてくれないかなあ」

室町も何度か言われた。そのつど、

「本人に言ってよ。無駄だと思うけど」

と、室町は答えてきた。

自分だったら、どうしていたか。

競輪選手としてデビューし、連勝を重ねて世間の耳目《じもく》を一身に集めた直後。

奈落に突き落とされた。ベッドで寝たきりとなり、バンクを走るどころか、立つことも歩くこともかなわなくなった。

そして。

激痛に耐え、文字どおり悲鳴をあげながら必死でつづけたリハビリテーションも実らず、競輪選手を辞することとなった。

正直、想像もできない。ショックで首を吊ってしまった可能性すらある。そこまで行かなくても、間違いなく、生きていく気力はなくしてしまっていたはずだ。自分で自分の性格を考えると、そうなる。

草壁も、平然とはしていなかった。

入院中は選手仲間の見舞いも受け入れていたが、退院して自宅療養になってからは、誰とも会わなくなった。電話にもでなくなった。携帯電話は電源が切られている。室町は歯科医院の電話にもかけてみた。しかし、取り次ぎは丁重に断られた。

状況に変化が生じたのは、事故から五か月が過ぎたころだった。

病院のリハビリ室で、室町と草壁は、ばったりと出会った。落車で鎖骨を折った室町が、競輪場に近い中村区の病院で治療を受けたからだ。草壁が入院していた病院なので、おそらく通っているだろうと室町も思っていたが、まさか顔を合わせるとまでは予想していなかった。

しばらく、ぎこちない時間が流れた。

草壁は車椅子に腰かけている。その背後に立っているのは、松葉杖を手にした理学療法士だ。

「落車したのか？」

草壁が、先に口をひらいた。

「ああ」渋面《じゅうめん》をつくり、室町はうなずいた。「地元のＦＩでな」

「知らなかったよ」

「競輪、見てないのか？」

「見ていない」

言葉が途切れる。やりとりがつづかない。

「室町。俺を見ろ。どう思う？」

ややあって、また草壁が言った。

話をするのを諦め、トレーニングマシンの前に室町が進もうとしたときだった。首をめぐらすと、草壁が手摺《てす》りにつかまって歩きだそうとしていた。

車椅子から立ちあがる。それだけで、顔が苦痛に歪む。頬が紅潮する。痛みをこらえるため、歯を食いしばっているのが、傍目《はため》でもはっきりとわかる。いつでもからだを支えられるよう、理学療法士が身構えている。

右足を前にだした。上体が大きく揺らいでいる。脚を床に降ろす。

いや。

降ろせない。膝が曲がらない。伸びない。重心を移して、かろうじて右足を数センチ、宙に浮かせた。だが、その先に行かない。動きが止まった。左足が、がくがくと震えだした。腰から上が、ななめに傾く。

理学療法士が腕をだした。両手で、草壁の肩を押さえた。

ゆっくりと導き、草壁を車椅子に戻す。

室町が、草壁の前に歩み寄った。車椅子に腰を置き、草壁は床に視線を落としている。呼吸が荒い。

「時間はまだある」

室町は言った。

「だから、なんだ?」草壁がおもてをあげた。

「その時間は、なんのための時間だ。絶望を募らせるためか?」

「………」

その八か月後に、草壁は競輪選手への復帰を断念した。だが、病院で会ってから、室町からの電話は受けるようになっていた。といっても、かわすのは他愛のない無駄話だ。テレビ番組や新作ゲーム、映画の話題。競輪には、いっさい触れない。ゲームは、相当にやりこんでいた。室町もゲームマニアを自認していたが、草壁のレベルには遠く及ばなかった。

バンク周回がつづいている。

玉垣が、室町の前に入った。残念だが、玉垣は準決勝で敗退していた。きょうは特選を走る。第六レースだ。左間田ともうひとりが室町のうしろに加わり、中部のラインができた。四人が並んだ。玉垣が加速する。室町は尻をサドルから軽くあげ、そのあとを力強く追った。

7

草壁は検車場にいた。

出走表を手にしている。

最終日の番組も淡々と進み、残すは、第十一レースのみとなった。宮杯の決勝戦だ。きのうの準決勝戦、室町隆は一着で優出した。瀬戸石松も決勝にあがってきた。青龍賞、白虎賞の勝者、朝長圭介と舘久仁夫は手堅くきっちりと勝ちあがり、光博、俊博の綾部兄弟も連《れん》に絡んできた。平塚の新鋭、千々松耕作《ちぢまつこうさく》やオリンピックメダリストの才丸信二郎、春一番で勝った関大五郎の名も出走表に並んでいる。

先行は関大五郎と瀬戸石松と千々松耕作、舘久仁夫の四人。綾部兄弟と才丸信二郎は自在だ。追いこみは室町と朝長だけで、ラインは細切れになっている。

室町は、三重四日市の関につく。これはダービーの決勝戦と同じだ。瀬戸には熊本の才丸、千々松には朝長がつづく。神奈川の千々松と福島の朝長は地区違いで、初連携になる。綾部兄弟は兄の光博が前をとった。舘久仁夫は単騎を選んだ。ひとりで好きなように動くと、共同インタビューで宣言した。混戦になればチャンスがくるとも言いきった。

本命は東京の綾部兄弟である。評論家も観客も、みなそう思っている。この兄弟がGIの決勝にふたりそろってでてきたのは、これがはじめてだ。気合の入り方が違う。

第十レースが終わるまで、草壁は記者席にいた。窓ごしでの観戦だ。検車場にずうっといつづけたかったが、レースがはじまると、足が自然に記者席へと向いた。

戦いの場に臨む選手たちの気魄に、草壁の精神が耐えきれない。

かつて、自分もこの場にいた。昂る気持ちを抑え、意識を集中させて、スタート時間を待つ。そして、バンクにでてピストを発走機にセットし、号砲とともに持てる力を一気に解放させる。ゴールめざして、全力で突き進んでいく。

検車場にいると、そのすべてが甦《よみがえ》ってくる。

それが、つらい。

もう戻ることのできない世界だ。

なぜ、自分はここにいてかれらとともに走ることができないのか？

そう思うと、たまらなくなる。

だから、記者席に逃げこむ。そこで、一観客となって、レースを見る。

しかし。

それでは、だめだ。

いいことは、何もない。

あのときも、そうだった。

動かない脚。効果のでないリハビリ。ひとりでは、車椅子から立ちあがることもできない。

日常から逃げた。仲間とも会わなくなった。自宅にこもり、病院に行くときだけ、家族に運んでもらう。自力では外出できないのだ。何をするにも、誰かに頼らなくてはいけない。それを考えると、でかける気など、完全に消え失せる。そんな手間を他人にかけさせるのなら、ひとりで電子ゲームを一日中やっていたほうがいい。テレビを見たり、音楽を聴いていたほうがいい。
ある日。
病院で室町と出会った。
鎖骨を折った室町が、リハビリを受けにきていた。
治る怪我だ。選手生命をおびやかす負傷ではない。
が、顔を見て言葉を交わしたら、名状しがたい何かを、草壁は感じた。
それが何かは、わからない。
わからないが、心のしこりが、ひとつほぐれた。
会ってしまった。話をしてしまった。じゃあ、もう逃げまわる必要はどこにもない。
室町からの電話だけは受けるようになった。
他愛のない馬鹿話をした。レースのことは訊かない。室町も切りださない。
気がつくと、ひとりで立てるようになっていた。松葉杖で、歩くことも可能になった。
試しにサイクルトレーナーにも乗ってみたが、それは無理だった。まったくまわせない
というわけではない。ゆっくりと、本当にゆっくりとペダルを漕ぐことはできる。が、
それだけだ。そのとき、草壁は競輪選手への復帰を諦めた。
「うちで働いてみないか？」
轟英心がそう言ったのは、草壁が轟の治療を受けているさなかだった。横には、順番

を待っている室町がいた。もしかしたら、室町が轟にその話をもちかけたのかもしれない。

「整体は無理でも、鍼なら打てる。技術は俺が一から指導してやるから、鍼灸学校に入れ」

提案というよりも、命令するような口調だった。

思い起こすと、草壁の人生の節目には、いつも室町がいた。競輪に行くのを決めたのも、同じ自転車部に室町というライバルがいたからだ。負傷してひきこもりとなり、病院のリハビリルームで会ったのは明らかに偶然だ。だが、あれは草壁と室町にとっては偶然ではない。必然である。会うべくして、会った。

そして、治療院であらたな道を示されたことも、室町からトレーナーになるよう要請されたことも……。

いまの草壁は、室町の唯一無二のパートナーだ。ふたりで、ただひとつの目標を目指している。

グランプリ。

立ち会わなくてはいけない。

もっとも室町に近い場所にいて。

草壁は検車場に戻った。

場内がどよめいた。

すでに決勝戦がはじまっていた。草壁は検車場のテレビモニターでレースを見ている。かれのまわりには、十人ほどの選手がいる。もう出番を終えた選手たちだ。そのうちの半数以上がとうに荷物をまとめ、帰途についた。残っているのは、先ほどレースを終えたばかりの選手と、決勝出場選手の仲間たちだ。

五百メートルバンクを五周回。距離二千五百メートルの勝負だ。

四周回目のバック、鐘《ジャン》が鳴る直前に七番手にいた千々松が動いた。前に進み、二番手に入った瀬戸に並んだ。強力な先行選手で、ダービーの覇者である瀬戸を内側に封じこめた。

そのまま並進する。さらに前にでて誘導を切ろうとはしない。

スタートをとり、先頭に立っていたのは、単騎の舘だった。千々松がこないので、舘もすぐには行かない。誘導員のペースに合わせて、その位置を保つ。

ホームが近づいた。四コーナーで、今度は関が動いた。室町を連れて、加速した。室町の背後には、ぴったりと綾部兄弟がつづいている。

関が誘導をかわした。それと同時に千々松がペダルを踏みこんだ。かぶせてきた関に対して、引かずに突っ張る気だ。場内がどよめいたのは、このときだ。

まずい。

草壁は小さく舌打ちした。いい展開ではない。関が競《せ》り負けたら、室町も共倒れになる。

舘が後退した。瀬戸と才丸もうしろに下がった。前の二ラインが叩き合ったところで捲りにでるつもりだ。

千々松が疾駆する。速い。アウト側の関と室町はどう見ても不利だ。

と思ったとき。

千々松から朝長が離れた。千々松の先行に、朝長が付ききれない。口があいた。そこに関と室町が入った。中部二者が千々松の番手を期せずしてもぎとった。綾部兄弟は下がる朝長に進路をふさがれた。

二コーナーからバックに向かう。舘が捲りにでた。こちらも番手に瀬戸と才丸が入っているが、もうためらっている余裕はない。綾部兄弟と千々松をかわした。

三コーナーで、関と室町が千々松を抜く。千々松は力尽きた。関は全開だ。舘がきた。室町に迫った。

四コーナーをまわる。五百バンクは直線が長い。見た目有利なのは、舘の番手で脚をしっかりと溜めてきた瀬戸だ。綾部兄弟は、大きく遅れた。

室町が関の番手から飛びだした。少し早い。しかし、関はもういっぱいだ。舘がくる。

瀬戸が外にでた。才丸はインにもぐりこもうとした。だが、タイミングが悪かった。関が一気に下がってくる。その動きに才丸は踏む機会を瞬時失した。

　瀬戸が錨を抜いた。室町まで一車身半。ゴールは目の前だ。

　瀬戸が追いこむ。室町が粘る。才丸はこない。

　二車が重なってゴールラインを通過した。

　勝ったのは。

　室町だ。八分の一車輪。僅差《きんさ》だが、視認できた。間違いなく、室町が先にゴールを切った。

　室町が右手を挙げた。拳を握り、観客の声援に応えた。

　バンクを一周し、ホームに戻ってきた。観客席にヘルメットを投げ入れた。それから、敢闘門の前にきた。ピストから降りてバンクに向かい、一礼する。

　同地区の仲間が室町を囲んだ。胴上げがはじまった。二度、三度と、室町は宙を舞った。

「弘之！」

　胴上げが終わり、敢闘門を歩いてくぐった室町が大声で叫んだ。

「弘之、いるか？」

「隆！」

杖を突き、左足で跳ねるように記者の集団の中から草壁がでてきた。

「獲ったぞ！」

草壁のからだを正面から支えるかのように、室町は両腕で抱きかかえた。

「隆！」

「GI初優勝だ！　俺とおまえの宮杯だ！」

引きずるように、室町は草壁を敢闘門の外へと連れだした。再び同地区の仲間が集まった。

「やってくれ！」

室町が言った。

「え？」

草壁は呆気にとられた。いきなり自分のからだが空中に持ちあげられた。

胴上げ？　怪我で引退した元選手が、GIのこの場で？

前代未聞の出来事だ。

「行くぞ！」

また室町が声を張りあげ、叫んだ。

「グランプリで天下布武！」

GRAND PRIX

第三章

寛仁親王牌・世界選手権記念トーナメント

TOMOHITOSHIN-NOUHAI/
SEKAI SENSHUKEN KINEN
TOURNAMENT

1

五月の半ば。

競輪の開催日ではないが、いわき平競輪場の検車場は選手たちの姿でにぎわっていた。福島県に登録された選手が、朝から陸続と集まっている。

「舜《しゅん》。ひとりか？　チャラタカ、一緒じゃないのか？」

ピストをかかえて検車場に入ってきた萱場《かやば》舜は、いきなり先輩選手に声をかけられた。首をめぐらすと、腕を組んだ梶本吾朗《かじもとごろう》が、仁王立ちで萱場を睨《にら》みつけていた。百九十センチ、八十八キロの巨体が萱場の視界をふさぐ。欧米ロードチームの派手なジャージが、盛りあがった胸の筋肉ではちきれそうだ。S級のレーシングパンツをはいている。裸足の足につっかけているのは一本歯の下駄である。この下駄は、履いてただ立っているだけでもバランストレーニングになるので、愛用している競輪選手が少なくない。

「チャラタカ、新車を買ったんです」萱場は答えた。

「きょうはそれでくるはずです」

「チャラタカが新車だと？」

梶本の眉の端が大きく吊りあがった。綽名は閻魔《えんま》。まさしく、そのいかつい表情からつけられた綽名《あだな》だ。

「おっはよーございまーす」

弾むような声を響かせて、若い競輪選手が検車場にあらわれた。

帆刈由多加だ。

検車場にいた選手たちが、いっせいに振り返った。

帆刈がきた。

きょうは、あいつと一緒に走る。

そういう反応だ。

しかし、帆刈は何も気にしていない。ピストを押して、ゆっくりと前に進む。ジーパンにTシャツ、その上に薄手のスウェットパーカーを羽織っている。まだ練習用のウェアには着替えていない。

「よお」梶本が声をかけた。

「新車だって？」

「うぃっす」

帆刈は小さく頭を下げた。

「何買った?」

「GT-Rっす」

「おっとぉ」梶本の目が丸くなった。

「すげえな」

「うぃっす。ローン組みました」

「二十一で、借金か」

「とりあえず、見た目優先っすから」

「何やっても、チャラいなあ」

「親父にも、同じことを言われました」

「まあ、いいさ」萱場が、帆刈の横にきた。

「おまえなら、すぐに返せるよ」

「ま、そのつもりなんですが」

「よく言うぜ」

萱場は苦笑した。帆刈は、いつもこの調子である。この軽い言動と、茶色く染めた髪を額に二筋垂らした髪型、セル縁の伊達《だて》眼鏡といった、アイドルタレントを模した外見から、デビュー後すぐに仲間の選手からチャラタカと呼ばれるようになってしまった。もちろん、チャラい由多加の略である。

「チャラタカ」あらためて、萱場が帆刈の顔に視線を向けた。「きょうは訓練日なんだが、全プロにでるやつは、そっちの練習を中心にするみたいだ。おまえ、どうする?」

「なんだってやりますよ。がんがん行きます」

全プロとは、全日本プロ選手権自転車競技大会のことである。一週間後に、西武園競輪場でおこなわれる。競輪の選手は、競輪だけをしているわけではない。アスリートとして、トラック競技にも参加している。競技会自体はギャンブルとは無縁の純粋なレースだが、その結果は本職の競輪に大きく影響する。出場し、スプリントや一キロメートルタイムトライアル、ケイリンなどの各種目で勝つことによって、GIレースである寛《とも》仁親王牌《ひとしんのうはい》・世界選手権記念トーナメントへの出場権やシード権を得ることができるのだ。

「そっちの練習だけでなく、俺のもがきにも付き合ってほしいなあ」

梶本が言った。

「いいっすよぉ」帆刈の返事は、あくまでも軽い。

「先輩のためなら、全力でもがいちゃいます」

「じゃあ、周回やってウォームアップ。そのあともがいて一休み。全プロの練習は、そのあとにしましょう」

梶本に向かい、萱場が言った。

「午後でもいいんだぜ」

「すいません。自分、午後は失礼しまっす」帆刈が言った。

「きょうは訓練日のほうだけってことで」

訓練日は、県の選手会がおこなう合同練習で、出席義務がある。年に何回かは、必ずバンクにきて一緒に練習しなければならない。

「訓練日の練習は午前だけっすよね？」

萱場に帆刈が訊く。

「そりゃまあそうだが」

萱場の右眉が、小さく跳ねた。

「バニーと飯食うんすよ」

「また、あいつらか」

「なんだい？　バニーって」梶本が訊いた。

「クラブのねえちゃん？」

「バンドです」萱場が答えた。

「アマチュアのロックバンド。バニッシュバニー」

「こいつ、バンドもやってるのか？」

梶本は帆刈を見た。

「いや、いまはやってないす」帆刈は首を横に振った。

「競輪学校入ったときに引退しました。丸刈りがバンドのカラーに合わなかったもんで」

「理由はそっちかよ」

萱場が言った。

「おまえも、そのバンドのメンバーだったのか？」

重ねて、梶本が萱場に問う。

「違います」萱場は手を横に振った。

「自分の妹がボーカルをやってますけど」

「妹って、美羽《みう》ちゃんか」

「そうです」

「そいつぁびっくりだ」

「もとはバンドが先なんですよ」萱場は言葉をつづけた。

「ベースを弾いてたこいつが、美羽を通じて自分と知り合い、それで自転車をはじめたんです」

「すげえ。スクープだぞ、それ」

「いいえ、けいりんキングにも載った、わりと有名な話です」

「ちぇっ」

「すみません」

「まあいいや」梶本は帆刈に向き直った。

「しかし、チャラタカが午後いないとなると、みんながっかりだな」

「はあ」

「きょう顔だしてるS級は、ひとり残らずチャラタカに引いてもらうためにきてるんだ。俺もそうだけど」

「そうっすか」帆刈はうなずいた。

「じゃあ、周回のあとは目いっぱい引きます。何本でもいいっすよ」

「オッケイ。じゃあ、着替えろ。もうすぐはじまるぞ」

萱場が言った。

「了解っす」

帆刈はピストをバイクスタンドに置き、検車場の隅でジャージとレーシングパンツに着替えた。自転車選手はレーシングパンツをはくときに下着をつけない。だから、ほとんど裸になって着替えるが、他の選手の目を気にすることはない。どこでも平気でウェアを脱ぐし、着る。

ピストにまたがり、帆刈は他の選手たちとともにバンク周回にでた。何人かが並んでひとつのラインをつくり、バンクを淡々とまわる。ウォームアップだ。三十周まわった。

それから、もがき練習に入った。やはり数人が組になり、四百メートルダッシュ、二百メートルダッシュを何回か繰り返す。ダッシュ一本ごとに、数分の回復走が入る。

帆刈は六本を先行で走った。すべて全力でもがき、捲《まく》られたのは最後の一本だけだった。

クールダウンの周回を二十周おこなって、休憩時間となった。

「本当に強いな」

選手会の控室で転がっていた帆刈の横に、朝長圭介がきて、あぐらをかいた。もがき練習で帆刈を捲りきったのはこの朝長だ。

「うぃっす」

帆刈はあわてて上体を起こした。チャラタカであっても、礼儀はわきまえている。

「チャラいけど、すごい」

朝長は帆刈を褒《ほ》める。

「あざっす。バンクじゃ、ピアスを外さなきゃいけないのが残念です」

「徹底してるな」

「かっけーでしょう。自分の信念すから」

「レースのときにプロテクターをつけないんだって？」

「上半身の動きに制限がでちゃうんすよ」

「落車は怖いぞ」

「そんときは、そんときっす。でも、先行してれば、落ちません」

帆刈の言《げん》に、屈託は微塵《みじん》もない。ただひたすらに軽く、明るい。

「そうだな」苦笑の混じった笑いを朝長は口もとに浮かべた。

「いまは、それでいいか」

帆刈の若さが、まぶしい。

「チャラタカ、出番だぞ」

萱場がきた。帆刈を呼んだ。

休憩は終わりだ。そのあいだにスプリントの練習をしていた選手が戻ってきた。交替で、つぎは帆刈たちが一キロメートルタイムトライアルの練習をする。

「うぃーっす。失礼します」

朝長に向かって一礼し、帆刈が立ちあがった。

2

ドラムソロが終わった。

萱場美羽がマイクに向かう。上体をくねらせ、声を張りあげる。ベースがリズムを刻み、ギターが甲高く空気を震わせる。

サビを朗々と歌いあげ、右手を高く挙げたところで、美羽の動きが止まった。

「いーじゃん。すっげーいいぜ」

帆刈が拍手した。椅子から立ちあがり、美羽の前に行く。

ドラムが、締めのシンバルを派手に打ち鳴らした。

「これ、本当に昨夜つくったのか？」

美羽に訊く。

「そうよ」帆刈に向かい、美羽はうなずいた。

「いまのがばりばりの初演。由多加がくるちょっと前に軽くリハーサルしただけ。ま、いくつかミスったとこもあったけどね」

「すげーよ。ぜんぜん問題ないよ。嘉人《よしひと》のソロなんか、ちょっと背すじがざわついたぞ」

帆刈はドラムの渡久地《とぐち》嘉人を絶賛した。

「俺のパートは、もうちょいアレンジしたいな」

ギターの夏村英郎《なつむらひでお》が言った。

「勘太《かんた》はどう？」

美羽はベースを見た。

「俺は問題ない。細かいことを言えば、サビのベースフレーズをいじって、ぐわっと盛りあげたいって気も少しするんだが」

峰《みね》勘太は、その部分を弾いてみせた。小太りで、背も低いが、腕は群を抜いている。ライブハウスが主催しているいわきのアマチュアバンドのランキングでは、ベース部門で一位だ。ただし、バンド部門では十二位である。

「勘太にゃ、惨敗だよ」帆刈はぼやいた。

「最初は俺が教えていたのに」

「いまじゃ、すっかり抜かれちゃったね」

美羽が笑った。

「バックから、いきなり捲られたって気がする」

「差は五車身ってとこかな」

夏村が言った。

「いや。大差だ」

渡久地は容赦ない。みな、帆刈や萱場舜がいわき平競輪場での開催レースに出場するときは応援に行くので、競輪の知識はそれなりに持っている。

「よっしゃ。時間だよ」パンパンと手を叩き、美羽が言った。

「きょうの練習はおしまい。打ちあげのメシは、由多加のおごりだ」

「俺が払うのか？」

帆刈はうろたえた。そんな話は聞いていない。

「あたしら、大学生とフリーターだよ。食い扶持《ぶち》は人気競輪選手がなんとかするしかないでしょ」

「俺、車のローンでからっけつなんだけど」

「ローンでも、あんな高級車が買えるだけマシ！」美羽がぴしゃりと言う。

「兄貴がどれだけ稼いでいるか、あたしは知っているんだから」

「舜さんはばりばりのＳ級１班だぜ」

「だから、何よ」

美羽は引かない。

「バルモに行こう」渡久地が割って入った。

「俺、あそこの和風ハンバーグを食いたい」

人気のファミリーレストランだ。価格破壊で急成長した外食チェーン店で、サラダバーやドリンクバーも充実している。

「バルモかあ」

美羽は、少し不満そうだ。安いぶん、店内は家族連れの客でいつも混雑している。

「俺はバルモでいいよ」

夏村が言った。

「同じく」

峰も同意した。

「じゃあ、バルモで由多加のおごり」

これでは美羽といえども譲らざるをえない。

「やれやれ」

帆刈はため息をついた。中学生のころから、美羽はずうっとこうだ。なんでも自分でさっさと決めてしまおうとする。

スタジオの外にでた。夏村が車できていた。軽のワンボックスカーだ。それに渡久地と峰が乗った。美羽は帆刈のGT-Rだ。助手席にもぐりこんできた。

「すっごーい。なにこれ。豪華。絶対に兄貴の車より高い」

コックピットを見て、美羽は目を剝いた。舜の車はドイツ製のスポーツセダンだ。十分に高級車である。

数分でバルモ小名浜《おなはま》店に着いた。平日の夕方四時過ぎだというのに、駐車場の八割が埋まっている。

店内に入った。

席に着き、まず食事をする。仕切るのは、当然、美羽だ。五人の注文をささっとまとめ、ウェイトレスを呼んだ。

「競輪学校の生徒並みだ」

その品数に、帆刈があきれた。

「ごちそうになります」

峰が頭を下げた。

「で、どうなの？」

美羽が言った。美羽は、帆刈の真正面にすわっている。

「何が？」

帆刈は、美羽の言葉の意味がわからない。

「成績よ。成績」美羽の声が、さらに高くなった。

「あんた、二十四連勝で記録が終わっちゃったんでしょ。そのあとは、どうなってるの？」

「ぼちぼちだな。大きい着はほとんどとってないし、どの開催も優出してるけど、さすがにS級になっちゃうと、簡単には勝たせてくれない。目いっぱい逃げてもきっちりついてくる。ゴールでは差されることもある」

「インターハイ、全国高校選抜、ジュニアオリンピック、国体の四大大会で千トラ三連覇、スプリントでも勝ちまくってきたスーパールーキーの言葉とは思えないわ」

美羽は唇をとがらせている。

「相手はプロだぜ。アマチュアとはわけが違う」

「そうそう」渡久地が割って入った。

「バンドだって同じだろ。武道館を満員にできるやつらと俺たちじゃ、どうしたって格そのものが違う」

「技術は、どうなのよ。そんなに大きな差があるとは思えない」

「将棋や碁はすげーあるよ」夏村が言った。

「バンドはそうでもないって気がするけど」

「競輪は、千トラでもないし、スプリントでもないし、ケイリンでもないってことさ」

肩をすくめ、帆刈が言った。

「まったくべつの種目だ。競輪学校でその技術を学び、A級のあいだは、持ち前のパワーとがむしゃらな走りでなんとかぶっちぎれたが、ここにきて、それだけじゃ通用しないってわかってきた」

「まあね」美羽は小さくうなずいた。

「兄貴も、S級にあがってすぐにまたA級に落ちていた」

「だろ」

「でも、由多加は違うの。由多加は競輪の星。スターよ」

「いや。それは――」

帆刈は助けを求めるように、となりの峰を見た。峰は幼馴染みで大親友だ。萱場舜の走りに憧れ、中学の三年間つづけてきたバンドを抜けて高校の自転車部に入ることにした帆刈は、峰にあとをまかせた。楽器などさわったこともない峰だったが、ベースを弾いてくれという帆刈の頼みを即座に受け、猛特訓で演奏技術をマスターした。いまでは、当時の帆刈をはるかに上回る実力のベースプレーヤーだ。その腕は、先ほど帆刈自身も目《ま》のあたりにした。

「うーん」峰は、うなった。

「これは、萱場の言うとおりだな。自分の認識はどうあれ、いまの由多加は間違いなく競輪の星だ。超大物新人で、未来のスーパースターだよ」

「…………」

「スターには相応の期待と重圧が降りかかってくる。これはもう、どうしようもないね」

「お待たせしました」

ウェイトレスがきた。料理の皿が、テーブルにつぎつぎと並んだ。

こうなると、会話よりも食事が優先となる。

しばらくはみな黙々と食べた。

「話は変わるけどさあ」ドリンクバーに行ってコーヒーをとってきた峰が、腰をおろしながら口をひらいた。

「きょうの練習、全プロってやつのためだと萱場が言ってたんだけど」

「ああ」

「全プロって、なんだよ？」

「競輪選手の運動会だな」

帆刈は全プロの説明をした。

「この前、いわき平で地区プロを見ただろ」

「見た見た。千トラで由多加が圧勝してた」

「あれが地区大会で、今度のが全国大会だ。だから、全プロ」

「わかりやすーい」

渡久地が言った。口いっぱいにレタスをほおばっている。

「全プロは、どこでやるんだ？」

夏村が訊いた。

「西武園。埼玉の所沢だ」

「遠い。応援に行くのは無理だな」

「全プロで優勝すると、GIレースにでられるのよ」美羽が言った。

「寛仁親王牌」

「GIってすげーじゃん」

渡久地の目が丸くなった。

「それは、どこでやるんだ？」

また夏村が訊いた。

「グリーンドーム前橋」美羽が答えた。

「屋内競輪場よ」

「よしっ」夏村は両手の拳を強く握った。

「そっちは応援しに行く。何があっても、行く」

「いや、まだ全プロやってないし、優勝もしてないから」

帆刈が苦笑した。

「するさ」峰が言った。

「由多加は絶対に優勝する」

「だったらねえ」美羽がテーブルの上に上体を乗りだした。

「GI出場が決まったら、壮行会をやろうよ」

「ばーか。金ないんだろ」

「大丈夫」渋面をつくる帆刈に目を向け、美羽はにっと笑った。

「費用は由多加持ちだから」

3

水石山《みずいしやま》公園に着いた。

帆刈はロードバイクを樹の幹に立てかけ、芝生の上に、ごろりと転がった。

仰向けになり、はあはあとあえぐ。

「ちぎられたあ」

美羽がきた。二百五十ccの大型スクーターに乗っている。

「水くれ。水」

ひっくり返ったまま、帆刈が言った。

「はいはい」

スクーターを停め、美羽が帆刈に駆け寄った。ミネラルウォーターのボトルを渡した。

「最後はさすがに失速してたよねえ」

いたずらっぽい笑《え》みを口もとに浮かべ、美羽は言う。

スクーターは萱場舜のものだ。帆刈の街道練習に付き合うとき、美羽はこの兄のスクーターを勝手に使う。時速三十キロの制限がある原付スクーターでは競輪選手の練習についていくことはできない。美羽はそのために中型二輪免許をとった。

上体を起こし、帆刈がぐびぐびと水を飲んだ。

「気温高すぎだ」ペットボトル一本の水を一気に飲み干し、帆刈は言った。

「空梅雨《からつゆ》なのは助かるが、六月末で、気温三十度オーバーはたまんねえなあ」

「由多加は暑いの苦手だもんね」

きょうの練習コースは坂だ。いわゆる山岳コースである。福島県道百三十三号赤井停車場線。常磐《じょうばん》自動車道と交差するあたりから、急勾配の坂が十キロ近くにわたってつづくタフなコースだ。そのコースを三キロずつの三区間に分け、帆刈は登り降りを繰り返してきた。一区間につき、二ないし三往復だ。ロードバイクで軽いギヤを選び、登り区間をダッシュする。この練習は、心肺機能を極限まで酷使する。

「水、もう一本くれ」

空のボトルを、帆刈は美羽に向かって突きだした。

「そう言うと思った」

美羽は空ボトルを受け取り、二本目のボトルを差しだした。こんなこともあろうかと、ヒップバッグのボトルポケットにもう一本を入れておいた。

帆刈はボトルの水をヘルメットの上から頭にかけた。

「あと一週間になっちゃったね」美羽が言葉をつづける。

「まさか本当にGⅠにでちゃうなんて、びっくりだよ」

「舜さんも一緒だぜ」

二本目のボトルの水を一口飲んで、帆刈が言った。さすがに、まだ肩で呼吸《いき》をしている。

「兄貴は予選から。シードされて日競選理事長杯からでる由多加は格が違うでしょ」

「いや、それ、俺にはコメントできない」

「由多加は兄貴コンプレックスかな」

「なんだ。それ？」

「兄貴にぜんぜん頭があがらない」

「当然だろ。先輩なんだから。競輪は超縦社会なんだぞ」

美羽が帆刈のバンドにボーカルとして入ったのは、中学二年の春のことだった。進級して、クラスメイトになった帆刈が、昼休みにいきなり美羽に声をかけた。

「萱場。俺、帆刈由多加だ。仲間とバンドをやっている。ついては、おまえ、うちのボーカルになってくれないか」

一息で、そう言った。どう話しかけるかいろいろと考え、ようやく決めた台本どおりにせりふをまくしたてたという感じだった。

「なんで、あたしに？」

美羽は訊いた。帆刈が自分のクラスにいることは知っていたが、言葉を交わすのは、これがはじめてだ。

「三上《みかみ》が言ってたんだ。親友に歌がめちゃうまい娘《こ》がいる。ルックスも最高だよと。で、同じクラスになったんで見てみたら、ルックスのほうは本当だった。じゃあ、歌も本当なんだなと思って」

「最高？　あたしのルックスが？」

「ああ、まあ」

三上さくらが美羽の親友というのは事実だ。中学に入ってクラスが違ってしまったが、休みにはよく一緒にカラオケに行っていた。その話をたぶん帆刈にしたのだろう。

「三上と同じクラスだったんだ」

「三学期は席もとなり同士だった」

「あんたのバンドって、歌も聴かないでボーカルを決めちゃうの？」

「無理だろ。オーディションをやって決めるなんて。俺たち、そんなにえらくはない」

「そりゃ、そうね」

美羽は声をあげて笑った。バンドには興味がある。歌うのは大好きだ。どういうバンドで、どういう曲をやっているのかはさっぱりわからないが、この帆刈由多加というやつはおもしろい。三上は内気で人見知りをする性格だ。それがこんな話をしたってことは、それなりに帆刈とは馴染んでいたのだろう。

三上が馴染む相手は悪いやつではない。

それは美羽が密かに決めた絶対法則だ。

「だったら、こうしよう」美羽は言葉を継いだ。

「今度の練習に、あたし参加する。参加して歌う。お互いにそれで納得したら、入る。これで、どう？」

「いいけど、初見で歌えるのか？」

「課題曲決めようか？」

「オッケイ」

ふたりで話し合って、曲を決めた。わかりやすいほうがいいということで、人気バンドのヒット曲にした。美羽の十八番《おはこ》のひとつだった。

五日後、バンドのメンバー全員と美羽が貸スタジオに集まり、その場で、美羽のバンド加入が決まった。バンドメンバーは美羽の歌唱力に圧倒され、美羽はかれらのテクニックとオリジナルナンバーに魅了された。

美羽がボーカルになってから、新曲の打ち合わせなどで、バンドメンバーが美羽の家にもくるようになった。

そこで、帆刈が美羽の兄と出会った。

兄の萱場舜は、帆刈が見たことのない自転車に乗っていた。

「ピストだ」

と、舜は言った。

トラック競技で使う自転車で、固定ギヤになっている。公道を走るときは簡易ブレーキをつけたりするが、レースのときは外す。ノーブレーキになる。

そういったことを教えてくれた。

さらに。

「乗ってみるか」

とも言った。帆刈は、乗ってみた。仰天した。かつて体験したことのない、不思議な乗物だった。

走りだしたら、足を止めようとしても止められない。回転するクランクに持っていかれてしまう。公道での試走だったからブレーキがあったため、なんとかなったが、これでブレーキがなかったら、どうやって止まったらいいのかが、まるでわからない。

「おもしろいだろ?」

ふらつきながら戻ってきた帆刈に向かい、舜が訊いた。

「おもしろいっす」

しばしば、舜が帆刈を自分の練習に誘うようになった。遊びにこいということだ。自転車は、自分のロードバイクを貸した。バンド活動を優先していた帆刈がその誘いに応じることはめったになかったが、それでも時間があるときは必ず舜と一緒に走りにいった。舜がブレーキ付きのピストで、帆刈がロードバイクだ。水石山、湯ノ岳《ゆのだけ》、県道三十五号といったいわき近辺の練習コースをふたりで走った。ときには、自転車を交換してもがき合った。

「おまえ、すごいぞ」ある日、舜がつぶやくように言った。

「才能がある。俺なんかより、はるかにある。競技をやったら、絶対に強くなる」

一年半後、高校を卒業した舜は競輪学校に入学した。

競輪選手になる。グランプリにでて、賞金一億を手にする選手になる。

そう、帆刈に言い残して。

高校に進学するとき、帆刈はバンドのメンバーに音楽をやめることを告げた。萱場舜のあとを追って、小名浜工業高校に行く。自転車部に入り、競輪選手をめざす。俺のかわりのベースは、必ず見つけてくる。

自分の思いを、率直に話した。

反対したのは、美羽だった。

あたしを引きずりこんでおいて、それはないでしょ、と文句を言った。

「おまえが、兄貴を由多加に会わせちまったからだよなあ」

夏村が冗談口調でまぜっ返した。

「えーっ、あたしのせいになるのお」

美羽は大仰に目を剝いた。

そのあと、いあわせた全員がいっせいに笑った。その爆笑で、すべてのわだかまりが消え、話がまとまった。

あの日から、まもなく五年になる。

美羽は、芝生にあぐらをかき、ペットボトルの水を喉に流しこんでいる帆刈をあらためて見た。

兄貴の目は、本当に正しかった。

こいつはハンパなくすごかった。高校自転車界を席捲《せっけん》し、無敵の名をほしいままにした。そして、鳴り物入りで競輪学校に進み、競輪選手としてデビューした。

破竹の二十四連勝。一気にS級へと駆けあがり、全日本プロ選手権自転車競技大会に挑んだ。

美羽は、帆刈が出場した一キロメートルタイムトライアルの決勝を西武園競輪場で見た。行かないと言っていたが、前の日、とつぜん行く気になった。舜のスクーターを持ちだして小名浜、所沢を日帰りしたのだ。

未明に家をでて二百三十キロを走り、西武園競輪場に着いた。

彼女の目の前で、帆刈は一分〇二秒四八六のタイムを叩きだし、優勝した。この瞬間、デビュー後最速のGI出場が決まった。それも、特選スタートのシード選手として。

美羽は帆刈に、全プロを西武園で見たことは言っていない。インターネットの生中継で見たことにしてある。結果が気になって、所沢までスクーターで行ってしまったとは、とても言えない。

「よっしゃあ！」

帆刈が立ちあがった。

「もういいの？」

美羽が訊いた。

「復活した。下でダッシュをやる。きょうはそれで、あがりだ」

空になった二本目のボトルを、帆刈は美羽に返した。

4

群馬県前橋市。

前橋市役所や群馬県庁、裁判所などがひしめく官庁街のすぐ近くに前橋公園がある。公園の脇を流れているのは、利根川だ。

その前橋公園に、グリーンドーム前橋がある。全天候対応の多目的ホールを兼ねた日本最初の屋内競輪場。それが前橋競輪場だ。

バンク周長は三百三十五メートル。バンクの傾斜角《カント》三十六度は、国内競輪場で最大となっている。

綾部光博がグリーンドーム前橋に着いた。

愛車は白のベントレーだ。荷物はトランクに入れてきたが、ピストは宅配便で送った。

駐車場にベントレーを停めた。

その横に、国産のミニバンが滑りこんできた。地元のナンバーである。

運転席側の窓があき、そこから丸刈りの男が、顔を突きだした。もみあげからつながった頬ひげが左右にたなびいている。

「おはようございます」

その豪傑然とした風貌に似合わぬやさしい声で、男が挨拶をした。

「よお」

ドアをあけ、綾部がベントレーから降りた。

ミニバンに乗ってきたのは、塔日出男《とうひでお》だ。地元、前橋の選手である。S級S班で、三十一歳の中堅強豪選手だが、とにかく顔が怖い。輪界では、福島の梶本か群馬の塔かとまで言われ、仲間たちからはオニガワラと呼ばれている。見た目の年齢は不肖。十歳ほど上に見られてしまうことが多い。綾部もはじめて会ったときは、絶対に自分よりも年上だと思った。まさか、七つも下とは思わなかった。

「弥彦《やひこ》の記念以来ですね」

塔も車外にでてきた。長身だ。百七十三センチの綾部よりも十センチ以上、高い。

「あんときは、やられたなあ」

綾部はトランクからキャリーバッグをだした。

「持ちましょうか？」

塔が言う。先に検車場にピストと荷物を降ろしてからここにきたのだろう。塔は何も手にしていない。

「いや、自分で運ぶよ」

綾部はバッグの把手《とつて》を伸ばした。ごろごろと車輪の音を響かせ、歩きだす。その横に、塔が並んだ。

「話題沸騰ですね」

綾部に視線を向け、塔が言った。

「帆刈か」

綾部も塔を見た。

「なんか、女性週刊誌やスポーツ専門誌も取材にくるみたいですよ」

「チャラいからなあ、あいつは」

「いいことでしょ。競輪にとっては」

「綽名がつかないかな。なんとか王子とか」

「地元では、チャラタカって呼ばれてるみたいです」

「そんな綽名じゃ、ゴルフにも野球にも勝てないぞ」

「だったら、チャラ王子」

「やっぱり、スポーツアイドルは無理か」

「無理かもしれませんねえ」

検車場に入った。GⅠの前検日ということで、すでに記者が何人か集まっている。選手の姿は、まだちらほらという感じだ。

「おはようございまーす」

けいりんキングの松丘蘭子があらわれた。

「早いね。赤倉さんはまだだろ」

綾部が言った。

「まだです。十時にはくるって言ってたのですが」

蘭子は腕時計を見た。九時五分。検車場が本格的ににぎわうのは、これからである。

「福島勢はきてるかな？」

塔が訊いた。

「たぶん、きてないと思います。ぜんぜん見かけていないので」

「いつもは早いんだけどなあ」

「前入りは？」

「してないですね」蘭子が言った。

「朝長さんのブログに書いてありました。前橋には当日入りだって」

「帆刈、きてないんですか？」

池松竜が検車場に入ってきた。左手でキャリーバッグを引きずり、右手でピストのサドルを押している。先に、宅配便で届いたハードケースからピストをだして組み立て、検車場にきたらしい。

「みたいだねえ」

綾部が答えた。

「気にしてますね」

塔が言った。

「あったり前だろ」池松はピストを検車場の壁に立てかけ、その横にキャリーバッグを置いた。「全プロでは、あいつにみごとにしてやられたんだ」

池松は昨年の全プロ一キロメートルタイムトライアルの覇者である。十年前は千トラの常勝選手だった。だが、ここ数年は台頭してきた若手に苦しめられ、なかなか勝てなかった。それが去年、神がかり的な走りができて久しぶりに優勝し、今年は連覇がかかっていた。

ディフェンディングチャンピオンは、その種目の最後に走る。ローラー台でアップをしながら、出番を待つ。

その目の前で、帆刈は驚異的なタイムを叩きだした。

ピストは国産のトラック競技専用車だった。競技会では、多くの選手がトラック競技専用車を使う。カーボンフレームで、ホイールもカーボン製だ。前輪がバトンホイール。後輪がディスクホイール。車両規定は、ワールドカップや世界選手権、オリンピックのそれに準じている。

スタートラインに帆刈がついた。発走機に後輪をセットする。ウェアは福島チームのワンピースだ。赤と黒のツートンカラーで、背中と胸に大きくKITANIPPON FUKUSHIMAの文字が描かれている。ヘルメットももちろん、競輪用の玉ヘルではない。後端が細長く伸びたエアロヘルメットだ。ハンドルはエアロタイプのカーボンTTバーである。

号砲が鳴った。スタートした。

千トラではバンクの外側ではなく、内側寄りのスプリンターレーンと呼ばれる幅九十センチのコースを走る。

スタート直後から、帆刈は一気に加速した。西武園競輪場の四百メートルバンクを二周半。速い。一周した。速度が落ちない。観客席から歓声があがった。福島の選手たちが敢闘門から身を乗りだして声援を送っている。

ゴールした。千メートルを瞬時に駆けぬけた。そういう感じの走りだった。

池松はローラー台から降りた。と同時に、タイムが発表された。

一分〇二秒四八六。

どよめきが沸き起こった。

池松は唇を噛んだ。このタイムは尋常ではない。日本記録にも迫ろうかという数字だ。

そのタイムを屋内自転車競技場《ベロドローム》の二百五十メートルバンクではなく、屋外の四百メートルバンクで帆刈はだした。

ピストを押しながら、帆刈がバンク中央に設けられた選手の待機場所に戻ってきた。笑顔だ。呼吸をほとんど乱していない。平然と歩いている。

「お疲れっした」

にこやかに仲間の選手に向かって声をかける。

たまげたな。

池松はそう思った。千トラはタフな種目だ。ほぼすべての選手が、走り終えてサドルから降りたら、崩れるようにその場にへたりこむ。仰向けにひっくり返って、しばらく動けなくなる者も多い。去年の池松が、そうだった。十分くらい、倒れていた。

「どもっす」

帆刈が池松の前にきて、頭を下げた。ヘルメットにつぶされていたはずの茶色い髪が、もうぴんぴんと立っている。ゴール後、脱いだときに手でととのえ直したのだろう。まずは身だしなみというわけだ。余裕などというものではない。

今年はだめだな。

池松は首を横に振った。

「池松さんのタイム、自己ベストだったんでしょ」

塔が言った。

「そうだ」池松は小さくうなずいた。

「競輪生活十六年。あんなタイムをだしたことは一度もない」

「要するに、宿命ってやつだね」綾部が言った。

「でてくるんだ。ときどきとんでもないやつが、ここぞってタイミングで」

「そのとんでもないやつに、今度はＧⅠの優勝をプレゼントしてもらいます」言いながら、池松は蘭子に視線を向けた。

「コメントに入れといてよ。池松、またもや他力本願で優勝宣言って」

「またなんですか？」

笑いながら、蘭子が言った。

「まただよ。いつものことだよ。こいつは」

綾部が口をはさんだ。

「帆刈くん、入ります」

声が聞こえた。

そこにいあわせた全員が、いっせいに首をめぐらした。

「どおもぉ。おっはようござーっす」

十人近い記者に囲まれ、茶色い髪をまっすぐに逆立てた帆刈が、検車場へと進んできた。満面に笑《え》みを浮かべ、そこらじゅうに愛想を振りまいている。密着取材しているテレビカメラは三台。検車場が、いきなり騒がしくなった。

「ほんと、チャラいんだけどなあ」

池松がつぶやいた。かすかに、ため息が混じっていた。

5

雨が降っている。

七月を目前にして、空梅雨が唐突に終わった。梅雨前線《ばいう》が日本列島上にいすわる本格的な梅雨に突入した。

バニッシュバニーの三人は、ハンバーガーショップにいた。大手のチェーン店だ。この店なら、コーヒーが一杯百二十円で、おかわり自由である。ハンバーガーも安い。

「盛りあがんないよお」

コーヒーの入った紙コップを手にして、美羽がつぶやくように言った。その目は、窓の外の降りしきる雨に向けられている。美羽の前にいるのは、渡久地と峰だ。夏村だけが、まだきていない。

「大丈夫。前橋で盛りあがれるさ」

峰が言った。

「ほんとに？　ドームの中に入んないんだよ」

美羽が言う。いまひとつ、声に力がない。

四日前のことだった。

バンドの練習が終わって、ファミレスで反省会という名の食事をしているときに、彼女が思いだしたように言った。

「あたし、競輪場に入れない」

「そうそう」渡久地が相槌《あいづち》を打った。

「選手の家族はだめなんだ」

「マジかよ」

夏村が言った。ひとり、驚いた。

「デビュー戦の直前に兄貴が言いだしたの」美羽がつづけた。

「競輪の選手は法律で車券が買えないことになっている。だから、観客席に行くなんてこともできない。選手の家族は、その規則にひっかからないんだけど、競技の公正さを保つため、選手同様、観客席に入らないし、車券も買わない。慣例でそうなっているって」

「いろいろやばいから、自粛しろってことか」

夏村は腕を組んだ。

「まあ、そういうことね。破ったら、兄貴に迷惑をかけることになっちゃう」

「デビュー戦のときは、どうしたんだ？」

「行ったわよ。兄貴が許可をとってくれて、競輪場のゲストルームで観戦した。一般の観客がひとりもいない部屋だった」

「ＶＩＰ待遇って感じだな」

「今度もそうすればいいじゃん」

渡久地が言った。

「やだっ」美羽の声が高くなった。

「レースを見るのなら、地区プロみたくみんなと一緒に見たい」

地区プロや全プロは競輪の開催ではなく、自転車のトラック競技会だ。入場に制限はない。

「うーん」渡久地はうなった。

「俺たちもゲストルームに入れってか？」

「それ、ちょっと困る」峰が言った。

「選手の家族と同じ扱いになっちゃうんだろ。車券が買えなくなるよ」

「買うのか？」

渡久地が訊いた。

「買うさ。それがプロに対する応援なんだから」

「俺も買いたい。身銭を切って、由多加に賭けたい」

夏村が言った。

「ほら、やっぱだめじゃないか」美羽が唇をとがらせた。

「みんなで行くのに、あたしひとりがゲストルームなんて、我慢できない」

「由多加んち、誰かが行くとか。あと、舜さんもでるんだから、美羽の両親も――」

「行かない」渡久地に視線を向け、美羽は首を横に振った。

「うちの親、デビュー戦だけは見にいったけど、そのあとは一度も競輪場に行ってない」

「教員だっけ？　ふたりとも」

「それは関係ないよ。兄貴に競輪行きを勧めたのも、父さんの知り合いの体育教師だったし。でも、だからって、そんなに競輪に興味があるわけじゃない」

「由多加んとこは、ごくふつうのサラリーマンだったなあ」峰が言った。

「たしか、デビュー戦も行ってないような気がする」

「あそこは競輪選手になるって聞いて、びっくりした口だからね」渡久地が言った。

「大学行って、上場企業に入れって、相当言われたらしい。最後は諦めて競輪学校入学を認めたんだが、それは、競輪がだめなら、バンドでプロになるって由多加が言い張ったから」

「ロッカーよりは、競輪選手か」

　夏村が苦笑した。

「由多加は見た目も性格もチャラいけど、頑固なとこは頑固なのよ」

　美羽が言った。

「ていうか、強情なんだろ。こうと決めたら、徹底的にやる。美羽をバンドに引きずりこんだときも、そうだった」

「俺をベースの後釜に据えたときもね」峰が渡久地の言に賛同した。

「強引で、強情で、頑固なやつだ」

「しかも、チャラい」

　渡久地は肩をすくめる。

「美羽が由多加の街道練習に付き合っている理由が、ようやくわかった」夏村が言った。

「バイクや車での誘導って、ふつうは親兄弟がやったりするらしいんだが、あいつは親が何もしてくれないんだ」

「師匠もいないしね」

峰がうなずいた。

「で、おまえはどうしたい？」

口調をあらため、渡久地が美羽に向かって訊いた。

「前橋に行く」ぶすっとした表情で、美羽は答えた。

「あいつの晴姿なんだもん。できるだけ近くで応援したい」

「しかし、競輪場には入れない、か」

「………………」

「俺にひとつ、アイデアがある」

夏村が言った。

「使えるアイデアか？」

渡久地が訊いた。

「条件がつく」

「なんだ？」

「由多加の優勝」

「はあ？」

「あいつが優勝するのなら、一発やりたいことがある。それは、その日に前橋にいないと、できない。でも、競輪場にいる必要はない」

「GⅠの優勝が条件なんて、むちゃもいいとこだ」

「するさ。優勝」

「なに、断言してんだよ」渡久地の声が荒くなった。

「由多加の仕事は、先輩選手のウマになってラインを目いっぱい引きまくることだぞ。それで、どうやって優勝する？」

「ぶっちぎって」

「おまえなあ」

「あたし、英郎に賛成」美羽が手を挙げた。

「由多加は優勝する。だから、そのアイデアを採用する」

「アイデアってなんだ？　英郎はまだ何も言ってねー」

「言ってなくても賛成」

「よっしゃあ」夏村が立ちあがった。

「俺、画策しちゃう」

「待て」渡久地が夏村を止めた。

「その前に、アイデアの中身を話せ」

「そいつは決まってからのお楽しみだ」

「ふざけんな」

しばし、大声での言い合いがつづいた。

結局、夏村がアイデアの詳細を明かさないまま、その日は解散になった。

三日後、三人の携帯に夏村からメールが届いた。

あす夕方四時にハンバーガーショップに集合しろと書かれていた。


「わりぃ、遅くなった」

夏村がきた。

「二分遅刻」

美羽が言う。

「もうちょい待ってくれ。コーヒーを買ってくる」

トレイにコーヒーとハンバーガーを載せて、夏村が席に着いた。

「どうなった？」

「決まった。前橋のライブハウス。全面協力してくれる」

「…………」

夏村以外の三人が、言葉を失った。口をぽかんとあけ、その場で動きを止めた。

「えと、どこから話そう」

夏村は、とまどう。

「最初から」

美羽が言った。

6

七月最初の日曜日の朝、六時にいわきを出発した。

常磐自動車道から北関東自動車道を抜け、一時的に国道五十号線に降りて、また北関東自動車道。そして関越自動車道で前橋に至る。全行程二百六十キロの道のりだ。車は峰が父親から借りてきた商用のワンボックスカーで、ボディに〝水道工事　峰設備工業〟の文字が大きく描かれている。

高崎ジャンクションで関越自動車道に入った。前橋が近い。

「もうすぐ第一レースのスタートだ」

渡久地が言った。渡久地は後部シートでタブレット端末をいじっていた。携帯電話回線でネットにつなぎ、オッズなどをチェックしている。

「まさか楽器を積んで競輪観戦に行くなんて、思わなかったなあ」

運転席で、ぼやくように峰が言った。ワイパーが間欠的にフロントグラスを拭《ぬぐ》っている。きょうは小雨だ。これ以上、雨足が強くなることはないとテレビで言っていた。ただし、やむこともない。関東一円が終日雨予報である。

「ったく、あきれちゃうわね」助手席の美羽が上体をひねり、バックレストごしに後席を覗きこんだ。

「前橋のライブにまぎれこむなんて」

「あきれちゃうのは、由多加だろ」後席で携帯ゲームに興じていた夏村が、美羽に向かって言い返した。

「初日こそ三着だったけど、あとはピンピンの二連勝で決勝進出だ。ローズカップまで勝っちゃうんだもんなあ」

ローズカップは、初日に好成績をだしたシード選手たちが走る二日目の最終レースだ。出場するのは、強豪選手ばかりである。このレースにでた選手は、着順に関係なく準決勝に進むことができる。

「きのうのレースもすごかった」渡久地が言った。

「先行一車になったおかげもあるけど、あの顔ぶれを相手にして、四車身のぶっちぎりはハンパないね。準決勝であれができちゃうんだから、由多加は絶好調なんじゃないかな」

「番手《ばんて》の池松、ちぎられてたよ」峰が言った。

「ああいうのつきバテっていうんだろ。先行にひっぱってもらってるのに、そのスピードについていけなくて、失速してしまうってやつ」

「ネットにコメントがでてるぜ」渡久地はタブレット端末を振りかざした。

「赤面ものの二着だって言ってる」

「池松って、SSの選手よね」美羽が言った。

「それでつきバテしちゃったら、立場がないわ」

「きょうはギヤをあげて対処するみたいだ。由多加が踏みこんだときに、反応できるかな」

「オッズは、どうなってる？」

夏村が訊いた。

「由多加から池松が二・一倍。池松から由多加が十三・四倍」

「みんな差せないと思っているんだなあ」

「英郎、あんたは車券のこと考えてる場合じゃないでしょ」美羽が割って入った。

「あんたが勝手に決めちゃったライブ、そっちのほうは大丈夫なの？　前橋まできて、赤面ものの演奏をしちゃったら、あたしたちも末代まで恥をかくことになる」

「末代までだって」夏村は笑った。

「すげー表現」

「うるさい！」

夏村がだしたアイデアは、とんでもないものだった。

「ライブをやるんだ。親王牌とコラボして」

ハンバーガーショップで、夏村はそう言った。

まったく意味がわからない。

「前橋に知り合いがいる」言葉をつづけた。

「プラチナドールのバンマスなんだけど」

「上條隼人《かみじょうはやと》だ」渡久地の表情が変わった。

「セミプロだぞ」

「メジャーデビュー、ほぼ決まってるよ」

夏村はあごを引いた。

「どういう知り合いなんだ？」

峰が訊いた。

「小学校んときの友人《だち》。俺、高崎で生まれたんだ」

「ええっ」

三人がいっせいに声をあげた。それは、全員が初耳だった。

「小学校の卒業直後にいわきに越してきた」夏村は言う。

「俺がギターをはじめたのは、あいつの兄貴の影響だ。隼人と俺は、ギターに関しては兄弟弟子ってとこだな」

「弟子同士、ずいぶん差がつくんだね」

美羽が言った。

「ほっとけ」

「それで、上條がどうしたんだ？」

渡久地が話の先をうながした。

「電話して、あいつに提案してみた。うちのメンバーが競輪のGIにでる。舞台はグリーンドーム前橋だ。絶対に優勝するから、それに合わせてイベントができないかって」

「絶対に」

「優勝」

美羽と渡久地が顔を見合わせた。なんの保証もないのに、よくそんなことを口にできる。

「決勝は日曜日だ。ライブハウスは上條が押さえていた。地元のテレビ局の競輪中継が午後三時からはじまる。俺たちはゲストということで、その時間からプラチナドールと一緒にライブをやる」

「プラチナドールと」

「ライブ」

今度は峰と渡久地が顔を見合わせた。

「ねえ、そこの客に競輪ファンっているの？」

美羽が訊いた。

「いないんじゃないかな」

夏村は、さらりと答えた。

「だったら……」

「関係ないよ。そこにきている客を競輪ファンにする気でやればいいんだ。知ってるか？　けいりんキングに書いてあった。競輪の観客って平均年齢が六十歳だぞ。若いやつを呼びこまなきゃ、競輪に未来はない」

「言ってくれるな」

渡久地が笑う。

「気概の問題だね」

夏村は胸を張った。

「結局、強引に押しきっちゃったんだよ」眉根に縦じわを寄せ、美羽は夏村を睨んだ。

「大恥かくかもしれないってことも考えずに」

「俺たち、そんなにへたじゃないだろ」

夏村が反論する。

「まあ、プラチナドールと比べられなければな」

峰が言った。

「俺はもう切り換えたぜ」渡久地が言った。

「プラチナドール、何するものぞだ。グリーンドームじゃ、由多加ががんばってる。俺たちも、必死で練習してきた。たしかに予想外の展開だったが、これは、バニッシュバニーにとってもいい経験になる」

「トグッチは前向きだなあ」

美羽が言った。

「でなきゃ、こいつとは付き合ってられない」

渡久地は夏村を指差した。

関越から降りて、前橋市内に入った。

正午にライブハウスでというのが約束だ。

カーナビに従って、峰は車を走らせる。

ライブハウスは、千代田町《ちよだまち》の商店街の中にあった。

「タントラ……あそこよ」

助手席の美羽が看板を見つけた。

指定されたコインパーキングに車を入れた。十一時五十分だ。なんとか時間どおりに着くことができた。

夏村が電話した。上條はもうタントラに入っていると言う。

車を降りて、四人がタントラの前に行くと、入口に上條が立っていた。背が高く、髪が長い。黒いTシャツを着ていて、ブラックジーンズのポケットに両手を突っこんでいる。

「ヒデ」

上條が夏村を呼んだ。

「隼人」

夏村が駆け寄り、握手をした。

「本当に知り合いだったんだ」

峰が言った。どうやら半信半疑だったらしい。その横では、美羽が「上條、かっこいい」とつぶやいている。

店内に入った。二階のステージに通された。

「両端に大型の液晶テレビを一台ずつ置く」フロアに向かって立ち、上條が説明した。

「二時半開場で、三時スタート。スタートと同時に競輪中継を流す。フロアにも、ステージから見えるように一台置くから、演奏してても、レースは観戦できる」

「最初っからやるのか？」

夏村が訊いた。

「中途半端はよくない」上條は首をめぐらし、夏村を見た。

「優勝してくれるんだろ？　ヒデんとこのメンバー」

「もちろんだ」

「じゃあ、そのまま中継を最後まで流して、ぶっ飛ばそう。決勝戦は、バニッシュバニーの独演だ。ゴールまで選手と一緒に突っ走れ」

「あのう」おそるおそる美羽が口をひらいた。

「もしかして、優勝できないってことはいっさい考えてないんですか？」

「考えてない」

上條は即答した。

「それ、まずいんでは？」

「なるようになるさ」

「はあ」

「きょうはおもしろいステージになる。よけいな心配はせずに、最高の演奏をしよう。そうすれば、何が起きても、すべてうまくいく」

前髪を指先でかきあげ、さわやかに笑った。

かっこよすぎるぜ。

と、美羽は思った。

7

三曲目が終わった。

第九レースがゴールし、まもなく第十レースがスタートする。そのあとが決勝戦、メインの第十一レースだ。

オープニングはプラチナドールが演奏した。異例の午後三時開演のライブだったが、日曜日ということもあって、会場はほぼ満席だ。その満席の観客たちを、一気にプラチナドールが盛りあげた。上条はギターとボーカルを担当している。そのうまさに、あらためてバニッシュバニーの四人は度肝を抜かれた。

しかし、負けてはいられない。ここで観客の熱狂をさましてしまったら、決勝戦までもたない。それこそバニッシュバニー、末代までの恥である。

上條が、きょうの趣向とバニッシュバニーを紹介した。音声を切って映像と演奏をシンクロさせた第九レースの中継は、観客に受けた。そのアイデアを持っていわきから前橋に乗りこんできたのが、きょうのゲスト、バニッシュバニーだ。

スポットライトが美羽を照らす。

二曲立てつづけに、全開で演奏した。

よっしゃ。つかみはオッケイ！

美羽は手応えを感じた。意識の裡《うち》でガッツポーズをつくった。

競輪中継は、レースとレースの間隔が他のスポーツよりも長い。ギャンブルだから、勝敗を検討し、車券を買ってもらう時間が必要となる。そのあいだを、番組は解説者の予想やイベントの紹介、オッズ一覧の放映などで埋めている。当然だが、ギャンブルとしての競輪に関心のない者にとって、これほど退屈な時間はない。

「これを逆手《さかて》にとって、つなぎの時間帯に派手な曲をぶちこむ」開演前の打ち合わせで、上條は言った。

「でもって、レースになったら、少しボリュームを抑える。レースにも目が向くようにする。できるか？」

「やるわよ」

美羽が答えた。

四曲目で、またプラチナドールがステージにでてきた。ここからは、プラチナドールとバニッシュバニーが入り交じって演奏をする。

第十レースがはじまった。このレースも、音声は流さない。映像のBGMとして演奏を使う。

朝長圭介が勝った。朝長はきのうの準決勝戦で落車の巻き添えに遭い、前輪を壊して五着でゴールした。おかげで、帆刈の引きで決勝を走る絶好の機会を逃したが、そのうっぷんはベテランの技、ハンドル投げで晴らした。写真判定による微妙な勝利だ。しかし、最後の最後で思いきり前に向かってピストを押しだし、朝長はタイヤ差の勝利を得た。プラチナドールとバニッシュバニーは、この壮絶な接戦を派手なアドリブ演奏で大きく盛りあげた。

そして。

そのときがきた。

親王牌決勝戦だ。

プラチナドールがバラード系の三曲をじっくりと聴かせ、観客の昂奮を鎮めた。上條は観客心理を綿密に読んでいる。ピークは決勝のラスト百メートルだ。

決勝出場選手がバンク内にでてくるタイミングで、上條はバニッシュバニーを再びステージに呼びこんだ。中継放送の音声もオンにする。選手の名前が会場に響き渡る。

瀬戸石松、広島。才丸信二郎、熊本。綾部光博、東京。永平重美《ながひらしげみ》、大分。塔日出男、群馬。帆刈由多加、福島。須走良太、神奈川。桐ヶ谷忠《きりがやただし》、千葉。池松竜、北海道。

渡久地がドラムを叩く。峰のベースがリズムを刻む。夏村がギターを掻き鳴らす。美羽がマイクスタンドを握る。

歌いだした。いきなりサビから入った。美羽の衣装が変わっている。先ほどまではタンクトップにスーパースリムジーンズだったが、いまはベアトップのブラに、尻が半分ほどはみだそうかというローライズのボーイショーツだ。赤い編みあげブーツを履き、長い髪を束ねて、シュシュでまとめている。

九人の選手が、発走機についた。美羽が歌っている曲は、歌詞が人生の応援ソングになっている。それがそのまま、この場ではバニッシュバニーから帆刈への声援となる。

号砲が鳴った。スタートした。

瀬戸が飛びだし、頭《エス》をとった。それに才丸、須走がつづく。綾部が須走の前にでたがっているが、それを須走は許さない。才丸と須走の間には、永平が入った。

バンクを一周した。並びが固まった。須走のうしろが桐ヶ谷、その背後に綾部と塔。

帆刈のラインが最後尾で、池松が番手についた。三、二、二の四分戦である。誘導員を含む十車が、緊張感を孕《はら》みつつ周回を重ねていく。瀬戸、須走、綾部がしきりとうしろを振り返る。帆刈を気にしているのだ。帆刈にすんなり先行させたら、他のラインはそのどれもが不利になる。いつでてくるのか、それをどのタイミングで叩くのか、一瞬の判断が、勝敗を分ける。

赤板を過ぎた直後。

帆刈が前にでた。ゆっくりと前進し、外側から瀬戸に並んだ。しばらく併走する。後方に目をやり、帆刈は須走の反応を見た。須走に動く気配はない。様子をうかがっている。すかさず綾部が池松のうしろについた。須走を抑える位置を確保した。

「行こう！　みずから荒野の果てに！」

美羽が歌う。

打鐘《だしよう》の前だった。帆刈が誘導を切った。先頭にでる。誘導員が退避した。ダンシングで、帆刈が加速する。

須走がいったん引いて、最後尾から出直してきた。外からカマシ先行を狙う。それを綾部の番手の塔が牽制した。綾部も横に動いて、須走の進路を閉ざそうとした。

須走は塔と綾部をかわす。牽制をかいくぐり、帆刈を追う。だが、桐ケ谷がついていけない。塔に押しあげられ、失速した。

須走が帆刈に迫った。池松は抜いた。

ホームを通過する。あと一周だ。

帆刈がイン側で突っ張った。ペダルを踏み直し、再加速する。須走を前にださせない。

須走は粘った。粘ったが、合わせられない。

ずるずると後退した。あっという間に、帆刈に置いていかれた。一度は抜いた池松にも抜き返された。帆刈の踏みこみは、強烈だ。

「跳べ！　走れ！　あしたへと！」

美羽の絶叫が響く。

「ちっ」

バンクでは、綾部が舌打ちしていた。綾部は帆刈と須走の叩き合いを期待していた。先行ふたりが互いにやり合って消耗したら、それこそ絶好の捲りどきである。しかし、須走には帆刈と競り合うだけの力がなかった。

ならばとばかりに、八番手に下がっていた瀬戸が動いた。二コーナーを過ぎたときだ。バックでの捲りを敢行した。

一気にトップをめざす。

三コーナーの手前で、池松に追いついた。才丸とふたりで、五車をごぼう抜きにした。永平はついていけなかった。

が。

瀬戸は帆刈に届かない。やむなく、池松の背後にもぐりこんだ。

四コーナーから直線へ突入する。そこで池松が切れた。見る間に車間がひらく。準決勝につづき、またもやつきバテだ。疾走する帆刈につききれない。どんどん離れていく。

瀬戸も力尽きた。脚が止まった。かわりに才丸が前にでた。そのうしろには綾部がいる。

才丸は、池松を捉え、かわした。

「跳べ！　走れ！　跳べ！　走れ！」

美羽の目は、フロアに置かれたテレビの画面に釘づけだ。

帆刈が独走する。追う才丸とは三車身。その差は縮まらない。逆にひらく。

「行け！　行け！　行け！」

美羽が叫ぶ。もはや歌詞ではない。拳を握った左腕を、頭上で振りまわしている。

ライブ会場がどよめいた。

ゴールした。

優勝だ。帆刈が勝った。二着は才丸。実に五車身差の圧勝である。つづいて、池松、綾部、塔が横一線となってゴールラインになだれこんだ。

初出場、初優勝。デビュー最短でのＧⅠ制覇。グランプリ確定。

その瞬間、すべてが決まった。

「やった、やった、やった！」

渡久地はスティックを放り投げた。ステージの真ん中にでてきて飛び跳ねた。夏村も峰も、もう演奏をしていない。美羽に至ってはフロアに降りてしまい、相手かまわず、観客とハグしまくっている。

「この演出、百二十点だ」

上條が夏村の横にきた。

「バカ言え」夏村はかぶりを振った。

「百万点だ！」

午後九時を過ぎた。

ライブは終わっていない。五時をまわったところで、上條が集めた仲間のバンドがぞくぞくとやってきた。応援部隊である。きょうはこのまま集団ライブで深夜まで突っ走る。夏村と上條のプランには、もうひとつ大きな山場が用意されているから。

その山場の主役が、会場に姿を見せた。

帆刈由多加だ。

同地区の親王牌出場選手も、一緒だった。萱場。梶本。朝長。福島勢だけでなく、帆刈の世話になった北海道の池松もいる。

「なんだよ。おもしろい祝勝会会場って、ライブハウスかよ」

萱場が言った。全員、行先を知らされずにタクシーに乗った。帆刈は前検日の朝に、このイベントの詳細を夏村からメールで受け取っていた。

「ヒーロー、登場だ！」

MCをつとめる上條が、大声で帆刈を紹介する。

どおっとフロア全体が揺らいだ。

帆刈がステージにあがった。セル縁の伊達眼鏡と耳のピアスが復活している。夏村からギターを借りて、ひとしきり掻き鳴らした。歓声がすごい。ギターの音がほとんど聞こえない。

「まずは乾杯！」

上條が叫ぶ。全員がグラスを手にした。きょうはもうドリンク飲み放題だ。スポンサーは、もちろん帆刈になっている。

「ご発声は、福島の大先輩、S級S班の朝長圭介選手」

「お、俺かよ」

朝長はあせった。まさか、この状況で自分が指名されるとは思っていなかった。

拍手に包まれ、朝長がステージにあがった。帆刈の横に並んだ。

仕方がない。朝長は腹を決めた。こうなったら、とことん、この若い連中に付き合うしかない。

「やりやがったぞお！」グラスを握った手を高く掲げ、声を張りあげた。

「こんなチャラいやつがＧＩで優勝だ！」

また歓声がごうごうと湧きあがる。

「俺はくやしいぞお。帆刈、おめでとう！」

「おめでとう！」

演奏が再開された。バンドは、もちろんバニッシュバニーだ。

「まいったぜ」フロアで萱場がつぶやいた。

「美羽の野郎、ふざけたマネをしやがって」

「しかし、なんだな」ぼそりと池松が言った。

「あいつ、マジにチャラいよ」

帆刈に向かって、あごをしゃくった。

GRAND PRIX

第四章

読売新聞社杯
全日本選抜競輪

YOMIURISHINBUNSHAHAI
ZENNIPPON SENBATSU KEIRIN

1

曇天《どんてん》だが、雨が降りだす気配はない。梅雨末期の豪雨が、ここ数日つづいていた。しかし、その雨もきのうの夕方にやんだ。立川競輪場のバンクも、とりあえず乾いた。いまは、ほぼドライである。

競輪選手が集まっていた。綾部光博が呼びかけた合同練習だ。一週間後の土曜日、今年のサマーナイトフェスティバルが松戸競輪場で開催される。それに備えての練習だった。サマーナイトにはでない若手選手も含めて、十二人の選手が顔をそろえた。立川だけでなく、京王閣や西武園所属の選手も遠征してきている。

敢闘門に立ち、バンク内に目をやった選手が、バンク中央部に子供がひとりすわっているのを見つけた。膝を立てて脚を両腕でかかえている。Tシャツにジーパンという軽装だ。右手に小さなデジタルカメラを握っている。

「あれ、誰だ?」

選手がつぶやいた。

「綾部さんの息子だよ」べつの選手が言った。

「綾部拓馬《たくま》くん。練習の見学だってさ」

「中学生かな？」

「十四歳。二年生だ」

「もう夏休みなのかなあ」

「違う。夏休みは来週からだ。おまえ、忘れちゃったのか？」

「覚えてない。中学って十年も前のことだぜ」

「どういう頭してんだよ」

「はじめるぞ」

ピストを押して、綾部光博がきた。そのうしろには、弟の俊博もつづいている。

「はいっ」

ふたりの選手はあわてて自分のピストをとりにいった。

十二人の競輪選手が、バンクにでる。

まずはウォームアップの周回からだ。

四人ずつ、三つのラインに分かれて、バンクを三十周した。

間をあけず、もがき練習をする。

八本やった。一本ごとに先行が入れ替わった。

俊博が、兄の番手《ばんて》についた。四百メートルダッシュだ。しかし、捲《まく》れない。外にでて並ぼうとするが、追いつく前に切れてしまう。二本目も同じだ。完全に力負けしている。いつもの切れが、まったくない。

休憩になった。

敢闘門に戻る。

綾部が俊博の横に並んだ。

「だめだな」低い声で言った。

「話にならない」

「すみません」

俊博は頭を下げた。

「あとでまたやる。それまでに修正しておけ」

「うっす」

そのまま、綾部は弟から離れた。

注意はするが、指導はしない。いつものことだ。技術は見て盗め。考えて身につけろ。他人に教わるな。

それが、綾部光博のやり方だ。

敢闘門の脇に、俊博は自分のバッグを置いていた。そこからゼリー飲料とスポーツドリンクのボトルを取りだした。ジャージのバックポケットにそれらを入れ、またピストにまたがってバンクに戻る。

ゆっくりとバンクを二周して、中央部に向かった。

「よお」

拓馬の背後で、ピストを停めた。

サドルから降りて、ピストを横倒しにする。

「腹へってないか？」

ゼリー飲料を拓馬に渡した。

「ありがとう」

「退屈だろ？」

俊博は、拓馬のとなりにすわりこんだ。シューズを脱いで裸足になる。靴下は履いていない。

「ううん。けっこう楽しんでる」

拓馬は首を横に振り、ゼリー飲料を喉の奥へと流しこんだ。

「暑いなあ。汗でべたべただよ」

ジャージのファスナーを下げ、俊博は胸をはだけた。曇っているが、気温は高い。スポーツドリンクを飲んだ。

「父さんは？」

　拓馬が訊いた。

「セッティングをいじるみたいだ」俊博は言った。

「つぎは少し軽めのギヤを試すんじゃないかな」

「………」

「最近、発作がぜんぜんでてないんだって？」

　拓馬が口をつぐんだので、俊博は質問を返した。

「でてない」拓馬は小さくうなずいた。

「去年の暮れに軽いのがあったんだけど、それ以降は一度もでてないよ」

　発作とは小児喘息《ぜんそく》のそれのことだ。

「もしかして、治ったのかな？」

「この前病院に行ったとき、先生もそんなことを言っていた。小児喘息は患者の半分以上が中学生に入るころに症状がでなくなるんだって。春からは薬もやめて、様子を見ている。でも、まだ体育の時間なんかは、ちょっと怖い。びくびくしている」

「小学校じゃたいへんだったからなあ」

「月に一度は、救急車に乗っていたような気がする」

「俺も、子供のころは似たような症状がでてたんだぜ」

「知ってる。おばあちゃんに聞いた」

「拓馬ほどひどくはなかったけどな」

「あんなの体験しないほうがいいよ」

「同感だ」

「…………」

　また言葉が途切れた。

「ロード、買ってもらったと聞いたぞ」

　俊博は話題を変えた。

「うん」拓馬は俊博に視線を向けた。

「先生があまり激しくない運動で、からだを慣らしていけって言ったから」

「乗ってるのか？」

「ちょっとだけ。多摩川のサイクリングロードなんかをゆっくりと。休みの日だと、二十キロくらいかなあ」

「兄貴と走ったことは？」

「一度だけ、街道練習についてったことがある。サイクリングだから大丈夫って言ってたけど、結局は置いてかれてしまった。父さん、途中からマジ練習モードに突入しちゃったから」

「きょうはバンクでの練習ってのが、どんなものか見たかったんだ」拓馬は言葉を継いだ。

俊博は笑った。

「兄貴らしい」


「競輪場に入ったことなかったし」

「見るだけでよかったのか？」

「そうだよ」

「身長はいくつだ？」

「百六十八」

「でかいな」

「そんなことないよ」

「俺が十四のときは、百五十そこそこだったぞ」

「いまはふつうだね。百六十八だと、真ん中よりちょっと上くらい」

「本当か？」

「本当。でも、体重は四十四キロしかない。これはたぶん平均以下だね。がりがりだよ」

「運動、避けてたからなあ」

「着替えのとき、あばらが浮いてるってからかわれる」

「いい機会だから、ピストに乗ってみるか？」

「え？」

とつぜんの提案に、拓馬は困惑の表情をつくった。

「ピストだ。バンクを走ってみるんだ」

「だめだろ、それ」拓馬は小さく肩をすくめた。

「練習の邪魔はできない。父さんも怒るよ」

「大丈夫。練習は昼までだ。そのあとに乗る。立川には、借りられるピストも置いてあるんだ。話は俺がつけるし、帰りは俺が家まで送ってやる」

「叔父さんが、父さんに？」

「まかせとけ」

「…………」

休憩時間が終わった。

ピストにまたがり、俊博は敢闘門に戻った。

練習再開となった。

今度は二百ダッシュが中心だ。

俊博は見違えるような走りを見せた。

拓馬にバンク体験をさせてやる。

そのためには、兄を納得させる練習をしなくてはいけない。不調のままでは、何を言っても相手にされない。子供と一緒に遊ぶ暇があったら、プロとしてやるべきことをやれと一喝されるのがおちだ。

拓馬との約束が、俊博のモチベーションをあげた。

「拓馬にバンクを走らせたいんだけど、いいかな？」

練習終了後、ローラー台でクールダウンをしていた綾部に俊博は訊いた。拓馬は俊博のうしろに立っている。心配そうな表情だ。

「おまえが面倒をみるのか」

俊博と拓馬の顔を、綾部は交互に見た。

「うっす」

「好きにしろ」

綾部は反対しなかった。簡単に了承した。

「よっしゃあ」

俊博は、拓馬の肩を軽く叩いた。

2

「ファミレス、寄ってくか？」

車に乗って走りだした直後、俊博が拓馬に訊いた。

「………」

拓馬は即答できない。まだ午後四時前だが、腹はたしかにへっている。昼に摂《と》ったのは、クッキーと俊博からもらったゼリー飲料だけだ。

「おまえが遠慮しても、俺は寄りたいなあ」俊博は言葉をつづけた。

「このままじゃ、家までもたん」

「食べます。ぺこぺこです」

拓馬が言った。

「だろうな」

俊博はにっと笑った。

綾部の家は国分寺《こくぶんじ》にある。もよりの駅は中央線の西国分寺だ。立川競輪場からだと、目と鼻の位置にある。距離にして六キロほどしかない。車だと、すぐに着いてしまう。

イタリアンのレストランがあった。その店の駐車場に、俊博は車を入れた。

席に着き、ピザを注文する。

「バンク、おもしろかったろ？」

オーダーを終え、俊博は拓馬に向き直った。

「うん」拓馬はうなずいた。

「同じところをぐるぐるまわるだけってのが、こんなに楽しいとは思わなかった」

「ケツ、痛くないか？」

とつぜん決めたことなので、レーシングパンツがなかった。拓馬はジーパンとスニーカーでバンクを走った。

「平気。なんでもない。それより、ロードとぜんぜん違っていたから、そのほうにびっくりした」

「ロードはフリーギヤだからな」

「脚を止めようとしても、ぜんぜん止まらないんだもん。最初はひっくり返りそうになった」

「たしかに、何回かあぶないシーンがあった」

「止まろうとすると、お尻が浮くんだよ」

拓馬は身振りで、その様子を再現してみせた。ピストにはブレーキがない。止まるためには、足でクランクの回転を押さえこむ必要がある。そのとき、力加減を誤ると、腰が跳ねあがってしまう。

「最後のほうは、かなりうまく乗っていたぜ」

「でも、クリップバンドには最後まで慣れなかったなあ。やっぱりビンディングペダルのほうが好きだ」

クリップバンドはシューズをペダルに固定するためのベルトだ。ビンディングと違い、手でベルトを締めつけて足がペダルから離れないようにする。脚を止めず、クランクをまわしながらペダルを締めたりゆるめたりするのは容易ではない。一時間弱の短いバンク体験では、そこまでの技が身につかなかった。止まるたびにからだと車体を俊博に支えてもらい、クリップバンドを外した。スタートするときも、同じだ。

ピザがきた。飲物もテーブルに置かれた。

食べはじめた。

「おかわりしていいぞ」俊博が言った。

「遠慮はするな」

「叔父さん」

おもてをあげ、拓馬が俊博を見た。

「なんだ？」

「叔父さんも最初はピストじゃなくて、ロードに乗っていたんでしょ？」

「ああ」

「すごく遠いとこって、行ったことある？」

「遠いとこ？」

「距離でいうと、二百キロ以上とか」

「そりゃ、遠いな」

「ある？」

「十六んときだ」少し考えて、俊博は答えた。

「兄貴に古いロードをもらって、毎日がんがん乗りまわしていた。そのころだ」

俊博と綾部は年齢差が大きい。いま綾部は三十八歳で、俊博は二十九歳である。俊博が十六歳になったとき、綾部はすでに競輪選手としてデビューし、S級で活躍していた。

「十月半ばの日曜日だったかな」俊博は言う。

「兄貴よりたくさん走ってやろうと思い、ひとりで富士山に向かった。登るんじゃなくて、まわりを一周ってやつ。でも、甘かった。まだ暗いうちに家をでたのに、山中湖を基点にして富士山をひとまわりしたら、もう完全に日が暮れていた。公衆電話で山中湖からうちに電話したら、兄貴がでた」

「まだ東大和《ひがしやまと》に住んでたの？」

「家を建ててるときだ。おまえが生まれてすぐ」

「怒られた？」

「そういうことはなかったなあ。いつもの調子だよ。ぼそっと、ひとりでしっかり帰ってこいと言われた」

「どうしたの？」

「帰ったさ。山中湖から家まで。一応、ライトとかは持っていたからね。やたらと目立つ蛍光色のウインドブレーカーも。しっかし、それでも寒かった。山中湖からこっちはずうっと下りなんだ。全身が冷える冷える。歯がガチガチ鳴ったことを覚えているよ」

「大冒険だね」

「夜中に家に着いたら、みんな起きて待っててくれた。親父も、おふくろも、兄貴も。あとで知ったんだが、むかし兄貴も似たようなことをして大騒ぎになったことがあったらしい。だから、慣れてたんだな」

「それ、慣れることじゃないと思う」

「そうか」

俊博は声をあげて笑った。

「父さんと一緒にレースにでることはないの？」

拓馬の質問が、変わった。

「あるよ。宮杯じゃ一緒に決勝を走った。つぎのサマーナイトも、兄貴と一緒だ。出場する選手を各開催に割りふることを斡旋《あっせん》というんだが、通常、親子、兄弟は同じ開催に斡旋されない」

「どうして？」

「レースの公正さを保つためだな。競輪はスポーツだけど、ギャンブルだからね。それなりの配慮が必要になる。でも、大きい開催は例外だ。出場資格を持った、人気のある選手を簡単には排除できない。とはいえ、同じレースを走るのは決勝だけだと思う。それ以外は、違うレースを走ることになる」

「競輪って、いろいろたいへんなんだ」

「そう。たいへん」

俊博はうなずいた。

「八月にはＧＩの選抜競輪もあるんでしょ？」

「全日本選抜は、兄貴だけだ。俺は春一番でやらかした失格が響いて、八月は斡旋が停まる。でたくても、でられない」

「何したの？」

「訊くのかよ」

「だめ？」

「押しあげだ。捲ってきた選手を牽制したんだが、ちょっとやりすぎた。向こうが落車して、あっさりと失格。全日本選手権前の落車は、斜行した選手に前輪をひっかけられてのもらい事故だったが、春一番では、逆に俺がやっちまった」

「競輪、落車が多いんだなあ」

「みんな必死で戦っているからな。これはどうしようもない。競輪選手をつづけていく上での宿命みたいなものだ。兄貴も何回かひどい怪我をしている」

「知ってるよ。去年はひと月近く入院していた」

拓馬がコーラをおかわりした。俊博もコーヒーをもう一杯頼んだ。

「父さんと一緒にでるってことは、サマーナイトも大きい開催なんだね」

話が戻った。

「GⅡだ。その名のとおり夜のレースで、二日間しかやらない。一日にやるレース数も少ない。九レースずつ。初日が予選。二日目が決勝だ。初日の予選は一着権利になっている」

「一着権利？」

「一位になったものだけが決勝にでられる。だから、一日九レースになっているんだ」

「そうか。競輪は一レース九人なんだよね」

「基本はな。ときどき参加選手が足りなくて、八車立てや七車立てになることもある」

「へえ」

「けっこう競輪に興味を持ってるなあ。ま、バンク見学にくるくらいだから、当然といえば当然だが」

「そりゃ、父さんの職業だもん」

「専門チャンネルのレース中継も見てるんじゃないのか？」

「父さんや叔父さんがでているときは」

「見てるのか」

「ゴール前のどきどき感がたまらないんだ」

「いっぱしのことを」

からかうように、俊博が言った。

「ごめんなさい」

拓馬は首をすくめた。

「いや、謝ることじゃない。身内に見てもらっていると聞くのは正直うれしい。もっとがんばろうという気になる」

「じゃあ、サマーナイトでは、父さんに勝ってよ」

「俺を応援するのか？」

「まあね」

「まいったな」

俊博は頭を掻いた。

「勝てないの？」

「がんばるよ。言えるのは、それだけだ」

「なんか、すごく楽しみになった」

「やれやれ」

俊博はため息をつくしかない。

五時になった。もう帰らないといけないと拓馬が言った。

店をあとにした。

3

綾部はパワーマックスに乗っていた。自宅のトレーニングルームだ。パワーマックスはプロ用のサイクルトレーナーである。このマシンに、綾部は朝八時から乗っている。トレーニングをはじめてから、まもなく一時間だ。冷房を効かせているが、全身が汗にまみれている。鉢巻きがわりに額に巻かれたタオルから、しずくがしたたり落ちる。

サマーナイトフェスティバルの決勝で、綾部は落車した。弟の俊博は初日の予選で二着となり、敗退している。通常の開催なら、間違いなく予選通過なのだが、サマーナイトは違う。一着をとらなければ、決勝には進めない。

決勝の日は雨になった。昼すぎから降りはじめ、夜になってもやまなかった。

午後八時三十八分、予定よりも少し遅れて、決勝の第九レースがスタートした。その前の第八レース、順位決定戦で俊博が勝っていた。決勝には乗れなかったが、これは上々の結果だ。綾部にも気合が入った。

最終ホームでうまく立ちまわり、二コーナーで先行二車の三番手という絶好の位置を綾部は確保した。だが、後方から捲ってきた選手を、三コーナー手前で牽制しようとした先頭選手が、共倒れのような形で落車した。頭突きを繰りだして激しくやり合った二車のタイヤが、濡れた路面で滑ったのだ。このアクシデントで前段にいた四車が一気にひっくり返った。その中に、綾部もいた。

運がよかったのは、捲ってきた選手の番手についていた京都の都賀公平だった。前三人が消え、横に並んでいた綾部も前方に大きく飛んだ。綾部が外側に転がっていたら、都賀も巻添えになっていたはずだが、そうはならなかった。都賀の行手がぽっかりとあいた。

となれば、あとはもう前々に踏むだけだ。三百三十三メートル《さんさん》バンクの松戸競輪場は、直線が短い。四コーナーを通過したら、四十メートル足らずでゴールだ。

二着に三車身の差をつけて、都賀が優勝した。

綾部の怪我は打撲と擦過傷《さつかしよう》だった。首も軽い鞭打《むちう》ち症になった。痛みと痺《しび》れで再乗ができず、棄権するしかなかった。

その日から三日。

傷も打撲も、まだ治っていない。痛みも残っている。

それでも高い負荷をかけ、パワーマックスのクランクを綾部はまわす。ひたすらまわしつづける。

全日本選抜まであと十日。休んでなどいられない。バンクでの全力疾走は無理でも、ウェイトトレーニングやパワーマックスでの練習はなんとか可能だ。

トレーニングルームの外に、拓馬がいた。母屋からは渡り廊下で行くのだが、そこのドアで、離れのような形で建てられている。トレーニングルームは庭にガレージと並んでには窓があり、中を覗き見ることができる。

ドアの蔭に身を置き、拓馬は練習に励む父親の姿をこっそりと見ていた。呼ばれない限り、練習中にルーム内に入ることは許されていない。母親もだめだ。これは綾部家の絶対の掟である。

すでに学校は夏休みに入っていた。拓馬は連日、ロードバイクで近辺を走りまわっていたが、きょうはまだ家にいた。家にいて、父親が練習するさまを息をひそめてうかがっている。

「おにいちゃん、何してんの？」

とつぜん声をかけられた。びくっと背すじを伸ばし、拓馬はうしろを振り返った。

妹の柚葉《ゆずは》がいた。小学校六年生。上の妹だ。拓馬にはもうひとり、小学校三年生の妹、美春《みはる》がいる。

「父さんの練習、見てるんだ」

低い声で、拓馬は答えた。

「どうして？」

「見たかったから」

「練習なんて、いつものことじゃない」

柚葉は小首をかしげた。

「いつものことだけど、ちゃんと見たことがなかったんだ」

「なんで、ちゃんと見るのよ？」

「見たいからだ。悪いか？」

「こそこそしていて、へん」

「こそこそなんかしてない。父さんの邪魔をしないようにしているだけだ」

「ふうん」柚葉は肩を小さくそびやかした。

「おにいちゃん、わけわかんない」

きびすを返し、ばたばたと足音を響かせて、柚葉は母屋へと戻っていった。

「バカゆず」

悪態をつき、拓馬はドアの窓に向き直った。

綾部は、まだパワーマックスのペダルを踏みつづけている。


俊博は、檜原村《ひのはらむら》にいた。

街道練習だ。檜原村役場から風張峠《かざはりとうげ》に行く途中、人里《へんぼり》の笛吹《うずしき》地区あたりから数馬《かずま》までの四、五キロが、平均勾配四パーセント前後のほどよい登り坂になっている。その坂道を使い、同じ場所で何度ももがく。登りでもがき、下りで休む。それをえんえんと繰り返す。そういう練習だ。自転車は、前後ブレーキ付きのピストである。

人里に向かって下っているとき。

拓馬があらわれた。

ロードバイクに乗って、下から登ってくる。

偶然なのか、それとも。

俊博はピストを停めた。道路の左端に寄って、車道から外れた。拓馬が近づくのを待つ。

きた。

拓馬が俊博に気がついた。

ダンシングして、一気に距離を詰めた。停止し、サドルから降りる。トップチューブをまたいで立つ。道の端に自転車を寄せることも忘れていない。綾部からルールやマナー、乗り方をしっかりと教わったのだろう。

道路をはさんで、俊博と拓馬は向かい合った。

「よかった。ちゃんときていた」

拓馬が言った。ジャージにレーパン。ヘルメットと指切りグローブ。サングラスをかけ、シューズはビンディング対応のロードシューズだ。いっぱしの自転車乗り《ローディ》という恰好である。

「俺に会いにきたのか？」

俊博は訊いた。

「おばあちゃんに電話したら、きょうはこのあたりを走っているって言ってた」

いまだ独身の俊博は、生まれ育った家で両親と同居している。街道練習に行くときは、念のため母親に行先を告げておくのは、いつもの習慣だ。

「何時に家をでた？」

俊博が、さらに問う。

「九時過ぎくらいかなあ。二時前に帰ってくるって言われたから、ちょっとあせったよ」

サイクルコンピュータの画面に、俊博は目をやった。十二時八分だった。西国分寺からここまでは優に四十キロ以上ある。三時間程度できたのなら、がんばったと言っていい。

「悪くないペースだ」

俊博は言った。

「武蔵五日市からこっち、ぼろぼろだったよ。何台のロードに抜かれたか、もう覚えてない」

「くやしかったか？」

「ちょっとだけね」

「じゃあ、少ししごいてやろう。せっかくここまできたんだ。練習に付き合え」

「無理だよ」

「それはどうかな」

「？」

「ここらへんのゆるい坂なら、俺がピストでおまえがロードでも、俺のほうが速いと思う。しかし、その先に行くとなると、話はべつだ。勾配も九パーセント、十パーセントになる。俺はたぶん、時速五キロがやっとだな。這ってるような速度だ。楽勝でかわせるぞ」

「上に行くの？」

「都民の森がゴールだ。あそこでそばを食わせてやる。この気温だから、ソフトクリームもつけてやる」

「ほんとだね？」

「本当だ」

「行く！」

拓馬がふわりとサドルにまたがった。ペダルを踏みこみ、走りだした。

「あ、こら」

不意を衝《つ》かれ、俊博はそのあとをあわてて追った。

都民の森までは七キロほどの登りだった。その距離を走るのに、一時間近くかかった。ピストでは時速五キロがやっとという俊博の言葉は嘘ではない。勾配十パーセントの坂でのピスト走行は、間違いなく高負荷トレーニングになる。全身汗まみれになり、ときには大きく蛇行しながら、俊博は急坂を登りきった。

都民の森に着くなり、俊博はひっくり返った。歩道に仰向けに倒れ、しばらく動けない。

　そこに拓馬がきた。五分遅れだった。

「負けたあ」

　拓馬が叫ぶ。しかし、倒れこむようなことはない。俊博と違い、余力を残している。軽いギヤで負荷を抑えて登ってきた、その結果だ。こういうところに、固定ギヤのピストと、二十段変速のロードバイクとの差がでる。

　一息ついて、ふたりはそばを食べた。

「喘息、ぜんぜんでないな」

　そばをすすりながら、俊博が言った。

「調子ばっちりだよ」拓馬はうなずいた。

「夏休みだから、ほとんど毎日走っている。天気もいいしね」

「何か目的があるのか？」

「………」

　そう訊かれて、拓馬の動きが止まった。

「うーん」短くうなってから、言った。

「まだ内緒」

「そうか」

俊博は笑って受け流した。何を企んでいるのかは知らないが、拓馬は何かをするために、きょう自分を追ってここまできた。それは、悪くない話だ。トレーニングに誘ったのは正解だったのだろう。

「帰りは下りだ」そばを食べ終え、ソフトクリームに取りかかった拓馬に向かい、俊博は言った。

「下りは気をつけろよ。間違っても、俺と張り合うんじゃないぞ。適当なところで待っているから、自分のペースで慎重に下りてこい」

「わかった」

十五分後。

帰路についた。

4

朝七時少し前に、人見《ひとみ》憲吾《けんご》がタクシーでやってきた。GI初出場の若手選手だ。綾部の車に同乗して、いわき平競輪場に向かう。車は白のベントレーだ。ピストはふたりとも宅配便で送った。キャリーバッグを二個、トランクに入れた。

二階の窓から、拓馬がその様子を見ていた。きょうが全日本選抜競輪の前検日だ。

あけ放したまま窓から離れ、自分の学習デスクの前に拓馬は移った。椅子に腰かけ、パソコンに向かった。マウスのボタンをクリックする。

地図が画面いっぱいに映しだされた。

いわき平競輪場。

福島県だ。

ネットの交通案内サイトに接続する。西国分寺からいわき平競輪場までは、およそ二百四十キロだ。高速道路は使えない。ルートを調べた。都心を抜け、国道六号線にでたら、あとはまっすぐである。道そのものはわかりやすい。

検索で六号線を自転車で走った人のブログを探し、読んだ。バイパスに注意しろと書かれていた。土浦や水戸のバイパスに自転車で入りこんでしまうと、危険な目に遭う。まわり道をうまく見つけて、無駄な時間を浪費しないようにしなくてはいけない。

「往復で四百八十キロかあ」

拓馬はつぶやいた。

想像すらできない距離だ。この夏休み、がんばって遠出をしてきたが、それでも最長走行距離は一日で百六十キロである。往復どころか、片道の距離にすら届いていない。

どう考えても、日帰りは無理だ。拓馬のペースだと、ノンストップで走っても三十時間はかかる。どこかで寝ないと走りきれない。

野宿もありだなと思った。八月に入って、すでに夏真っ盛りとなった。気温は連日三十二度を超えている。最高気温が三十四度や三十五度という日もある。夜も三十度を切ることはない。東北といえども、明け方に冷えこむなどということはないだろう。

パソコンの画面を、拓馬はじっと睨《にら》む。

いわきに行ってみたいと思ったのは、立川競輪場で父親の練習を見ていたときだった。レース観戦をしたいわけではない。父親に向こうで会いたいわけでもない。父親が、そのとき戦っている場所。そこまで自分の力でなんとか行ってみたい。そう思ったのだ。

そのためには、もっと走れるようにならなくてはならない。それで、夏休みに入ってから毎日、ロードで走りまわることにした。だが、自分が考えていたほど、走行距離は伸びなかった。距離を稼ぐために奥多摩方面に向かえば、そこには峠がある。登り坂では、どうしてもペースが落ちる。拓馬の場合、そのペースの落差は想像以上に大きい。当然だろう。小児喘息という持病のため、これまでほとんど運動らしい運動をしてこなかったのだ。一、二週間走りこんだところで、いきなり走れるからだになれるわけがない。体力も技術も、伸びるのはこれからだ。

トレーニングルームで父親の練習を見てみた。

尋常ではない練習量と負荷だった。立川でもすごいと感じたが、自宅での光景は、目の前でおこなわれていることもあって、さらに衝撃的だった。

父さんはあんなにがんばっている。怪我も治りきっていないのに、あそこまで肉体をいじめぬく。だから、あんなに強い。あれこそが練習だ。あそこまでやるから、ずうっとトップ選手として活躍できている。

叔父の俊博が檜原村で街道練習していると祖母に聞いた。好都合だ。自分もそこまで行ってみよう。何か目標があれば、自分もいつも以上にがんばることができる。

必死で走った。遅れると、俊博の練習が終わってしまう。のんびりしている余裕は、どこにもない。とにかく脚をまわす。登りになっても、しゃにむに前へと進む。

がんばった甲斐があり、無事に俊博と出会えた。俊博から、一緒に走ろうと誘われた。反射的にためらったが、それはむろん本心ではない。そのために、ここまできたのだ。

走った。坂を登った。

苦しかった。暑さと疲労で、目がくらむ。全身の水分がすべて流れでてしまうかのように汗がでる。俊博にはあっという間に置いていかれた。当然だが、待ってはくれない。

背中が見えなくなった。

足をつかずに登りきることはできなかった。何度も停まった。そのたびにボトルの水を飲んだ。真夏ということで、念のためボトルを二本持ってきたのは正解だった。そのうちの一本は、檜原村役場近くの自動販売機で買ったスポーツドリンクだ。

最後は、ふくらはぎが攣《つ》った。筋肉が痙攣《けいれん》し、痛みが走った。それでもなんとか、都民の森にたどりついた。

道路から都民の森の中に入ると、駐車場脇の歩道に俊博が倒れていた。その向こうには売店がある。平日の昼間だが、車、オートバイ、ロードバイクで意外ににぎわっている。その中で、競輪のS級パンツ姿の俊博は相当に目立つ。「すげえ、ピストできてるぜ」という声を、拓馬は耳にした。

あの日から、飛躍的に走行距離が長くなった。毎日は無理だが、三日に一度は百四十キロ以上のコースを走る。地図を調べ、ネットで検索し、これはというコースにつぎつぎと挑んだ。ヤビツ峠に行き、奥多摩湖に行き、山中湖にも行った。長距離を走るコツが、少しずつわかってきた。

やれる。四百八十キロという距離に怯えていてはいけない。とにかく走りつづけていれば、いつかは必ず目的地に着く。最初から諦めていたら、何もできない。ついこのあいだまでの自分がそうだった。喘息発作が起きるのを恐れ、やりたいと思ったことが何ひとつできなかった。

変わるんだ。この夏に。

検索をつづけた。

ブルベに出場している人のレポートがでてきた。

スポーツ新聞のサイトだ。書いているのは、その新聞社の記者らしい。年齢は四十九歳。けっして若くはない。

ブルベは長距離を自転車で走るイベントだ。二百キロ以上、四百キロとか六百キロとか千キロといった距離のコースが設定され、定められた時間内での完走をめざす。そのコースを通過した証しとして、途中にいくつか設けられたコントロールポイントと呼ばれる通過確認地点すべてに立ち寄らなくてはいけない。それがルールだ。

レポートの内容は壮絶だった。雨が降ろうが、風が吹こうが、参加者は与えられたコースをただひたすら走る。街路灯ひとつない山道の急坂を深夜、歯を食いしばって淡々と登る。仮眠をとるのは、無人のバス停や公園のベンチの上だ。食事はコンビニでパン、おにぎりを食べる。

すごいと思った。何が楽しくて、こんなことをするんだろうとも思った。

やれば、わかる。やってみないと、疑問はいつまで経っても疑問のままだ。永久に答えは得られない。

出発は、全日本選抜競輪最終日の早朝だ。——いや、朝ではない。片道にかかる時間は、たぶん十四時間以上。拓馬の脚なら、それくらいかかる。決勝戦が終わるまでには着きたい。となると、遅くとも午前二時には家をでる必要がある。

真夜中の出発だ。

最大の問題は、綾部の決勝進出である。失格にならず、落車で怪我もせず、確実に勝ち進んで決勝にでてほしい。そうでないと、拓馬がいわきまで行く意味がなくなる。そもそものモチベーションが潰《つい》えてしまう。

しかし、それはもうどうしようもないことだ。父親を信じるしかない。

父さんは、あんなにがんばっていた。あんなに練習していた。

負けるわけがない。

絶対に、決勝戦に行く。

低いエンジン音が聞こえた。綾部の車が走りだした音だ。いわき平競輪場に向かった。

走ってこよう。

拓馬はパソコンを切り、椅子から立ちあがった。

きのう山中湖に行ってきたから、きょうは少し距離を控える。八王子のほうを走ってみる。

七十キロ、走った。もうこれくらいの距離なら、なんでもない。ちょっとそこまで行ってきただけという感じだ。

帰宅して昼食を食べ、買物自転車に乗り換えて、また外にでた。今度の行先はホームセンターだ。

長距離走行用の装備を買った。とくに夜間で使うものをそろえた。何が必需品なのかは、ネットで確認した。

LED付きの反射ベスト。雨具。後方用の赤色ライトを二つ。ヘッドライトは持っていたが、もうひとつ購入した。三ワットの高輝度ライトだ。とにかく目立て、とネット情報には書かれていた。可能なら、全身と自転車をクリスマスの電飾並みに光らせろとも。さすがにそこまでは無理だが、そろえられるだけは、そろえた。

決行前日は、自転車ショップに行く。ロードバイクを整備してもらう。メカトラブルは、最大の障害だ。パンクは避けられないかもしれないが、それ以外のトラブルは何があっても回避したい。

わくわくしてきた。たいへんなことになるのはわかっている。わかっているが、なぜか楽しい。心が昂《たかぶ》る。

そうか、と思った。

これがブルベの魅力なんだ。

5

三日目の第十一レースが終わった。
十、十一、十二レースが全日本選抜の準決勝戦になっている。綾部は二着でゴールした。
優出である。

一着にはベテランの八十嶋誠が入った。先行した栃木の元谷《もとや》大輔《だいすけ》も三着に残った。捲ってきた選手を綾部が牽制している隙に三番手の八十嶋に突きぬけられてしまったが、関東ラインでのワンツースリーが決まったので、作戦としては大成功だ。

ひとつ前の第十レースでは、帆刈の先行に乗った朝長圭介が一着をもぎとった。地元勢が意地を見せた一戦である。いわき平の四百メートル空中バンクをまる二周、全速で駆けた帆刈由多加は最後の最後で四着に沈んだ。負けて、GI二連覇ならずということになったが、やはり帆刈は強い。そう思わせるレースだった。二着は才丸信二郎、三着は瀬戸石松だ。

「よくやってくれた」

綾部は、元谷に声をかけた。元谷は、通路で仰向けに倒れている。もがきすぎて酸欠になったらしい。二十四歳。若手有望選手のひとりだ。二度目のGI出場で、みごとに決勝進出を果たした。

「あざっす」

元谷は絞りだすように声を発し、上体を起こした。ふたりのまわりにはコメントをもらおうとして記者が集まっている。八十嶋は勝利選手インタビューで、まだ検車場に戻っていない。いわき平は、他の競輪場と違って、バンクの中央部にも観客席がある。その観客席に面してお立ち台が設けられていて、勝った選手はそこでレース直後にインタビューを受ける。

綾部は元谷とともに、記者の質問に答えた。最終レースの結果にもよるが、並びはきょうと同じになる可能性が高いといった話をした。

八十嶋がきた。記者たちがかれのまわりに移動した。

第十二レースがはじまる。

検車場に入り、綾部はモニターテレビの前に立った。

舘久仁夫がバックの手前で先行選手を捲った。番手についているのは都賀公平だ。そのうしろに、秋田の工藤允《くどうみつる》が入った。この展開になると、他の選手はまったく相手にならない。都賀が舘を四分の一車輪差して、一着になった。工藤は一車輪差で三着だ。

決勝進出の九選手が決まった。

きびすを返し、綾部は宿舎に向かった。

夜になった。

夕食後、綾部は八十嶋の部屋を訪ねた。食堂で「たまには顔だせよ」と、言われたからだ。部屋にいたのは、八十嶋ひとりだった。同室三人のうちふたりは、すでに帰郷している。もうひとりは、マッサージを受けているという。

しばらくあしたのレースの話をした。

検車場で記者たちを相手にコメントしたとおり、並びはきょうと同じだ。元谷の先行で、綾部が番手、八十嶋が最後尾を固める。車番は、綾部が2番、八十嶋が8番、元谷が6番だ。

「スタートしたら、中団をとってくれ」八十嶋が言った。

「周回中も常に中団キープだ。それで、元谷に捲りのタイミングをはからせる」

「怖いのは石松ですね」

「舘の動きも見すごせない。あいつはいつも意表を衝いてくる。気を抜くと、内をすくわれる可能性が高い」

「それは工藤も同じでしょうね」綾部はうなずいた。

「きょうもうまく立ちまわっていた。単騎でかきまわすように動いて、最終的にはするっと自分のうしろにもぐりこんできた」

「とにかく中団確保だ。元谷は強いが、あしたのメンバーで七番手から捲るのはちょっと荷が重い」

「たしかに」

「俺たちがしっかり仕事をすれば、三人の誰かが必ず優勝する。そういうレースにできる」

「まこっさん、今場所はゴール前の伸びが群を抜いてますね」

「まあな」

「小耳にはさみました」綾部の声が、少し低くなった。

「奥様のおからだ、回復されているとか」

「いや、とくに変わりはないよ」お茶を一口飲み、八十嶋はさらりと答えた。

「今回もいつもどおりの世話をして、いつもどおりヘルパーさんにまかせてきた。症状は、まあ小康状態ってやつだな。ただ、昨年の夏からパソコンが使えるようになったので、意思の疎通はずいぶん楽になった。助かっている」

「パソコン……ですか？」
六、七年前に妻が難病で倒れ、八十嶋はその介護に追われて練習量が往時の半分以下になっているという噂は、かなり前から選手たちの間で流れていた。事実、GⅠを六度制覇して無敵超人の異名をとった八十嶋がビッグレースでぷっつりと勝てなくなったのが、そのころだ。この五年は、GⅠどころかGⅡでも優勝したことがない。

しかし、八十嶋自身が妻の病について誰かに語ったことは一度もなかった。成績も全盛期よりは大きく落ちていたが、FIやGⅢでは優勝していたし、特別競輪でも何回か優出はしていた。年齢による衰えといえば、そのとおりと思える結果だ。四十四歳でS級のトップにいつづけるのは容易なことではない。しょせん噂は噂にすぎなかったのではという話も囁《ささや》かれるようになった。

が、噂は嘘ではなかった。それは本当のことだった。昨年の春、八十嶋と公私ともに親しくしていた競輪選手OBが、別件で受けた雑誌記者のインタビューの中で、八十嶋の妻の病気について少しだけ触れた。入院はしていない。自宅療養で、八十嶋が世話をしている。練習に大きな影響はでていない。そういったことを話した。談話は記事になった。それに対して、八十嶋は否定も肯定もしなかった。沈黙を通した。ただ、何かの機会に見舞いの言葉を述べる選手仲間には、わずかながら近況を告げるようになった。

「パソコンだ」八十嶋は言を継いだ。

「病気が進行すると、まばたきでキー入力するらしいんだが、幸いうちのやつはまだ右手の指を一、二本、かすかだけど動かせる。それで知り合いがそんな指でも入力できるシステムをつくってくれた」

「はあ」

「いまでは、そのパソコンがすっかり家内のお気に入りだよ。最近は俳句もつくるようになった。実はブログもやっている。何人か仲間もできたらしい。ネット句会なんてものをひらいているようだ」

「すごいですね」

「ここ数年のことを考えると夢みたいだ。あいつの生活がこんなに充実したものになったんだから」

「じゃあ、まこっさんも自分の時間を」

「前よりはずいぶん持てるようになった。街道で長距離もできるし、境川《さかいがわ》にもまめに通っている。いい練習相手もできたしな。……知ってるだろ？　この前デビューした佃《つくだ》克《かつ》信《のぶ》」

「山梨期待の超新星ですね」

「馬鹿言え」八十嶋は笑った。

「そんなんじゃない。帆刈の足もとにも寄れないレベルだ。しかし、化ける要素は十分に持っている。あいつがS級にあがってきたら、ちょいとおもしろいことになるんじゃないかな」

「たしか、この前特別昇班して、いまはA級2班ですよね」

「やっと九連勝だ。半年も待たせやがった」

「かれと一緒に練習してるんですか？」

「そうなんだ。速いぞ。俺じゃ、ぜんぜん捲れない。だが、実戦になるとからっきしだ。へたくそもいいところ。練習弁慶ってやつだな。境川ではいちばんでも、競輪じゃまだまだど新人。その証拠に、A級2班にあがったら、いきなり連勝が止まった。それどころか、まだ一勝もしていない」

「父親も気が気でないでしょう」

「佃暁彦《あきひこ》か。そうだろうな。斡旋がないときは必ずふたりで境川にくる。練習中は付きっきりだ」

「佃さん、いくつになられたんです？」

「五十三だ。あの年でS級2班から落ちない。食らいつくようにして、点数を維持している。優勝こそここしばらくないが、FIなら三度に一度は優出して連《れん》に絡んでいる」

「去年、宇都宮でラインを組みましたよ。関東の四番手だったのに、番手の自分がゴールであやうく差されるところでした」

「暁さんは息子を待ってるんだ。克信が競輪学校に入ってから、走りが変わった。あいつが追いついてくるのを上でじっと待っている」

「息子と走りたい、ですか」

「光博は弟か。いや、息子もいたなあ」

「います。でも、俊博はべつとして、息子はちょっと」

「自転車に興味なしかな？」

「興味はあるみたいです。このあいだも、立川までバンク練習を見にきました。夏休みに入ってからは、買ってやったロードでそこらじゅうを走りまわってます」

「すごいじゃないか。いくつだ？」

「十四歳です。中学の二年」

「これからだよ」

「さて、どうでしょう」

綾部は目を伏せた。

「何か問題があるのか？」

「持病があるんです。小児喘息。かなりよくなってきましたが、運動が禁忌《きんき》だったので、からだができていません。体力も平均以下です」

「なるほど」

八十嶋は腕を組んだ。

「おっと、綾部さん、きてましたか」

声がした。八十嶋と同室の多田正和《ただまさかず》だ。新潟の選手である。マッサージがすんで、部屋に戻ってきた。

「あしたの作戦会議だよ」八十嶋が言った。

「いま、ちょうど終わったところだ」

「ああ、それ、横で聞きたかったなあ」

「そうは、いかない」綾部が言った。

「加わりたかったら、正和も優出しろ」

「痛いことを言いますねえ」

多田は大袈裟《おおげさ》に頭をかかえた。

どっと笑い声があがった。

6

午前一時に起きた。

パジャマを脱ぎ、拓馬はすぐにサイクルウェアに着替えた。一昨日から時間調整をしてきたので、六時間は寝ることができた。頭は、思っていたよりもすっきりしている。

ヘルメットとデイパックを持って、一階のリビングに降りた。まずは、何か食べる。それから荷物の再確認だ。胸が少しどきどきしている。

綾部は優出した。準決勝戦を見て、拓馬はひどく昂奮した。父親のレースを観戦していてこんなに熱くなったのは、これがはじめてだ。競輪専門チャンネルの放送を見ながら、「行けーっ」と叫んでしまった。横で、母親がびっくりしていた。妹ふたりは、あきれていた。

ダイニングに行き、拓馬は電気をつけた。テーブルの上に皿とカップが置かれていた。皿には、サンドイッチや菓子パンが盛られている。その脇に添えられているのは、メモ用紙だ。何か書かれている。

拓馬は、それを読んだ。

気をつけて行ってきなさい。うちにはきちんと連絡を入れるように。だめだと思ったら、勇気をふるってUターン。約束は、しっかりと守ってね。

母親の字だ。いわき平競輪場まで行くことを話したのは二日前である。絶対に止められると思っていたが、母親はあっさり「いいわよ」と言った。

「ほんとに？」

と訊くと、

「止めたって、勝手に行っちゃうんでしょ」と、答えた。

「だったら、ちゃんと認めて、いろいろ取り決めてから行ってもらったほうがいいわ」

そして、いくつか条件をだされた。メモに書かれていることだ。

サンドイッチを食べ、コーラを飲んだ。

メモに行ってきますと書き足し、玄関に向かった。自転車はすでに玄関に立てかけてある。ドアをあけ、外にでた。むっとするような熱気が全身を覆った。きょうも熱帯夜だ。湿度も高い。肌にべたっとする暑さを感じる。

ディパックを背負って門扉《もんぴ》をくぐり、サドルにまたがった。

走りだす。住宅街なので、街灯が明るい。

東八《とうはち》道路経由で都心に進み、一時間ほどでお茶の水を通過した。予想以上にいいペースだ。車が少なくて、走りやすい。LED付きベストと強力ライト、二個の赤色灯の組み合わせ効果は絶大で、追い越す車も距離をとってよけてくれる。

都心を抜けた。浅草橋で国道六号線に入る。言問橋《ことといばし》を渡った。ここまでで三十五キロ。

あと二百キロか。

順調ではあるが、まだまだ先は長い。

四ッ木橋の手前にコンビニがあった。疲労感は皆無だったが、そこで小休止した。

まもなく正午になる。

松丘蘭子は、記者席に戻った。撮影と取材は一段落だ。このあと場内では決勝出場選手紹介がある。その隙間時間に腹ごしらえをしておかないといけない。デスクにカメラを置き、携帯電話を取りだした。切っていた電源を入れる。メールが何通か届いていた。その中に、思いがけない発信者の名があった。

綾部俊博だ。

反則点で斡旋してもらえず、選抜不参加の選手からメールがきている。

どういうことだろう。

すぐに本文を読んだ。幕の内弁当とインスタントのカップ味噌汁が競輪場の女性スタッフの手によって運ばれてきたが、それを食べるのはあとまわしにした。

兄貴の息子の拓馬がロードバイクで西国分寺の自宅からそっちに向かっている。状況については逐一連絡を入れるから、決勝が終わったら、それを兄貴に伝えてほしい。拓馬は十四歳で、ロードバイクはまだ初心者レベルだ。でも、装備はしっかりしている。家族も了承していて、知らないのは兄貴だけだ。いきなりのお願いで迷惑をかけてしまうかもしれないが、よろしく頼む。

そういったことが、書かれていた。

「なんなのよお」

蘭子は声をあげた。

これは本当に、いきなりのお願いだ。しかも、かなりたいへんな内容である。西国分寺からここまで、何キロあるかは知らないが、五十キロとか百キロとか、そんな距離でないことだけはたしかだ。それを十四歳の子供が走破して、やってくるという。

驚かないほうがおかしい。

たしかに俊博には親しくさせてもらっている。しかし、それはあくまでも選手と取材記者という立場の範囲内だ。ストイックで、やや気むずかしい兄の光博とは違い、俊博は話がしやすい。きさくで、性格も穏やかだ。だから、開催で出会うたびに、いろいろと教えてもらってきた。サマーナイトの前検日もそうだった。まだまだ競輪の知識、諸事情に疎《うと》い蘭子を相手にして、かなりの時間を割いてくれた。

とつぜん思いだした。

兄弟選手であるということについて、蘭子は質問をした。メリット、デメリット。兄への思い。ライバルなのか、指導者なのか。

そういったやりとりから、話が親子の関係にも及んだ。当然だが、競輪界には親子二代の現役選手も存在している。多くはないが、ともにS級選手として活躍している親子もいる。

「二十歳以上も年が離れているのに、同じ土俵で戦っているんですよね」

蘭子が言った。

「父親を見ていると、自分もって気になるのかなあ。俺は兄貴を見ていて、そういう気になったんだが」

「やっぱりわかりませんか？」

「わからない」俊博は小さくかぶりを振った。

「俺は独身だから。でも、兄貴の息子がなんか競輪に関心を持っている感じがする」

「光博さんの息子さん？」

「拓馬だ。中学二年。このあいだも立川の練習にきていた。見学だと言ってたけど、何か思うところがあったんじゃないかな」

「訊いてみたとか？」

「いや。かわりにピストに乗せて、バンクを走らせた」

「反応、ありました？」

「微妙だね。ふだんはロードに乗っているんだ。競輪ということではなく、自転車には興味があるのかもしれない。ただ、小児喘息で長く苦しんできたから、慎重にはなっている」

「喘息、ひどいんですか？」

「よくなった。いまはほとんどでていない。それでロードを買ってもらって、乗りはじめたんだ」

　間違いない！

　きっとそうだ。

蘭子は確信した。

この会話があったので、俊博は自分にメールをしてきた。

たしかに、こんなこと、ベテランの記者や元選手の評論家たちには頼めない。あまりにもプライベートで、あまりにもささやかな事件だ。でも、綾部一家にとっては、一大事だ。からだの弱い息子が、ひとりでいきなり大冒険に挑戦した。それも、父親が重要なレースに出場するため、不在にしているときに。

頼まれたのは、伝言だけだ。気楽に受けて、気楽に伝えよう。ときどき記者席に戻ってメールチェックをしなくてはいけないが、それはなんとかなる。

急ぎ返信メールを打った。伝言、了解しましたと書いた。


そのころ。

拓馬は日立《ひたち》にいた。

消耗が激しかった。夜が明けてから、気温が一気に上昇した。八月第一週の陽射しは、暴力的に強い。路面が太陽に灼《や》かれ、その照り返しで生じた熱気が拓馬の全身と自転車を包んでいる。

またコンビニに入った。もう何回目かは覚えていない。水とスポーツドリンクのペットボトルを買った。ただ買うだけなら外の自動販売機でもいいのだが、コンビニに入れば、冷房で頭とからだを冷やすことができる。至福のひとときだ。水戸でバイパスに入ってしまい、少し無駄な時間を使ってしまったが、トラブルらしいトラブルはそれだけで、あとは予想したよりもはるかに順調なサイクリングだった。いわき平競輪場までは、残り六十キロくらいだろうか。まだ余裕はある。休み休み行っても、午後四時までには到着できる。

コンビニから外にでた。

くらっとする。非常識に暑い。風景が白っぽく見える。

ボトルケージのボトルにスポーツドリンクを移した。水はペットボトルの半分をヘルメットの上から頭にかけ、半分をもうひとつのボトルに入れた。顔だけでなくジャージも濡れるが、気にしない。走りだしたら一、二分で乾く。

携帯電話をデイパックから取りだした。メールを打つ。母親に送る。現在位置と、状況の報告だ。猛暑に苦しんでいるとか、疲労感があるとかは書かない。ぜんぜん問題ない、楽勝で着きそうだよと書く。

送信してデイパックを背負い直し、サドルにまたがった。

スタートする。このあと、さらに気温があがる。ジャージのファスナーを下げ、胸もとをはだけた。

高萩《たかはぎ》を過ぎたときだった。

後輪がパンクした。

7

九人の選手が敢闘門からバンクへと進みでる。入場の音楽が場内に鳴り響いている。

全日本選抜競輪の決勝戦だ。

第十一レースがはじまる。

蘭子は検車場にいた。ピストを押して敢闘門をくぐる綾部の背中を無言で見つめている。

三時に記者席でメールを確認した。俊博から二通、届いていた。拓馬は順調にいわきへと向かっている。どうやら、スタート時刻と同じくらいに着くらしい。

そのことを蘭子は綾部に教えたいと思った。あなたの息子が、自転車に乗ってひとりここまできている、と。

だが、それは許される行為ではない。

蘭子は無言で、綾部を見送る。

体をめぐらし、蘭子はモニターテレビの前に移動した。

レースを見る。いま彼女にできるのは、それだけだ。

選手がスタートラインについた。ピストを発走機にセットし、一礼して乗る。アナウンサーがひとりひとりを紹介している。2番車の綾部は黒い勝負服《ユニフォーム》だ。競輪は何番車かわかりやすいように、ユニフォームの色が決まっている。1番車が白。2番車が黒、3番車が赤、4番車が青、5番車が黄色、6番車が緑、7番車がオレンジ、8番車がピンク、9番車が紫。昨年のKEIRINグランプリ優勝者がレースにでるときは、必ず白の1番車になる。しかし、年明け早々の落車で負傷し、長期欠場が明けたばかりのグランプリチャンピオン、浜國波人《はまくになみと》は優出できなかった。準決勝で敗退した。

選手全員がハンドルを握り、深い前傾姿勢をとった。

号砲が鳴り、ゆっくりとスタートする。

しばし牽制があったが、すぐに瀬戸が速度をあげた。そのあとを、すかさず綾部が追った。瀬戸、綾部の順で、誘導に追いついた。

並びが決まる。瀬戸石松と才丸信二郎。元谷大輔と綾部光博、八十嶋誠。工藤允と朝長圭介。舘久仁夫と都賀公平。四分戦になった。

一列棒状で、周回する。四時半を過ぎたが、気温はほとんど下がらない。バンク内の気温は四十度を超えている。

赤板で、舘が都賀を連れて前にでた。工藤と朝長が都賀につづく。舘は元谷に並んだ。スタートをとった中国九州ラインではなく、関東ラインに蓋をした。関東は三人で、ラインがいちばん長い。その動きを舘は警戒している。

赤板の一センターを過ぎた。そこで、ようやく、舘がさらに前進した。と、同時に関東ラインが下がった。三人が一気にバックを踏み、朝長の背後にまわった。取り残された瀬戸と才丸が内に包まれた。

ジャンが鳴る。

舘が誘導を切った。腰をあげ、ダンシングで踏みこみ、加速する。瀬戸は動けない。後方に下がれず、イン側で突っ張るしかなくなっている。

元谷がダッシュした。朝長とのあいだに少し距離を置き、いったん力を溜めてから思いきりスパートをかけた。

綾部が元谷につづく。八十嶋も離れない。呼吸はぴったりだ。ラインで前進し、先行態勢に入ろうとしていた舘を強引に叩いた。

都賀が牽制しようとする。それを元谷がうまくかいくぐった。反動で都賀は内に戻る。そのタイミングを狙い、綾部がかぶせるように突っこんだ。都賀に対して、逆牽制だ。都賀が後退する。

三コーナーで、関東の三人が完全に出切った。先頭に立った。

元谷が失速する。

バックからつづけてきた全力疾走で、ついに力が尽きた。

インに落ちていく。その外側を綾部と八十嶋が抜ける。

綾部が首をめぐらし、うしろを見た。紫のユニフォームが見えた。朝長だ。八十嶋の背後に迫ろうとしている。工藤はいない。

四コーナーからストレートに入った。

綾部が駆ける。八十嶋と朝長が追う。綾部はたれない。後方との差を維持したまま、ゴールに突進する。

「やったー！」

検車場に人見憲吾の声が響き渡った。拳を握り、右手を頭上に振りあげた。

一着、綾部光博。二着、八十嶋誠。三着、朝長圭介。

地元、優勝ならず。全日本選抜競輪は、関東勢が制した。

記者、カメラマン、テレビクルーがいっせいに敢闘門へと殺到した。もちろん、その中には松丘蘭子もいる。

選手たちが戻ってきた。セレモニーがはじまった。

胴上げ。テレビ中継のインタビュー。チャンピオンジャージに着替えて、表彰式。

蘭子は、あせっていた。まだ携帯を取りだすことはできない。だから、拓馬がいまどこにいるのかがわからない。せめて口頭で、これまでの伝言だけでも綾部に伝えたいが、それも無理だ。

優勝者の共同インタビューがはじまる。共同インタビューがおこなわれ、そのあと媒体別のインタビュールームに移動した。まずは競輪専門チャンネルからだ。記者たちがインタビュールームからでていく。専門チャンネルのテレビクルーがカメラのセットをする。

瞬間、空白の時間が生じた。椅子に腰かけて撮影待ちとなった綾部が、ペットボトルの水を飲んでいる。

すうっとその横に蘭子が近づいた。

「すみません」耳もとに口を寄せ、蘭子は囁くように言った。

「拓馬くんが自転車でこの近くにひとりできています。俊博さんからメールがありました。うちのインタビューが終わったら、続報を記者席で見てきます。何か伝えたいことはありますか？」

「…………」

蘭子の言葉の内容を綾部が理解するのに、十数秒の時間が要った。表情が微妙に変化する。こめかみがかすかに上下する。

ややあって、綾部は言った。

「着いているのなら、競輪場のすぐ近くにあるファミレスに入るよう、拓馬に言ってくれ。競輪場のバス停前にあるバルモだ」

「わかりました」

蘭子は小さくうなずいた。

「お待たせしました。ビデオまわります」

テレビクルーが言った。

三十分後、蘭子は記者席に戻った。けいりんキングのインタビューが終わったあと、「お先に失礼します」と編集長の赤倉に断り、駆け足で戻った。

すぐに携帯の電源を入れ、メールを読んだ。三通、きていた。

十四時五分に発信。パンクに見舞われたらしい。到着が遅れる。

十七時四十八分に発信。磯原の公園で仮眠をとったら寝すごした。さらに遅れる。

最新のメールは十八時十一分の発信だった。ついさっきである。ようやく勿来《なこそ》を通過。遅れているが、仮眠のおかげで元気。

蘭子はメールを打った。競輪場の近くにあるバルモに入れ。そこで、光博を待て。

発信した。

俊博宛にメールが送られる。

送り終えるのと同時に、力が抜けた。大きな息を、蘭子はほおと吐いた。

これで御役御免である。心が少し軽くなった。とつぜん巻きこまれた不思議な騒動だが、無事に終わってみれば、何か楽しい。

家族だね、みんな。

そう思った。

バルモがあった。東京でもよく目にするファミリーレストランだ。俊博からのメールには、「ここで食事ができるように手配した。光博がいなかったら、ひとりで入って飯を食え」と書かれていた。

拓馬はサイクルコンピュータの時刻表示を見た。もう九時を過ぎている。さすがに日は完全に暮れており、周囲は真っ暗だ。ぜんぜん予定どおりではない。決勝はとっくに終わってしまった。二百四十キロという距離は、明らかにこれまでの長距離走行とは別物だった。ブルベにでている人は人間じゃない。化物だ。

歩道にあがった。サドルから降りた。

尻が痛い。膝ががくがくしている。睡魔は消えているが、全身がひどく重い。何度も休んだ。道も間違えた。パンク修理はへたくそだった。帰ったら、練習しよう。俊博には教えなかったが、道路の段差に前輪をひっかけて、一度だけ落車した。膝に擦過傷。左肘に打撲。まだちょっと痛い。

でも、着いた。ちゃんといわき平競輪場まできた。正確には、そのすぐ近くにあるファミリーレストランの前だけど。父さんは全日本選抜競輪で優勝した。そのこともメールに記されていた、やっぱり父さんはすごい。

自転車を押して、歩道を歩いた。駐車場ではない。レストランの入口前にきた。その真正面に、車が一台、停まっている。車道だ。

見覚えのある車だった。白いベントレーである。

綾部の愛車だ。

車の脇、歩道上に誰かが立っていた。

「父さん」

拓馬の口から、言葉が漏れた。

「よお」綾部が手を振った。

「よく走ったなあ」

ぼそっと言った。

拓馬は泣きそうになった。だが、泣かない。唇を嚙んで、涙をこらえる。ここは泣くところではない。明るく笑うところだ。

「まだまだだよ」拓馬は言った。

「これから、すぐに東京まで帰るんだ。ひとりで自転車に乗って」

「当然だ」綾部はうなずいた。

「後始末は自分の責任でやるんだ」

「うん」

「かあさんや俊博に心配をかけやがって」

「ごめんなさい」

「まあ、いいさ」綾部は車のドアをあけた。

「駐車場に車を置く。自転車持ってついてこい。飯食うあいだ、ばらしてトランクに入れておいてやる」

「祝勝会とか、行かなくていいの？」

「つまらんことを気にするやつだな」綾部は苦笑した。

「東京に帰ってからやることにした。憲吾はホテルに放りこんだ。あしたの朝、一緒に帰る」

「じゃあ、ぼくと競走になるかもね」

「十時にでても、こっちの勝ちだ」

車に乗りこもうと、綾部は身をかがめた。

「父さん」

「なんだ?」

「ぼく競輪選手になりたい」

「…………」

綾部の動きが止まった。

短い間があった。それから、綾部はゆっくりと背後を振り返る。息子の顔をまっすぐに見た。

「そうか」

静かに言った。

GRAND PRIX

第五章

オールスター競輪

ALL STAR KEIRIN

1

平日だが、砂浜はにぎわっていた。

全日本選抜競輪から五日、舘久仁夫と都賀公平は和歌山県白浜《しらはま》町の白良浜《しららはま》海水浴場にいた。白砂のビーチで知られた海水浴場だ。

砂浜に置いたデッキチェアに寝転び、舘は陽光で肌を焼いている。

都賀がきた。うしろに京都の若手選手ふたりを引き連れている。どちらもデビュー二年目のA級2班の選手だ。都賀とは兄弟弟子にあたる。

「おまえ、泳がないのか？」

都賀が訊いた。

「泳がない」舘は首を横に振った。

「俺は徹底的に焼く。焼いて、陽《ひ》サロ代を浮かす」

「焼くったって、最初から真っ黒じゃねえか。これ以上焼いたら、皮膚癌になるぞ」

「ジャージとレーパンで隠れているところを焼く。白いのは海パンとサングラスの跡だけにする」

「底抜けの馬鹿だな」

「俺は黒いのが好きなんだ。勝率も2番車のときがいちばん高い」

「嘘つけ」

都賀は笑った。自称、お笑いに行くか競輪選手になるかで迷った男、舘は、事あるごとにネタを飛ばす。真面目に聞いていたら、必ずあとで足もとをすくわれる。

「しかし、腹はへった」

舘は上体を起こした。筋肉が波打つ。尋常ではない肉体だ。大胸筋、僧帽筋《そうぼうきん》、三角筋、広背筋《こうはいきん》、上膊二頭筋《じょうはくにとうきん》。すべての筋肉が鍛えあげられ、高く盛りあがっている。輪郭の切れ味も鋭い。黒光りする皮膚の上では、汗が玉になっている。競輪選手ではなく、プロレスラーだといっても、十分に通用する。

「焼きそばなら、あるぜ」

都賀はあごをしゃくった。若手選手のひとり、相葉《あいば》勇《いさむ》が前に進みでた。手に大盛りの焼きそばを持っている。それを舘に向かって差しだした。

「ありがたい」

舘の顔がほころんだ。焼きそばのトレイを受け取った。

「ビールもほしいなあ」

都賀の顔を見る。

「そいつは、だめだ」

声がした。しわがれた、低い声だ。

舘は背後を振り返った。そこに、舘頼政《よりまさ》が立っていた。舘の祖父だ。ショートパンツにタンクトップという姿である。ビーチサンダルを履き、ベースボールキャップをかぶっている。

「午後は、わしがバイク誘導をやる。アルコールは禁止だ」

「そりゃ、ないぜ。爺ちゃん」舘は泣きそうな表情をつくった。

「練習は朝、みっちりとやったんだ。こいつらと街道行って、七十キロも走ってきた。公平が派手にもがきやがって、死にそうになったよ。ちょっと涼しかったとはいえ、気温はあの時間帯で三十二度だ。きょうはもうよれよれで脚が動かない」

「いい状態だな」頼政はにっと笑った。

「そこから必死で動かすと、さらに強くなる」

「いつの時代の話だ。そんなむちゃトレーニング」

「いいものは、いつまで経ってもいい」

「すみません」都賀が割って入った。

「家族漫才はあとにしてください」

「漫才ちゃう」

　舘が真剣に否定した。

「とにかく、午後はバイク誘導だ。スタートは二時。民宿の駐車場に集合」

　都賀と舘のやりとりを無視して、頼政が言《げん》を継いだ。

「そもそも七十過ぎた爺いがスクーターで行くと言いだしたときから、やな予感がしていたんだ」舘が言った。

「俺はあんたの弟子じゃねえ。コーチも頼んでねえ」

「これは合宿だ」頼政は鼻をふんと鳴らして、応じた。

「遊びとは違う。練習をするのが当たり前。陽焼けなんぞ、うちの庭でもできる」

「合宿に、孫や親戚を連れてくるなよ」

「あいつらはレジャーだ。おまえらとは違う」

　白浜で三泊四日の合宿をしようと言いだしたのは、舘だった。舘は都賀に声をかけた。岸和田と京都向日町《むこうまち》に所属が分かれている上に、年齢も三歳ほど離れているが、舘と都賀は競輪学校以来の親友だ。同期同部屋で、一年間をともに過ごした。

　白浜には、舘の親戚が経営している民宿があった。子供のころから、海水浴といえば白浜だった。土地勘があり、練習に向いたコースもたくさん知っている。しかも、温泉とビーチには事欠かない。海の幸にも恵まれている。

だが、その計画は民宿の親戚を通じて、すぐ頼政に漏れた。気がつくと、合宿に舘一族の家族旅行がセットされていた。

舘の家は、三代つづく競輪家系だ。祖父の頼政、父の幸治《こうじ》も競輪選手だった。頼政は特別競輪、いまでいうGIレースを三度制した名選手だが、幸治はそうではない。競輪人生のほとんどをA級で過ごし、三十四歳で早々と引退した。いわゆる凡庸な選手だ。が、引退後にはじめたお好み焼き屋が当たり、いまではそれが六軒ものチェーン店になって、大繁昌《だいはんじょう》している。多忙を極め、夏休みもとれない。それは店を手伝っている母も、舘の弟たちも同じだ。

結局、舘の企画した合宿には、頼政とその娘ふたり、孫五人、頼政の姪とその子供三人の、計十二人がくっついてきた。当然、民宿は貸切りとなったが、そこは親戚同士、なんの問題もない。話は簡単にまとまった。

「ああ、俺のぬるい合宿計画が台なしだ」

舘は嘆いた。嘆いたが、もうどうしようもない。

「いいな。二時だぞ」

きびすを返し、頼政がその場を去った。

舘はデッキチェアに腰かけて、茫然としている。硬直状態だ。この爺いには逆らえない。逆らったら、どんな目に遭わされるか、わかったものではない。子供のころから、その恐ろしさは骨身に沁《し》みている。

二時間後。

ジャージとレーシングパンツに着替えた四人の競輪選手が、民宿の駐車場にいた。舘と都賀と、若手のふたりだ。前後ブレーキ付きのピストが四台、ワンボックスカーのボディに立てかけられている。

「よっしゃ、水呑隧道《みずのみずいどう》まで行くぞ」

四百ccのスクーターにまたがって、頼政があらわれた。

「百本ダッシュだ」

いきなり大声を張りあげる。

「ありえねえ」

舘の頬がひきつった。

もちろん、異論は通らない。一蹴《いっしゅう》される。

水呑隧道へと向かった。距離はさほどでもない。せいぜい二十二、三キロである。

だが、午後の練習は三時間に及んだ。

さすがに百本ダッシュは言葉の綾だったが、それでも、五パーセント近い坂道でゼロスタートからの全力ダッシュを二十回以上繰り返した。四人ぶんを合計すれば、まさしく百本ダッシュである。さらに、スクーターの先導による五キロ余りの登坂も、何度かやらされた。

民宿の駐車場に戻ってきたのは、夕方の五時半過ぎだ。

四人とも、疲労しきっていた。ピストから降りたら、立っていられない。そのままへたりこむ。

「だらしがねえ」頼政が眉間に縦じわを寄せて、毒づいた。

「わしの若いころの半分にも満たない練習量だぞ」

「誰が信じるか」舘が、うなるように言った。

「そんなむかしのホラ話」

「事実は事実だ」頼政は引かない。

舘は駐車場の砂利の上に腰を置き、肩でぜいぜいと息をしている。

「だから、わしは宮杯を獲った。競輪祭も勝った。オールスターでも優勝した」

「また、それかよ」

「合宿は、あと二日ある。みっちりしごいてやるから、覚悟しとけ」

「いやもう、おなかいっぱいです」

低い声で、都賀が言った。

「久仁夫と都賀くんは、今年こそ特別を獲れ」頼政は、ふたりを交互に睨みつける。

「残りはあとわずかふたつだ。六戦もあったはずなのに、あっという間にふたつきりになってしまった」

「風光るは獲ったぜ」

舘が言った。

「あれはＧⅠだが、特別じゃない。勝ってもグランプリにはでられないレースだ」

「いいじゃないか、賞金ランキングでは上位にいるんだし」

「甘い」頼政はかぶりを振った。

「みつ豆に砂糖をかけたように甘い。いつもの年だと、ひとりかふたりは飛びぬけた選手がいて、いくつかの特別を持っていってしまうのだが、今年はそうなっていない。全部、優勝者が違う。したがって、グランプリの枠も狭くなっている。このままだと賞金ランキングで出場できるのは三人だけになりかねない。激戦だ。いま上位にいるから大丈夫などと楽観視していたら、あっさりとひっくり返される。舐《な》めてはいかん」

「そりゃ、そうだけど」

「獲るんだ」頼政の声がひときわ高くなった。

「あとふたつの特別を、おまえたちふたりで」

「やれやれ」舘はため息をついた。

「だめだ。自分に酔っている」

「あついなあ」

都賀は天を振り仰いだ。

2

競輪選手四人が、自分たちの部屋に戻った。

民宿の十畳間だ。若手のふたりが布団を敷いた。部屋の隅に座卓と座椅子が置かれている。

「夕飯、うまかった」

都賀が言った。その両手には、缶ビールの入ったレジ袋とグラスが四つ、握られている。レジ袋とグラスを座卓の上に降ろした。

「食いすぎて、苦しい」

舘が言った。座椅子にすわった。舘はつまみの入ったレジ袋を提げている。

「ビール、入るのか？」

都賀が訊いた。

「そいつは、別腹だ」

「だろうな」都賀は首をめぐらした。

「おまえらも飲《や》ろう」

若手ふたりに声をかけた。

「うぃっす、いただきます」

相葉勇と八巻雄一《やまきゆういち》が頭を下げた。

四人が、テーブルを囲んだ。

「男四人で酒盛りか」舘が言った。

「競輪学校を思いだすなあ」

「いや、学校じゃ酒盛りはできない」

すかさず都賀が言う。舘がぼけて、都賀が突っこむ。これがお約束だ。

相葉と八巻が紙皿を並べ、そこに柿の種やアーモンド、スルメなどをつぎつぎと盛った。

乾杯をして、あとはそれぞれが勝手に飲む。

五百ccの缶十六本が、三十分でからになった。

最初につぶれたのが、若手ふたりだった。さすがに頼政の特訓がこたえたらしい。ふたりとも顔を真っ赤にして、布団の上に転がった。

つぎに舘がテーブルの天板に突っ伏した。舘はひとりで六缶をあけた。祖父の圧力から逃れるためだけにそうしているかのような飲み方だった。都賀は舘を布団まで運び、そこに仰臥《ぎょうが》させた。暑いので、とりあえず腹の上にタオルをかけておく。

それから、部屋の電気を消して、自分も布団に倒れこんだ。

目を閉じる。

眠れない。なぜか、意識が冴えている。考えてみれば、まだ十時前だ。三人は疲労とアルコールで一気に睡魔を呼び、熟睡に至った。が、都賀はしくじった。タイミングが合わなかった。

頭の中を、いろいろなシーンが駆けめぐっている。

都賀は自転車アスリートではなかった。空手からの転向だった。

小学校三年生のとき、空手道場に入門した。熱中していた特撮戦隊テレビドラマに影響されてのことだった。家は亀岡市の外れにあり、養鶏場を営んでいる。近くに空手道場はない。父親の知人が亀岡市役所の裏手にあるフルコンタクト系の道場を紹介してくれた。最初は父か母が車で送迎してくれたが、すぐに自転車で通うことになった。片道十一キロである。十歳の脚では一時間半以上かかる。しかし、都賀は週に三回、夏も冬も休まずにその距離を往復した。中学生になると、片道三十分で行けるようになった。

高校に入学し、体育の授業の記録会で、都賀は百メートルを十一秒フラットで走った。走り高跳びは二メートル五センチ。校内は騒然となった。陸上部、サッカー部、野球部が、都賀をほしがった。だが、そのどれにも入部しなかった。都賀はあくまでも空手にこだわった。自転車はマウンテンバイクに変わり、家から道場までは二十分を切った。平均時速三十キロオーバーである。

大学は長岡京市の私立大学に入った。通学距離は三十一キロ。もちろん、マウンテンバイクで通った。時間にして一時間弱だ。都賀にしてみれば、ちょうどいい足腰の鍛錬である。心肺機能の向上にも役に立つ。

転機は大学三年生の春に訪れた。

通学途中でロードバイクに抜かれ、追いつくことができなかったのだ。

都賀はショックを受けた。マウンテンバイクに乗っていても、自分は速い。少なくとも、この界隈では最速だ。そう思っていた。

抜いたのは、都賀と同じゼミに所属していた同級生だった。ただし、ゼミで顔を見たことはほとんどない。自転車部員で、部活動を優先していた。

そのころ、都賀は自分の空手に限界を感じはじめていた。前年の冬、全日本選手権の地方予選で、都賀はあごを割られた。中学、高校、大学を通じての都賀の綽名は〝牛若丸〟だった。

小さくて、すばしっこいからだ。

大学入学時の身長は百六十一センチ。高校時代から一ミリたりとも伸びていない。

スピードはある。技の切れもトップクラスだ。しかし、体格で他の有力選手に劣る。むろん、軽量級の大会なら勝てる。だが、それでは空手家としての意味がない。勝負は無差別だ。小よく大を倒す。これが都賀の理想だ。

理想は現実のものとはならなかった。あごを割られ、そのことを思い知った。自分は、本当に強い空手家にはなれない。

自転車で自転車に抜かれたのがくやしくて、都賀は学内でその同級生をつかまえ、勝負を申し込んだ。マウンテンバイクでロードに勝てないというのは、軽量級の選手が空手で重量級の選手に勝てないのと同じだ。ハンディはハンディではない。真の力さえ有していれば。

「じゃあ、一緒にきてくれ」

と、その同級生——法月高彦《のりづきたかひこ》は言った。

連れていかれたのは、向日町競輪場だった。

生まれてはじめて、競輪のバンクを目にした。最大傾斜角《カント》三十・三度の四百メートルバンクだ。

「なんだ？　これ」

都賀は目を剝いた。

「競輪場だ」法月はさらりと言った。

「このコースを自転車で走る。トラック競技ってやつだな。ここなら信号もないし、幅寄せしてくる車もいない。安全に勝負をつけることができる」

「ここを走るのか。自転車で」

「そう。こいつだよ」

法月は都賀に自転車を渡した。ピストだった。タイヤが異様に細い。ブレーキがついていない。

「クラブの予備バイクだ。ちゃんと整備はしてある。サイズはちょっと大きいが、なんとか合わせられる。身長、いくつだ？」

「百六十一」

「ぎりぎりだな」

法月はピストのサドルを限界まで下げた。ハンドルとサドルの高さがほとんど同じになった。

「ちょっと待て」都賀が法月の肩をつかんだ。

「ブレーキがないんだぞ。どうやって止まるんだ？　いや、その前に、俺はこいつに乗れるのか？」

「乗れる」法月は大きくうなずいた。

「この前、追い抜いたときにわかった。おまえ、自転車のセンスがあるよ」

「自転車のセンス？」

「ＭＴＢの軽いギヤをくるくるまわしていただろ」

「ああ。あのほうが、速く走れるから」

「それがセンスだ」

「はあ？」

「クランクをまわす回転数のことをケイデンスと言う」

「………………」

「おまえは高いケイデンスで走れる。これは才能だ。天性の能力だ。誰にでもできることじゃない」

「マジかよ？」

「マジだ」

法月は、都賀をピストに乗せた。トゥクリップとクリップバンドの使い方を教え、スプリンターレーンの内側にある退避走路を走らせた。最初はベルトを締めない。すぐに爪先がトゥクリップから抜けるようにしておく。それでも、都賀はピストごとひっくり返りそうになった。

「足をペダルに持っていかれる」

走らせながら、都賀は叫んだ。

「当然だ。固定ギヤなんだから。止まるときは足を逆回転させる感じで、少しずつ回転を抑えこめ。いきなり止まろうとするな。ゆっくりと減速していって、そおっと止まる。ママチャリやMTBのつもりで足を止めるなよ。尻が跳ねあがる。へたすると吹っ飛ぶ」

「なんで、ブレーキをつけないんだ？」

「見てみろ」

法月はバンクを指差した。大学の自転車部員が十人余り、ピストに乗って周回練習をしている。

「狭いバンクをピストが何台もひしめき合って走るんだ。最高時速は六十キロ以上。そんなところで誰かが急ブレーキをかけたらどうなる？　大事故必至だぞ。だから、ブレーキはついてない。しいて言うなら、自分の脚がブレーキだ」

「…………」

三十分ほど、都賀は法月の指導を受けた。それだけで、都賀はピストに慣れた。自由自在に操れるというレベルにはほど遠いが、走る、止まる、クリップバンドを締める、ゆるめるまではできるようになった。

「やっぱセンスいいよ。おまえ」

「都賀公平だ」

「そうか。俺は法月高彦だ」

握手をした。

「勝負はどうする？」

法月が訊いた。

「勝てねえよ。こんなところを、こんな自転車で走ったら」

「公道でレースはできない。危険すぎる。俺は選手だ。そういうリスクは避ける」

「そりゃ、そうだが」

「タイムを計らないか？　タイムを較べれば、それで勝敗がわかる。スウェットの上下って恰好だとなんだから、シューズとレーパンも貸してやる」

「なんのタイムだ？」

「ハロンと千トラ」

「わけわからん」

都賀は首を横に振った。ハロンは二百メートルフライングタイムトライアルという競技で、千トラは一キロメートルタイムトライアルという競技だと知ったのは、後のことだ。

結局、都賀は法月の口車に乗せられた。タイムを計ることになった。

ハロンは十一秒二、千トラは一分十三秒一一だった。

「素人の数字じゃねえ」

「借りもんのピストだぜ」

ストップウォッチを見て、計測を手伝った部員たちが口ぐちにつぶやいた。

「都賀、競輪学校に入れ」法月が言った。

「おまえなら競輪でトップに立てるぞ」

「俺、ちっさいんだけど」

「関係ない」

法月は断言した。即座に言いきった。

それは事実だった。

3

ガレージから車をだした。国産のワンボックスカーだ。自宅のブロック塀の脇に止め、舘はいったん運転席から降りる。バックドアを跳ねあげ、ガレージでは積みこめなかったピストを荷台に入れた。ロープでフックに固定する。

頼政と由美子《ゆみこ》がきた。由美子は舘の妹だ。岸和田市の郊外にある舘家の敷地は広い。一区画に家が三軒、建っている。祖父と祖母の家、両親の家、舘と妹の家だ。それぞれ独立しているものの、一種の三世代住宅である。

「京都にも寄ってくるんでしょ」

舘に向かい、由美子が言った。

「ああ、そのあとすぐに小田原記念だ」

「そんなのはどうでもいい」頼政が言った。

「焦点は九月頭のオールスターだ。調整はそこに合わせてやれ。小田原では無理をするな」

「と言われてもね」

舘は苦笑した。どのレースでも手は抜かない。それが舘の信条だ。いくら祖父に命じられても、そこは譲れない。

車に乗りこみ、舘が出発した。それを頼政と由美子が見送った。

「お茶、飲む？」

きびすをめぐらし、由美子が頼政に訊いた。

「茶菓子はあるのか？」

「村雨なら」

「よっしゃあ」

岸和田の銘菓があると聞いては、頼政も孫の誘いを断らない。

舘の家のリビングに入った。

ダイニングの椅子に腰かけ、村雨をほおばりながら頼政は茶をすする。

二日前、白浜から岸和田に帰ってきた。そして、きょう。舘はまた仲間との合宿に向かった。今度は千葉だと言う。真面目に練習しているので、頼政は機嫌がいい。残念なのは、自分が同行できないことだけだ。

「おにいちゃん、強くなったね」

ダイニングテーブルをはさみ、頼政の正面の椅子に由美子は腰を置いた。

「アホぬかせ」頼政は鼻先で笑った。

「わしの若いころに比べたら、屁みたいなものだ」

「また昔話？」由美子も笑った。

「いいわよ。きょうは聞いたげる」

「だいたい、久仁夫に限らず、最近の競輪選手は練習をしない。そこが、大違いだ。わしらんときは、家に戻ったら、もう一歩も動けなくなるくらい走りこんだ。それも毎日だ。一週間、休みなし。雨でも風でも雪でも、とにかく走る。走って走って、走りぬく。だから、負けない。だから、強くなる」

「お父さんは、そうでもなかったなあ」

「あいつだ」頼政の目の端が吊りあがった。「幸治がデビューしたころから、輪界がぬるくなった。いや、そうじゃない。幸治がとくにぬるかった。あいつは、本当に練習しなかった。おかげで、あのざまだ。デビューしても、昇班、昇級できない。やっとS級にあがったと思ったら、半年で降級だ。あとはずうっとA級暮らし。揚句の果てにはB級に落ちそうになって、そそくさと引退しやがった」

「よく選手になれたわね」

「入学まではわしがしごいたからな。あいつ、泣きながら練習していた。しかし、無事に入れたら、瞬時に気がゆるんだ。デビューできて、もっとゆるんだ。話にならん」

「でも、いいじゃない。商売が成功して、大儲けしてるんだもん。この不景気に、店はいつも満席だって言ってたわ。競輪選手つづけてたら、絶対にこんなには稼げなかった」

「そういうことではない」頼政は拳を握り、どんとダイニングテーブルを叩いた。

「重要なのは、グランプリだ」

「グランプリ？」

「わしの現役時代に、KEIRINグランプリはなかった。引退してからできた。当然、わしは獲ることができなかった。となれば、その夢を息子に託すのは当たり前のことだ。

なのにあいつは、グランプリどころか、特別も準特別も記念も獲れなかった」

「それで、おにいちゃんなのね」

「息子がだめなら、孫だ。三代つづく悲願だ」

「あらあら、やっぱりここにいた」

老女がひとり、リビングに入ってきた。祖母の貞子《さだこ》だ。頼政の妻である。

「おばあちゃんも食べる？　留《とめ》さんからもらった村雨」

由美子が声をかけた。

「いただくわ」

「じゃ、お茶を淹《い》れ直してくる」

由美子は席を立った。かわりに貞子が椅子に腰かける。

舘貞子も競輪選手だった。女子競輪選手である。岸和田競輪場で一緒に練習していて知り合い、交際二年で結婚した。舘家は徹底的に競輪一家なのだ。それは頼政の誇りでもあった。

お茶と村雨をお盆に載せて、由美子が戻ってきた。

「また自慢話を聞かされてたんでしょ」

由美子が席に着くのを待って、貞子が言った。

「まあね」

「えらそうなことばっかり言ってるけど、この爺ちゃんには本当に手を焼いたわ」貞子は言葉をつづけた。

「あっちこっちに女をつくっちゃったから」

「あっちこっち」

「頭にきたのが熊本の女よ。競輪場の近くに豪華なマンションまで借りてやって住まわせていた」

「そういう話を孫にするな」

頼政が言った。右頬が、かすかにひきつっている。

「もういいでしょ」貞子は動じない。

「由美子も二十四よ。子供じゃないわ。女同士、こういう話もできるようになったの」

「なんか、お爺ちゃん、船乗りみたいね」由美子が言った。

「港港に女ありって。港じゃなくて、競輪場なんだけど」

「そりゃ、おもろいな」

「おもしろくなんかないです」

冗談にしてかわそうとした頼政を、貞子は一喝した。

「とか言いながら、うちは競輪一家よ」由美子が割って入った。

「お父さんも、似たようなことをしてきたんじゃない？」

「あいつはあかん」頼政がかぶりを振った。

「幸治は、あっちのほうもぜんぜんだった。結婚したあとは嫁の尻に敷かれて、自分で一穴亭主と名乗っていた」

「お爺さん！」

「二十四だろ。いいじゃねえか、下ネタだって」

「おにいちゃんはどうなのかしら」小首をかしげ、由美子が言った。

「もうすぐ二十七だけど、ガールフレンドひとり、紹介してもらったことはないわ」

「あの子、おたくってやつなんですって？」

声をひそめ、貞子が訊いた。

「そうよ」由美子が答えた。

「やっぱり、おたくだから競輪がけっこう強くても、女性にはもてないのかなあ」

「それはある」頼政が大きくあごを引いた。

「久仁夫は隔世遺伝だ。欲目ではなく、間違いなくわしに似とる。あいつは強い。必ず頭を獲る。顔もそこそこだ。悪くはない。だが、もてん。女に縁がない。わしに似とるのに女が寄ってこないのは、あいつがおたくだからだ。それ以外に理由はない」

「すっごい決めつけ」

「当たっておるだろ」

「否定はできないわね」由美子は認めた。

「きょうも東京コミパークに行っちゃったんだし」

「なに？」頼政のまなざしが鋭くなった。

「コミなんとかって、なんだ？」

「東京コミパーク。漫画やアニメの同人誌の即売会よ。ニュースで見たことない？　ときどきやってるんだけど。日本最大のおたくイベント。夏と冬に開催されていて、今年の夏コミパは、きょうから東京ビッグサイトではじまっている」

「もしかして、久仁夫はそれに行ったのか？」

「そう。聞いてなかった？」

「知らん。わしには千葉で仲間と合宿すると言っていた」

「まあ、お爺ちゃんにはそういうでしょうね。でないと、家からだしてもらえなくなるから」

「小田原記念がすぐにあるんだぞ。そのあとにはオールスターが控えているんだぞ」

「ピスト持ってったわ。練習はするんじゃない？　同人誌を買いあさる合間に」

「ついでの練習なんぞ、練習ではない」

頼政は椅子から立ちあがった。額に青筋が浮かんでいる。

「あたし、秋葉原のメイド喫茶っての、一度行ってみたいわあ」

甘えるような口調で、貞子が言った。

「おにいちゃんは、もう何度も行ってるはず。京王閣や立川、松戸、千葉、川崎での開催のときは、絶対に秋葉原にも寄ってるから」

「あの馬鹿野郎！」

頼政が吼《ほ》えた。

固く握った両手の拳が、ぶるぶると震えた。

「女遊びよりマシよ」

貞子がぴしりと応じた。

「…………」

頼政は言葉を失った。

4

朝八時半に、舘は有明《ありあけ》の東京ビッグサイトに入った。東京コミパーク会場の入口には、すでに一般参加者の長い列ができている。開場は十時だが、出店参加者は販売する同人誌の搬入などの作業があるため、七時半から入場できる。舘は出店参加者として登録されていた。

急いで、ブースに行く。迷彩柄の短パンにアロハシャツ、背中には大型のバックパックという姿だ。

ブースに着いた。仲間ふたりが机の上に同人誌を並べ、パイプ椅子にすわって言葉を交わしている。畑田《はただ》桂一《けいいち》と、大曽根《おおぞね》博《ひろし》だ。

「すまん。遅くなった」

ふたりの前に駆け寄り、舘は頭を下げた。

「朝練でしょ」

畑田が言った。

「ああ」舘はうなずいた。

「朝五時に起きて、教えてもらった新木場の周回コースを二時間ばかり走ってきた」

「ロード、いました？」

「思ったよりもたくさんいたなあ。どっかのチームがいいペースで集団走行していたから、ちょっと引いてもらったりした」

「そりゃ、よかった」

昨夜は夢の島にあるホテルに泊まった。半年前から押さえておいたホテルだ。ツインルームにひとり。ホテルにはサウナもフィットネスジムもある。今夜も、そこに泊まる予定だ。

「で、開店準備は？」

「終わっています。新刊も、バックナンバーも、一冊千円です。交替で売り子ということで、よろしくお願いします」

「了解、ブラザー。売りまくりますよ」

アニメの登場人物の口調で答え、舘はアロハシャツを脱いだ。上半身裸になった。短パンの迷彩はデザートカモである。バックパックからホルスター付きのベルトをだし、それを腰に巻いた。額にもデザートカモ柄のバンダナを巻く。

パンプアップして、上体の筋肉を大きく盛りあげた。

「おお、バラージュ軍曹だ」

大曽根が感嘆の声をあげた。人気テレビアニメ『神聖旅団ドハッツォー』にでてくる巨大戦闘ロボットのパイロットである。ボディビルダー並みの肉体の持主という設定なので、コスプレをする人の多くは筋肉を模したラバー製の着ぐるみを身にまとう。だが、舘は違った。服を脱ぎ、小物を装着するだけで、そのままバラージュ軍曹となった。

舘は『神聖旅団ドハッツォー』のファンサイトに設けられた掲示板で、畑田と大曽根に出会った。ハンドルネームは、畑田がユアンフー、大曽根がゾネクール、舘が黒バラージュ。みな、アニメに登場するキャラクターの名前をもじったものだ。しばらくはハンドルネームのまま、ネット上での付き合いだけだったが、昨年、東京でひらかれた『神聖旅団ドハツオー』劇場映画化記念のイベントで状況が変わった。イベントホールで三人が顔を合わせ、リアル世界でも、あらためて意気投合した。畑田は東京にあるIT系企業の会社員で二十三歳、大曽根は松本で開業している二十九歳の歯科医だった。

「俺のつくってる同人誌です」

畑田が『バラージュ小隊戦闘報告書』と題された薄い冊子を舘と大曽根に渡した。創刊号から三号までの三冊だ。

「こっ、これは」

舘と大曽根の表情がこわばった。

「俺、三号とも持ってるよ」

「俺もだ」

舘と大曽根は、互いに顔を見合わせた。怒髪マニアの間では伝説となっているレアな同人誌だ。掲載されている二次創作コミックが、画力、構成ともに素人の域をはるかに超えている。有名漫画家が別ペンネームで出版しているに違いないと噂されるほどのレベルだった。登場する戦闘メカの美少女擬人化がとくに受けた。

その同人誌の作者が畑田桂一。

驚くほかはない。

畑田は、同人誌の編集に協力してくれないかと舘と大曽根に要請した。

断る理由など、どこにもない。むしろ、自分たちのほうから参加させてくださいと頼みたいくらいだ。

「やります」

ふたりは即答した。

そして、きょう。東京コミパークの二日目に、はじめて三人でつくった第四号が発売される。

「すごい筋肉だなあ」目を輝かして、畑田が舘を見た。

「競輪選手って、みんなこんなからだをしてるんですか？」

「選手によるかな」舘は答えた。

「俺は趣味で鍛えている。でも、そうじゃないやつもいる。細身で、こいつ本当に走れるのかと思うようなやつが、意外に強かったりする。マッチョで体重があると、当たり合いになったときにちょっと有利なんだが、勝負は、それだけでは決まらない。そこが競輪のむずかしいところだ」

「深い。バラージュ軍曹が言っているかと思うと、さらに深い」

大曽根が言った。

「ちゃんと裏も表も陽焼けしてますよ。シャツの痕《あと》がまったくない」

畑田はマニアックに細部をチェックしている。

「陽サロで焼いて、南紀白浜で仕上げてきた」

「衣装は少ないけど、手間と金がかかっている」大曽根は自慢の一眼レフをバッグからだした。

「あとで写真を撮りましょう。パネルにして、送ります」

「マジ？　やったあ」

舘は素直に喜んだ。

畑田と大曽根がパイプ椅子に腰かけた。椅子は二脚しかない。舘は立ったままだ。筋肉を客に見せたい。だから、椅子があっても腰はおろさない。

舘は時計を見た。開場十五分前だ。館内の気温はすでに三十五度をオーバーしている。半裸のコスプレ姿でも、額に汗が浮かぶ。

「ところでさあ」舘は畑田に顔を向けた。「結局、何部刷ったんだっけ？　これ」

机上に置かれた『バラージュ小隊戦闘報告書』第四号の山を指差した。

「黒バラさんが印刷代を立て替えてくれたので、思いきって千部刷っちゃいました。今回は、その半分を持ってきてます」

「刷り部数、いきなり五倍増しか」

大曽根が腕を組んだ。

「昼までに完売じゃないの？」

舘はのんきなことを言う。

「それは無理。ありえない」

畑田が笑った。


十一時になった。開場一時間で百四部が一気に売れた。一時間、三人でただひたすら同人誌とお金の交換をしつづけた。バックナンバーは完売した。

客の行列がひとまず片づき、ブースに落ち着きが戻った。

「ちょっとまわってきてもいい？」

舘が畑田に訊いた。そろそろ自分も同人誌を買いに行きたい。

「いいっすよ。昼飯も食ってきてください」

「さんきゅ」

デイパックを手にして、舘はブースを飛びだした。

カタログを見て、事前に目星をつけておいたブースをつぎつぎとまわった。方針は、とにかく買う、だ。同人誌のおとな買いである。これはと思ったら、まず買う。買ってから、中身は自宅で吟味する。買いこんでディパックに入らなくなったら、宅配便のデスクに行き、段ボールに詰めて自宅に送る。そして、またブースをまわる。その繰り返しだ。

携帯電話が鳴った。着信ボタンを押そうとして時間に気がついた。もうすぐ正午だ。

電話の相手は大曽根だった。

「どんな様子です?」

「ひととおり買いました。とりあえずオッケイってとこで」

「じゃあ、昼飯を一緒にどうです。こっちも落ち着いているので、三十分くらいなら、ふたりで抜けても大丈夫です」

「了解、ブラザー」

話がまとまった。舘は二階に移動した。レストランの前に大曽根がいた。

席に着く。ふたりともカレーライスだ。舘は大盛りにした。

「競輪、興味があるんだけど、松本には競輪場がない」

大曽根が言った。

「たしかに」

「でも、年内に一度は応援に行きますよ。黒バラさんがレースにでてる日を調べて」

「ぜひ、お願いします」

「競輪場に行くと、黒バラさんに会えるんですか？」

「観戦以上は無理かも。競輪場によっては、勝利者インタビューで観客席近くにでていって握手なんかすることもあるけど、言葉は交わせない」

「ギャンブルスポーツの厳しいところですね」

「何がつらいといって、開催前日から缶詰になって、終わるまで一歩も外にでられないのがつらい」

「イベントと重なると、最悪だなあ」

「アニメをリアルタイムで見られないのも痛い。地方だとやってなかったり、放送時間帯が違ったりするし、先輩と一緒の部屋になることが多いから、好きな番組を勝手に見ることもできない。録画か、ブルーレイ待ちになる」

「ブルーレイは」

「贔屓《ひいき》のアニメは必ず買うよ。開催のとき携帯プレーヤーを持っていって、寝床にこもって見てる。一開催で、四クールぶんくらいは楽勝だ」

「ひまなんですね」

「走って、食って、寝るだけになるから」

「つぎは、どこのレースです？」

「木曜日から小田原記念。そのあとがオールスター競輪」

「オールスター？」

「競輪ファンによる人気投票をやって、上位十八人がシードされるＧⅠレースだ。頭九人が初日のドリームレースで、つぎの九人が二日目のオリオン賞」

「うはっ、黒バラさんに投票しますよ」

「残念、投票は先月半ばに終わってます。俺は三位だった」

「すごい。ドリームレースですか」

「そう。岸和田のファンにはだんじり魂があるから、みんな俺に投票してくれる」

「オールスターはどこでやるんです？」

「岐阜競輪場」

「遠くはないなあ、近くもないけど」

携帯電話が鳴った。畑田からだった。

「応援お願いします」着信ボタンを押すと、悲鳴のような畑田の声が響いた。

「第二波が押し寄せてきました。ひとりでは対応できません」

「了解、ブラザー！」

ふたりは叫び、椅子から勢いよく立ちあがった。

5

京都向日町競輪場に着いた。朝五時に夢の島のホテルをでて、到着したのが十一時二十分である。

直前に電話したので、駐車場に入ると、都賀公平が舘を待っていた。ジャージにS級のレーシングパンツ、サンダル履きという姿だ。頭にタオルを鉢巻きのように巻いている。

「遅いぞ」

舘が車から降りると、都賀はさっそく文句を言った。

「すまん。免許の点数がぎりぎりなんだ」

舘は車のバックドアを跳ねあげた。

「まだやってるんだろ?」

都賀に訊く。

「俺はおまえを待っていた。午後から走るってやつもいる」

「助かった。すぐ準備する」

「なんだ、これ？」

ワンボックスカーのうしろにまわり、荷台を覗きこんだ都賀が驚きの声をあげた。

荷台には、段ボール箱がぎっしりと詰まっている。その隙間に、自転車を入れる輪行バッグがふたつとデイパックがいくつかはさまっている。

「同人誌だ。コミパで買ったやつ。大半は宅急便で送ったんだが、それだけは載せてきた。あと、二箱は俺が仲間と一緒につくった同人誌」

「いくら使ったんだ？」

「百万は行ってないと思う」

「バカだ」

「趣味ってのは、こんなものだよ」

「理解不能だ」

ふたりで段ボール箱を押しのけ、輪行バッグを掘りだした。中に入っているピストは、一台がブレーキ付きの街道練習用で、もう一台がノーブレーキのバンク練習用だ。ノーブレーキピストの輪行バッグを場内に運び入れた。

二時間、練習した。つぎの開催は、舘が小田原記念で都賀が奈良のＦＩである。どちらも33《さんさん》バンクだ。それを想定して、ダッシュを何度もおこなった。

終わって昼食を摂《と》り、ふたりはそれぞれの車で京都市内に向かった。九条にフィットネスジムがある。経営しているのは苅部清隆《かりべきよたか》という、四年前に引退した先輩競輪選手だ。都賀は、苅部とトレーナー契約を結んでいる。

京都も暑かった。都大路《みやこおおじ》が陽炎《かげろう》で揺れている。今年の猛暑は、おさまる気配がない。ジムでウェイトトレーニングをした。一時間のコースだ。苅部が付きっきりでふたりにアドバイスをした。

サウナとシャワーで汗を流すと、もう夕方の五時をまわっている。

シャワールームで都賀がひとりの男に声をかけられた。

「お久しぶりです」

「？」

それが誰だか、都賀にはわからない。

「あっ、そうか」

男はてのひらで自分の顔の大部分を覆い隠した。それを見て、都賀は合点がいった。

「もしかして、天王寺マスクさん？　なにわプロレスの」

「当たりです」

天王寺マスクはにこにこと笑った。鍛えあげられたからだはいかにも格闘系という感じだが、身長は百七十センチに至っていない。都賀ほどではないものの、明らかに小柄だ。言われなければ、プロレスラーには見えない。

都賀は天王寺マスクを舘に紹介した。

「超競輪ファンのプロレスラー、天王寺マスクさん。ここで知り合って、試合もときどき見にいっている」

「よろしく」天王寺マスクは頭を下げた。

「S級S班の舘選手に会えるとは光栄です。ここは、たまーにゲストできています。苅部先生がただでいいよと言ってくれてるんで」

「いい顔ぶれだな」苅部がきた。

「時間、あるんだろ」

舘に向かって、訊いた。

「ええ、きょうは公平の家に泊まっていきます」

「じゃあ、四人で飲もう。車はジムの駐車場に置いとけ。あしたとりにくればいい」

苅部は言った。大雑把《おおざっぱ》な性格である。

ジムの近所にある居酒屋に移動した。祇園の料亭に行くとか、お茶屋で舞妓を呼んで遊ぶとか、そういうことはない。ごく庶民的な、苅部の馴染みの店である。個室に入った。

乾杯のあと、苅部の技術解説がはじまった。しばらくは、ライディングポジションがどうのとか、位置取りをどうするかとか、駆けるタイミングをレース中にいかにして見極めるかとか、そういった話をしていた。しかし、話題が筋肉の使い方に及んだとたん、座は筋肉談義一辺倒になった。

「やっぱ大胸筋ですねえ」

舘はTシャツを脱ぎ、上半身裸になった。

「漢《おとこ》は僧帽筋だよ」

都賀は異論を唱え、首すじを指し示す。

「いやあ、うしろから見たときの広背筋でしょう」

天王寺マスクが立ちあがり、ボディビルのポーズをとった。背中の筋肉が、翼のように大きくひらいた。

「てめえら、鍛えすぎだ」苅部が文句を言う。

「俺の引退理由を知っているか？　勝てなくなったということもあるが、引金になったのは腰痛だ。聞いたことねえだろ、発達しすぎた筋肉が腰痛の原因になるってこと」

「そうなんですか？」

都賀が訊いた。

「最近の常識だ。腰や肩に痛みがでたら、筋肉を鍛えて患部を固めろって言うやつがいるが、本当にそれで痛みが消えたという話、耳にしたことあるか？」

「実はありません」天王寺マスクが言った。

「うちの業界は見栄えも重要なので、誰もかれもとにかくすごいからだをつくろうとするんですが、そういうからだができたからといって、腰痛に無縁になるってことはないみたいです。先輩レスラーにも、ひどい腰痛で苦しんでいる人が何人もいます」

「そうだろう」苅部は大きくうなずいた。

「筋肉ってのは、そういうものだ。鍛えてでかくなったら、それだけ筋肉痛も頻発する。それがやがては慢性痛になり、どうやっても治らない腰痛や肩の痛みに変化していく」

「と言われても、いまさら筋トレはやめられません。そもそも苅部先輩のジムにも、筋トレのマシンが山のように置いてあるじゃないですか」

「うちは、そうならないように俺がコーチしているんだ。俺のジムで、俺抜きでトレーニングすることは許さねえ。きょうもそうだったはずだ」

「なるほど」

ぴしりと言われて、舘は納得した。

「舘、おまえ、爺ちゃんにやたらとはっぱかけられてねえか？」

覗きこむように、苅部が舘の顔を見た。

「かけられてます」舘は答えた。

「俺だけじゃなくて、公平も一緒に。ふたりでオールスターと競輪祭を獲って、グランプリにでろと。でもって、グランプリでも勝てと。それが、舘家三代の悲願だそうです」

「あの爺ちゃんの言いそうなことだ」苅部は声をあげて笑った。

「それで、あせって練習をしまくる。筋トレもやりすぎちまう」

「久仁夫のは違いますね」都賀が言った。

「あの筋トレは、完全に趣味です。コスプレのためだけにやってます。本当はトレーニングじゃないんです」

「なんだ、コスプレって？」

苅部は首をななめに傾けた。酒がまわってきて、呂律《ろれつ》が少し怪しい。

「まあ、いいや」首を横に振り、肩をすくめた。

「とにかく、おまえらに言っておくべきことは全部言った。あとは、ふたりで考えて練習しろ。たまには他人の意見を聞かないと、自分のことはようわからんのだ。都賀も舘も、きょうはそれがしっかりと聞けた。百点だな」

「百点すか」

舘はきょとんとなった。何が百点なのかが、理解できない。

「でも、競輪はうらやましい」

天王寺マスクが、ため息をつきながら言った。

「うらやましいって、なに？」

都賀が訊いた。

「なんやかや言っても、がんばって走れば金になるでしょ。GI獲ったら、賞金は数千万円。グランプリなら一億円。夢のような金額だ」

「プロレス、厳しいみたいですね」

館が言った。

「どん底です。うちはとくに団体が小さい。リングの設営も自分たちでやってるし、チケットも売り歩いている。試合の前は客の呼びこみもやる。それだけやって、ギャラは一マッチ一万円です」

「年間何試合やってるんです？」

「三百試合」

「じゃあ、年収は三百万円」

「わかりやすいでしょ」

「つらいなあ」

「とはいえ、競輪もやばくなってきた」苅部が言った。

「売り上げは毎年、右肩下がりだ。観客は高齢化し、平均年齢は六十歳を超えた。競輪場も、あちこちで廃止の話がでている。おまえのいる向日町も、どうなるかわからん。競輪へたすると、競輪がなくなるなんてことにもなりかねない」

「まさか」

「まさかはねえぞ」苅部は睨むように都賀を見た。「世の中はなんでもありだ。たかあくくってると、必ずどつき倒される。——天王寺」

「はい」

「おまえはプロレスのために何をしている？」

「魅力ある試合をする。それだけです。いつきても、お客さんが心底喜べる試合をしていたら、絶対にプロレスは消えません。そのお客さんがまたきてくれます」

「だろうな。プロモーターでもない、コミッショナーでもない、経営者でもない、ただの一選手にできることはその程度だ」

「当然、それは競輪選手も同じってことですか」

都賀が言った。

「同じだ」苅部は即答した。

「いいレースをする。選手には、それしかできない。競輪はギャンブルだから、客の期待がオッズになって、そのまま数字でダイレクトに示される。一目瞭然だ。期待されている選手がいいレースをすれば、そいつはイコール客の満足度のアップにつながる。勝っても負けてもな」

「…………」

「しかし、勝たないと、実はぜんぜん意味がないのだが」

「おっとお」

舘と天王寺マスクが両手を挙げて、その場に転がった。都賀ひとりがリアクションできなかった。

「ほんま京都だな。おまえは」

苅部が苦笑した。

夜が更けていく。

お開きは午前一時になった。

6

オリオン賞が終わった。

オールスター競輪二日目だ。日本列島は九月に入っても晴天の真夏日がつづいている。きょうの岐阜は最高気温三十五度オーバーの猛暑日となった。

都賀が、敢闘門に戻ってきた。二着に入った。舘が出迎え、ピストを受け取った。舘は初日のドリームレースで三着を確保し、三日目のシャイニングスター賞進出を決めている。

レースは、奈良の光矢智重《みつやともしげ》が先行した。スタートをとったのは、広島の瀬戸石松だ。後団にいた光矢のラインは、赤板ホーム過ぎから前にでた。背後には関東のラインがつづく。瀬戸のラインはすんなりとうしろに下がった。光矢は打鐘《だしよう》から一周近く、脚を溜めるようにペースで駆け、先行した。警戒するのは、瀬戸の捲《まく》りだ。番手《ばんて》の都賀、三番手の鳳《おおとり》京司郎《きようしろう》とともに、光矢はしきりに後続の動向をうかがう。一列棒状のラインに、変化はない。

最終二コーナーで、光矢は加速した。ダンシングでペダルを踏みこみ、一気に速度をあげる。

その刹那《せつな》。

瀬戸が仕掛けた。得意の捲りを放った。

速い。中四国ラインが、近畿ラインを瞬時に抜き去る。瀬戸、愛媛の土井孝典《たかのり》、岡山の本郷保之《ほんごうやすゆき》が、光矢のラインを完全に捲り、先頭に出切った。光矢は四番手に落ちる。関東ラインはでてこない。

三コーナーをまわった。光矢が力尽きて、外に浮いた。都賀がインに入る。本郷がそれを察知し、内を閉めた。都賀は進路をふさがれた。

だめだ。行けない。誰もがそう思った直後。

都賀が横に動いた。本郷がかわされた。インにいたはずの都賀が外を抜け、土井に迫っている。何が起きたのか、本郷は理解できていない。四コーナーを過ぎてホームストレッチに突入した。土井が外に行く。瀬戸はインを疾駆する。

そのふたりの間に。

都賀が割って入った。ここと思えば、またあちら。誰にも予測できない本能の走りだ。あいているところがあれば、進む。あいていなくても、もぐりこみ、こじあけて進む。

まさしく牛若丸。都賀の真骨頂だ。

モニターテレビを見ていて、舘は舌を巻いた。検車場に歓声があがった。想像を超えた電撃の動き。本領発揮とは、このことだ。

瀬戸と都賀と土井、三車が重なり合ってゴールした。逃げきったか？　差したか？　届かなかったか？

写真判定になった。タイヤ差で瀬戸が勝った。

「負けたあ」

戻ってきて舘の顔を見た都賀は、大仰に顔をしかめた。

「何が、負けただ」舘は都賀の背中をてのひらで叩いた。

「絶体絶命だったくせに」

舘はピストをローラー台へと運んだ。都賀はプロテクターを仲間に預け、記者たちに囲まれている。インタビューが一段落したら、クールダウンだ。

あの小さなからだで、よくここまできた。

記者の質問に答えている都賀を見て、舘はそう思った。

都賀は自転車競技の経験がまったくなかった。

競輪学校には適性で入った。一発で合格した。

通常、自転車競技経験者は、ピストを用いたバンクでの技能試験を受けて、競輪学校に入る。だが、それでは他の競技をしていた才能あるアスリートを競輪に呼びこむことができない。そこで、自転車競技経験のない競輪志望者を対象に、適性試験がおこなわれている。一次試験で垂直跳びの跳躍高と背筋力が測定され、基準値に達していた者が二次試験に進む。二次では台上走行試験装置、つまり高性能のサイクルトレーナーのようなマシンで瞬間最高速度、ケイデンス、パワーを測り、その数値が基準値をクリヤーしていたら合格となる。都賀の数値は、すべてが群を抜いていた。

競輪学校で、舘は都賀と同室となった。舘はもちろん、技能で入学した。高卒で入った舘は、大学を三年で中退して入学してきた都賀とは学年で三つ下だったが、同期は同期だ。先輩でも後輩でもない。

ふたりはまず格闘技のマニア同士ということで、気が合った。それからバンク練習に入って、互いの能力を認め合う仲になった。舘が驚嘆したのは、都賀の俊敏な体捌《たいさば》きと底知れぬ持久力だ。一方の都賀は、舘のダッシュ力とパワーに強く惹かれた。

牛若丸と超合金。同期の仲間が、ふたりにつけた綽名である。超合金は、アニメにでてくる巨大ロボット玩具の商品名だ。舘がアニメおたくであることを知った同期生たちは、その鍛えあげた肉体を目にして、ためらうことなくそう呼んだ。舘自身も、喜んでその名を受け入れた。

競輪学校卒業時の順位は、舘が十八位で都賀が二十六位だった。とくに目立った成績ではなかった。帽子は舘が黒帽で、都賀が赤帽だった。

競輪学校では、かぶっている帽子の色が、その生徒の能力をあらわす。黒帽は瞬発力系。赤帽は持久力系。白帽は瞬発力、持久力とも兼ね備えている者。そして、そのどちらも一定の基準に届いていない生徒は青帽となる。

卒業後は、所属こそ大阪と京都と違っていたが、頻繁《ひんぱん》に会い、よく一緒に練習をした。都賀が岸和田にくる。舘が向日町に行く。冬は仲間を募って沖縄で合宿。夏の山岳合宿は伊吹山や六甲でおこなった。

練習でも、レースでも、ふたりはむきになって競い合った。親友だが、舘は都賀には負けたくない。それは都賀も同じだ。親友だからこそ、勝負では絶対に譲らない。必ず自分が勝つ。相手を打ち負かす。競輪学校での記録会では、ふたりとも負けてばかりだったが、実戦は違った。デビューと同時に、どちらも勝ちまくった。あっという間にA級2班、1班へと昇班した。S級2班への昇級は少し手間どったが、それでも、同期の中ではかなり早くあがることができた。当然だが、この昇級も競争になった。半年の差で、舘が勝った。都賀は本気でくやしがり、驚異的な勝率を叩きだして、舘に追いついてきた。

あの昇級を激しく競った日々から五年。

いまや、舘はS級S班である。またも、舘が都賀を抜いた。昨年、GⅡを獲り、賞金ランキングで十七位に滑りこんだ。当然、都賀は対抗意識を密かに燃やしている。ふだんの態度に変化は何も見えないが、それは明らかだ。舘は都賀の性格を熟知している。かれは勝つために空手の道を捨てて競輪にきた。親友といえども、自分がライバルに負けている状況をそのままにしておく気はさらさらない。

この開催、いちばん怖い相手は都賀公平だ。

舘は確信した。

おもしろい。わくわくする。

都賀は舘が全力を傾注して戦うのにふさわしい敵だ。競輪学校ではともに未熟で、このレベルの勝負ができなかった。しかし、いまは違う。いまならできる。最高の舞台で、最高のレースをして、決着をつけられる。

三日目。

一夜が明けての最終レースはシャイニングスター賞だ。

オールスター競輪の勝ちあがりは複雑である。

一次予選、二次予選、ドリームレース、オリオン賞、シャイニングスター賞のほかに、敗者復活戦一、二があり、それらを勝ちあがった選手が、準決勝に進む。シャイニングスター賞で一位になった者は、準決勝免除だ。そのため、四日目の準決勝戦は四個レースとなり、各一、二着が決勝進出となる。

シャイニングスター賞で、舘と都賀は今開催はじめてラインを組んだ。

レースは、福島の帆刈由多加が先行した。

強烈な先行だった。寛仁親王牌をもぎとった驚異の脚は打鐘前からうなりをあげた。

舘は、その先行を意地で捲った。牽制する番手の池松を逆に抑えこんだのは、都賀だった。都賀が池松のインをすくう気配を見せて、その動きを縛った。さらに、舘が捲りきったあとも、横の動きで後続を前にださせない。形としては、舘のうしろがもつれ合うようになり、舘は逃げきり勝利をものにした。都賀は脚を使ったぶんゴールで遅れ、四着に落ちた。池松が二着で、三着が秋田のベテラン、本稲田《もといなだ》薫《かおる》だ。帆刈は七着に沈んだ。

これで、舘は優出が決まった。

勝利者インタビューで、舘は都賀を賞賛した。

「あいつのおかげで勝てました。あした、都賀は準決勝を走りますが、絶対に勝って決勝戦にきてくれるはずです。そうしたら、またラインを組み、ふたりで優勝をめざします。応援してください」

検車場に戻ると、都賀が十数人の記者に囲まれて、舘を待っていた。

「きょうは、おまえの日にしてやったぞ」都賀は言う。

「だが、あしたとあさっては、俺の日だ。決勝では何があっても差してやる」

ストロボが連続して光った。シャッター音が耳朶《じだ》を打つ。

ふたりは握手をした。

「大口は、準優を勝ってから叩け」舘は応じた。

「へたこいて決勝にこなかったら、許さんぞ」

「おう。そんときは丸刈りになってやる」

記者たちがどっと沸いた。

この破天荒なやりとりが、ふたりの魅力だ。

都賀と並んでガッツポーズをつくり、スポーツ新聞の記者たちに向かって舘は言った。

「この写真、一面トップで使ってくれ」

「それは無理です」

あっさりと断られた。

7

きのうから降りつづいていた雨は明け方にやんだ。

オールスター競輪の最終日は快晴となった。日の出と同時に気温の急上昇がはじまり、バンクはみるみる乾いた。

朝の指定練習を終え、十一時過ぎに早めの昼食をすませてから、舘は同地区の先輩選手とともに、宿舎である岐阜サイクル会館の一階にある食堂でコーヒーを飲んでいた。

「都賀は、いいレースをしました」舘が言った。

「シャイニングスター賞と違って、あぶないところがまったくない。強い勝ち方でした」

「たしかに」北陣貢《きたじんみつぐ》は同意した。滋賀の選手だ。五十一歳は、今開催最年長である。

「前を走った歌田《うただ》禄朗《ろくろう》は残せなかったが、落車もあったし、二着権利ではどうしようもない」

「ですね」

「にしても、きのうは落車が多かった」

北陣は左腕に包帯を巻いていた。かれ自身がきのうは第四レースで落車し、擦過傷を負った。五人が落車する大荒れのレースだったが、再乗して五着に入った。きょうはもう第一レースを走り、六着でオールスター競輪を終えた。あとは家に帰るだけである。

「都賀は、よくしのいだと思います」

「ああ。ふつうあそこで前が滑ったら、間違いなく乗りあげる。牛若丸って綽名は大正解だ」

「すごかったのは、あそこから体勢を立て直して、才丸を差したことですよ。あの粘っこい持久力は天性のものです」

「きょうの焦点は、帆刈だな。きのう、あいつの走りを見てたら、さぶいぼがでた」

「雨ん中、三車身のぶっちぎり」

「逃がしたら、どうしようもない」

「逃がしません」

「作戦、できてるのか？」

「まあ、なんとか」

北陣の問いに対して、舘は曖昧《あいまい》に答えた。今開催、舘は四日間で二走しかしていない。ドリームレースとシャイニングスター賞だけだ。疲れはないし、体調も維持できているが、実戦感覚は微妙だ。

「勝てよ」口調をあらため、舘の目をまっすぐに見て、北陣が言った。

「絶対に勝て」


午後一時を過ぎた。まもなく半になる。

コーヒータイムのあと宿舎の自室に戻っていた舘は、重さ二キロのフィットネスバーを手にして、サイクル会館の階段に向かった。

ストレッチをするためだ。

他の競輪場では、検車場の外にでて選手用の駐車場などでウォームアップができたりするのだが、岐阜競輪場にはそのスペースがなかった。検車場以外でからだを動かそうとすると、サイクル会館の通路か階段に行くしかない。

階段には、先客がいた。

都賀だ。

都賀は踊り場で空手の型をやっている。最破《サイファー》だ。ここぞというときの、都賀のいつもの儀式である。精神統一とアップを兼ねている。しかし、踊り場は狭いので、いまはその型のごく一部しかできない。それでも、都賀はときおり鋭い気合を発し、突きや受けの動作を繰り返す。舘はフィットネスバーを使ってストレッチしながら、階段を登り降りした。重心の位置を変えて足を前に運ぶ、独得の運動である。アップ中は互いに声をかけたりはしない。黙ってやる。黙々とつづける。

午後二時十分に、舘は検車場に入った。今度はローラー台でアップだ。出場レースのスタートは、四時半である。十分後に都賀がきた。少し離れたローラー台に乗った。やはり口はきかない。目礼する程度である。検車場に、人影は少ない。記者はレースの取材をしているし、選手も、その多くが出走を終えて、帰郷の準備をしている。すでに帰った者もいる。

三時をまわったところで、舘はローラー台から降りた。全身汗まみれである。選手控室に行き、着替えた。出走のしたくをはじめる。

第十レースが終了した。決勝出場選手九人が、顔見せでバンクにでる。

敢闘門をでて、舘は一礼した。ピストに乗って、ゆっくりとバンクをまわる。舘のうしろには都賀がついた。都賀に並んでいるのは、才丸信二郎と組んで中国九州ラインをつくった瀬戸石松だ。

舘の大外に帆刈由多加と池松竜の北ラインがあらわれた。加速して、西ラインをすうっと抜いていく。力に満ちあふれた帆刈の走りが、舘にはまぶしい。スーパールーキーは、きょうも先行意欲満々だ。

観客の大歓声がバンクに響いた。地元岐阜の若手、櫛木恵市《くしきけいいち》に前をまかせた室町隆の中部ラインがホーム側にまわってきた。その背後には、単騎を選んだ東京の綾部光博がいる。昨夜の共同インタビューで、綾部は先行ラインの番手を狙うと宣言した。となると、ターゲットは池松だ。競りでうしろがもつれれば、帆刈は有利になる。

ホームを通過した。舘はバックに視線を向ける。フェンスに横断幕が張られている。ファンや後援会がつくってくれた、選手の名が描かれた横断幕だ。もちろん、その中には舘のものもある。

六日前、前検日の指定練習でバンクにでた舘は、バックのフェンスを見て驚いた。そこに、はじめて目にする自分の横断幕があったからだ。

撃破せよ！　戦士黒バラ　舘久仁夫
横断幕には、そう描かれていた。

作成したのは、バラージュ小隊隊員有志。

畑田と大曽根だ。

しばし茫然とし、それから背すじが震えた。熱いものが胸の裡《うち》にこみあげてきた。横断幕をつくるなどということは、まったく聞いていなかった。

顔見せでバンクを周回しながら、舘はあらためてその横断幕をしっかりと見た。仲間がきている。姿こそ見ることはできないが、この観衆の中のどこかに自分の仲間がいる。

舘の頭の中で、『神聖旅団ドハッツォー』の主題歌、『慟哭《どうこく》の戦士』が高らかに鳴り響いた。岐阜には、第一シーズン二十六話のDVDをすべて持ってきた。昨夜、その全話を見終えた。いま、各話の名シーン、名ぜりふが、舘の脳裏に甦《よみがえ》ってくる。

「絶対に勝つ戦争？　そんなものはない。あるのは、絶対に勝つという強い意志、それだけだ」

敢闘門に戻った。出走選手の控室に入った。九人の選手が、ここで発走を待つ。椅子に腰かけて目を閉じ、瞑想に耽《ふけ》っている者。何度も出入りしてタイヤに空気を入れている者。ピストの前に行き、床に塩を撒《ま》いて神に祈る者。やることは、みなさまざまだ。都賀は脚にベビーオイルを塗り直している。舘の頭の中では、まだ『慟哭の戦士』が大音量で鳴り響いている。

出番がきた。

控室をあとにし、敢闘門の前に進んだ。ピストを持って、並ぶ。数人の選手が、高い声を発して気合を入れた。舘は左手で、自分の頬を強く張った。

バンクにでた。岐阜競輪場は、バンク中央に大きな池がある。その池を横切る、橋を擬した走路を抜けて、選手たちはスタートラインに着く。

ひとりずつ選手の名が呼ばれた。ピストに乗り、発走機の前まで走った。

後輪を発走機に入れてセットする。サドルにまたがる。

舘はまっすぐに正面を見据え、何回か舌で唇を舐《な》めた。緊張はしている。だが、不思議に落ち着いている。不自然な気負いもない。心はいま、巨大ロボットに乗りこみ、衛星軌道上の母艦から地上に向かって降下を開始するバラージュ軍曹そのままだ。そこにどんな激戦が待っていようとも、自分はベストを尽くす。そして、勝利を得る。

号砲が鳴り、九車がいっせいにスタートした。牽制はない。帆刈が飛びだした。先頭を切り、誘導員を追っていく。

一周する間に、並びが定まった。帆刈、池松、瀬戸、才丸、舘、都賀、櫛木、室町。最後尾が単騎の綾部だ。

赤板で、室町を引く櫛木が前にあがった。帆刈があっさりと後退する。突っ張る気はない。室町につづいて、舘と都賀、瀬戸と才丸もあがった。帆刈は七番手になった。綾部が外から池松に並ぶ。帆刈の番手の獲り合いがはじまった。

バックで打鐘。帆刈が加速する。外にでて、腰をあげる。

三コーナー手前で、瀬戸をかわした。帆刈の番手には綾部が入った。だが、池松も下がってはいない。外から綾部を強引に押しだそうとしている。そのとばっちりが、瀬戸と才丸に行く。

舘が動いた。やるとしたら、このタイミングしかない。帆刈は後続のもつれを尻目に加速をつづけている。このままだと、逃げきられる。

四コーナーの傾斜を利用して、舘が大きく外にふくらんだ。いったんバンクの上に登り、そこから山降ろしでダッシュする。重力の力を借りないと、帆刈は抜けない。

一気にバンクを駆けおりた。

帆刈が逃げる。舘が追う。

並んだ。前にでた。ホームを過ぎた。あと一周。このペースで、あと一周をまるまる駆けないといけない。

気がつくと、最終バックだ。帆刈が消えた。舘が先頭にいる。首をめぐらし、背後を振り返った。

都賀がいない。見えたのは、池松と櫛木だ。都賀が離れた。帆刈を叩いた舘のダッシュについてこれなかった。綾部は池松に捌かれ、才丸と共倒れになったらしい。

舘は全力で走った。ここでゆるめることは、もうできない。こうなったら、ひとりでゴールをめざす。

都賀は、室町の横、内側にいた。強烈な舘のダッシュに遅れたが、脚はまだ終わってはいない。余裕はある。室町が都賀をインに深く押しこもうとする。それを都賀は前にでてかわした。室町の牽制は空振りになった。都賀は選手と選手の間を流れるようにすりぬけていく。

帆刈を抜いた。櫛木を弾き飛ばした。池松のうしろにもぐりこんだ。

最終四コーナー。舘がたれない。池松があえいでいる。前に進まない。都賀が踏んだ。

勝負は直線だ。

池松の脇を抜ける。眼前に、舘の背中がある。一度は切れたが、また番手に戻った。

あとは差すだけだ。

まわす。とにかくまわす。しゃにむにまわす。

追いついた。真横に舘がきた。

ゴール。

勝ったのは。

どっちだ？

わからない。都賀にはわからない。舘を見た。舘もわかっていない。僅差であっても、ふつうはどちらが勝ったか、選手にはわかる。感覚で察知する。が、今回はわからなかった。

自分なのか、舘なのか？

わからないまま、バンクを一周半した。敢闘門に向かう。ピストから降りた。出迎えてきた同地区の選手たちも、舘と都賀を前にしてとまどいの色を見せている。かれらにも、どちらが勝ったかわかっていない。

舘と都賀は出走控室に入った。そこで椅子に腰かけ、写真判定の結果を待つ。

長い判定になった。実際は数分だったが、ふたりにとっては人生最長の数分だった。

判定時間が長いと同着になることが多い。

まさか、本当に同着？

そう思ったとき、結果がでた。

一着、都賀公平。

舘は微差で二着。

放送が流れた直後。舘は手で顔を覆った。唇を噛み、目を閉じた。

しかし、それは一瞬だった。すぐに舘は椅子から立ちあがった。都賀に向かって、歩み寄った。

「やられたぜ」

都賀の胸もとを拳で軽く突いた。

「…………」

都賀は無言でうなずき、控室からでていった。歓声が湧きあがる。胴上げがはじまる。

舘も控室をでた。

検車場に向かう。

心中で、さまざまな思いが渦を巻く。

まだある。競輪祭が残っている。つぎこそ俺だ。

舘家三代の悲願か。

また爺ちゃんがうるさいな。

決めた。

帰ったら、『神聖旅団ドハツオー』第二シーズンのDVDを見る。丸一日かけて、全話を見倒してやる。

舘は小さな声でつぶやいた。

「絶対に勝つ戦争？　そんなものはない。あるのは、絶対に勝つという強い意志、それだけだ」

GRAND PRIX

第六章

朝日新聞社杯競輪祭

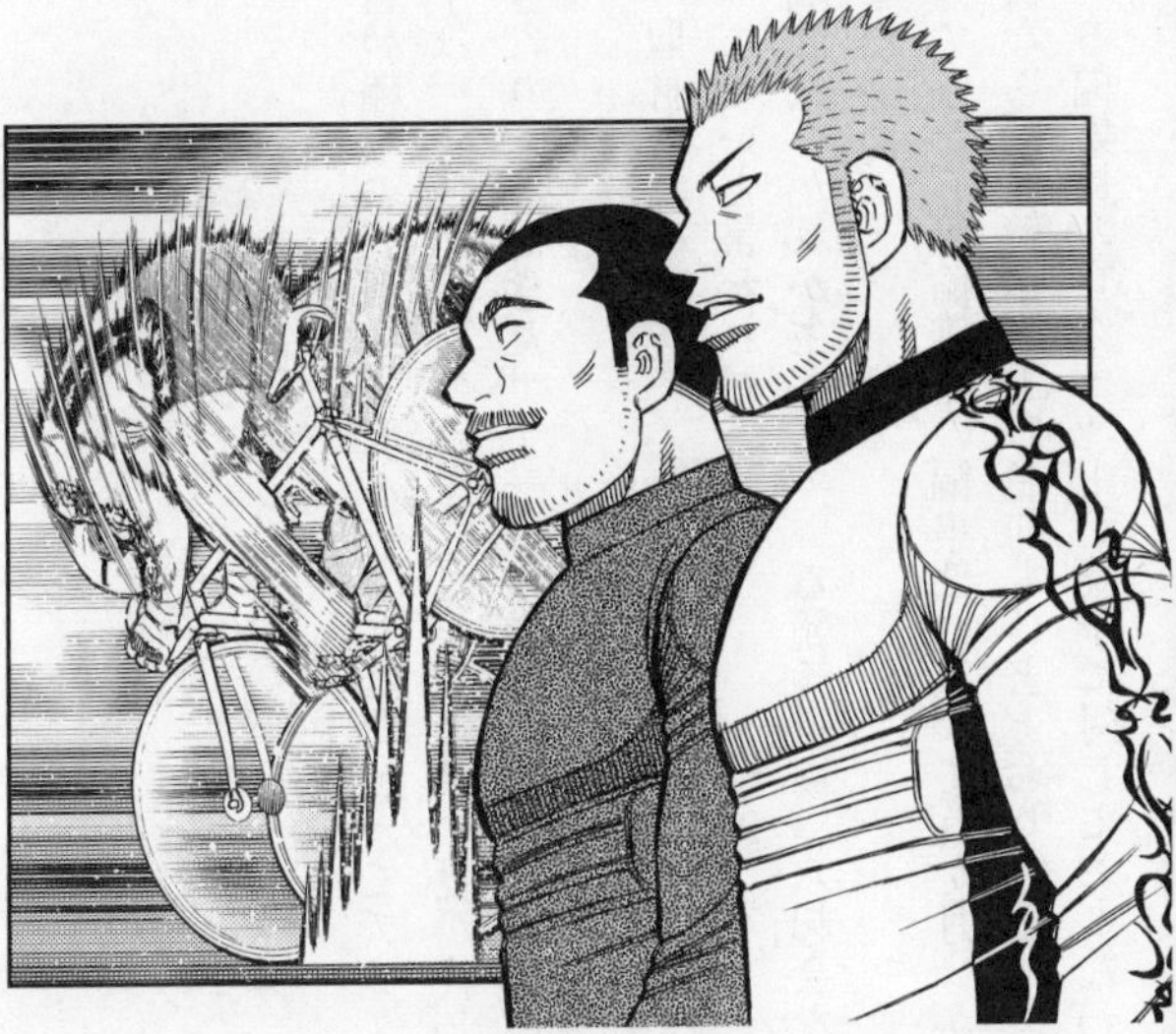

ASAHISHINBUNSHAHAI
KEIRINSAI

1

　風が冷たい。

　敢闘門の前に立ち、大宮競輪場の五百メートルバンクに向かってデジタル一眼レフカメラを構えていた松丘蘭子は、ジャケットの衿《えり》を立てた。猛暑の夏が終わり、残暑の秋が過ぎたと思ったら、いきなり寒波がきた。十一月の半ばにして、冬になった。寒暖の差が大きい。

　蘭子が大宮にきたのは、取材のためだ。

　編集長に、ひとりで行ってこいと言われた。

　競輪祭を前にして、浜國波人とかれが主宰している競輪道場、八起会を取材する。それが蘭子に与えられた仕事だった。

　浜國の名は、蘭子も知っていた。競輪雑誌の編集部に入って九か月。かなり勉強も進んだ。知識も増えた。S級ならば、競輪選手の名前もひととおり覚えた。

　昨夜、部内で取材に関する編集長のレクチャーが蘭子に対しておこなわれた。

「浜國波人は、去年のＫＥＩＲＩＮグランプリの覇者だ」

赤倉達也が言う。

「知ってます」蘭子はうなずいた。

「全日本選抜に勝って出場権を獲り、初出場でグランプリ優勝です」

「浜國は、競輪学校を二位で卒業し、卒業記念レースで優勝した期待の逸材だった」赤倉は言葉をつづけた。

「実際、デビュー後はとんとん拍子で勝ちあがっていった。Ｓ級までの昇級は、ひじょうに順調だった。トラブルもなかったし、挫折もなかった」

「…………」

「だが、Ｓ級選手になってから、苦難の日々がはじまった。手はじめは、ひどい落車だった。頸椎《けいつい》を損傷し、首から下が不随になって、一時は引退の瀬戸際まで追いつめられた。しかし、浜國は負けなかった。奇跡の回復を見せ、五か月でレースへの復帰を果たした。果たしたが、落車の不運は、それでは終わらなかった。復帰後二戦目で、また吹っ飛んだ。今度は鎖骨と肋骨を折った。二か月後にバンクに戻り、またすぐに落車した」

「どうして、そんなに転ぶんです？」

蘭子が訊いた。

「わからない」赤倉はかぶりを振った。「たまたまとしか、言いようがない。選手には、そういうときがあったりするんだ。もらい事故、自分のミス、激しい競り合い。理由はいろいろとあるが、なぜかそれが必ず落車につながっていく。かわそうとしてもかわせない。防ごうとしても防げない。何かに憑《つ》かれたかのように宙を舞い、バンクに叩きつけられる。骨が折れ、筋肉が裂ける」

「不運というには、あまりにもひどすぎます」

「たしかに、そうだ。もちろん、ほとんど落車しない年もあった。無事に、そこそこのレベルで走ることができて、記念にも勝った。そういう年だ。なんやかやといってもS級に十五年間留《とど》まり、激戦を戦いぬいてきたんだ。ビッグには縁がなかったが、ファンには愛されていた。だから、去年の快挙が多くの人の胸を打った」

「選抜でのGI初優勝とグランプリ制覇ですね」

「あれはドラマだったなあ」赤倉は遠い目をした。

「考えてもみろ、デビュー十六年目、不撓不屈《ふとうふくつ》だけが売りだった無冠の選手が、いきなり全日本選抜に勝ち、その勢いでグランプリもぎとってしまったんだ。怪我に苦しみ、毎年、のたうちまわるようにレースを走ってきた選手がグランプリチャンピオンになり、賞金王にも輝いて、年間MVPにも選ばれた。ついた綽名が、遅咲きの帝王だぞ」

「編集長、興奮してますね」

「おまえが冷静すぎるんだ」

「あたし、これも知らなかったんですが、浜國選手は、今年も二月に落車しているんですね」

資料として渡されたコピーの束に、蘭子は視線を向けた。

「おまえが編集部にくる直前だ。高松記念の三日目、第十レースだな」

「八起会の発足十日後って書いてあります」

「浜國は、グランプリの賞金一億円で、以前から仲間とやっていた練習道場の建物を大幅に改築したんだ。でもって、その名称を八起会とした。七転び八起きの八起会だ。何度転んでも起きあがるという強いメッセージをその名前にこめている」

「この仕事に就いて、よくわかりました。競輪に落車はつきものなんですね。本当はあったらいけないんだけど、勝つために真剣に戦っているから、どうしても起きてしまう」

「選手は、そのたびに立ちあがってまた頂点をめざす。絶対に諦めない。八起会は、いい名前だ」

「わたしも、そう思います」

「改築工事は正月明けからはじまり、ひと月で終わった。二月の頭に、その新しく生まれ変わった道場で、八起会の発足パーティがあった。俺も行ったよ。会を正式にお披露目するのは三月に予定されていたグランプリ優勝記念パーティの席でということになっていたんだが、その前にダービー出陣に向けて内輪で気勢をあげちまおうという集まりだった」

「二月の落車も、すごかったんですか?」

「壮絶だったなあ。三角《さんかど》で大外にいた浜國の前に、押しあげられた選手が飛んできて、からんだ。浜國は前転してバンクと観客席を分けている二センターの金網フェンスに激突し、跳ね返って傾斜を転がり落ちた。そこに後続の選手が突っこんできた」

「痛そう」

蘭子は顔をしかめた。

「痛いで、すむかよ」赤倉は、蘭子の頭を小突いた。

「鎖骨と左手首を骨折。手首は開放骨折だった。さらには肋骨が五本折れてて、左大腿《だいたい》骨《こつ》と骨盤にもひびが入っていた。入院二か月。リハビリが三か月。バンクに戻ってきたのは、八月の全日本選抜だ」

「去年、初のGIを獲った、思い出の全日本選抜ですね」

「おまえも見てただろ。浜國は準決勝で敗れた。連覇どころか、優出もかなわなかった。落車の余波は以降もつづき、開催中に首や腰の激痛に見舞われて、途中欠場も何回かした。一回だけFIで優勝できたんだが、それ以外は、どれも予選か準決勝で敗退だ。こないだの共同通信社杯秋本番も、二次予選までだった」

回転するホイールが、甲高い音を鋭く響かせる。

蘭子は我に返った。

眼前を浜國のピストが通過する。三人でつくったラインの真ん中にいる。その姿を、蘭子は流し撮りで連写した。

浜國のうしろについているのは、北海道の池松竜だ。冬期移動で、大宮にきている。池松が所属している函館競輪場は、十一月頭の記念競輪を最後に春まで開催がない。閉鎖され、休業期間に入る。寒冷地にある競輪場は、みな同じだ。時期こそ多少ずれるが、どこも極寒期は閉鎖される。所属の競輪選手は練習場所を求めて温暖地に移動する。これが冬期移動だ。

ひともがきを終え、ラインが崩れた。

「もっと粘れ！」

バンクに浜國の声が反響《こだま》した。怒鳴られてるのは、一色太陽《いっしきたいよう》である。オリンピックの銀メダリストだ。いま、浜國と池松を先頭に立って引いていた。

「気い抜いて駆けるんじゃない！」

メダリストも、浜國の前では形なしである。しかし、指示は的確だ。撮影しながら見ているとそれがよくわかる。きょうの一色は、明らかにダッシュがつづかない。すぐに力尽きる。

とはいえ、浜國も生彩がなかった。気合を入れているように見えるが、空回りだ。脚がついていってない。加速の伸びが悪く、しばしば後続の池松にかわされている。

午後一時前からクールダウンの周回がはじまった。朝九時から四時間の練習だ。途中で短い休憩が入ったが、食事などは、誰も摂っていない。

池松がきた。ひとり、先に周回から離脱した。敢闘門の前に滑りこみ、蘭子に声をかけた。

「お疲れさん。きょうは浜に密着取材だって？」

「そうです。GPチャンピオンのすべてをレポートします」

「浜への密着取材は、俺への密着取材と同じだ」

「すみません。意味不明です」

「ちぇっ」

蘭子に軽くいなされて、池松は舌打ちした。

「池松さんは浜國さんの家に泊まられてるんですか？」

「いやいやいや」池松はピストから降りて、右手を大きく振った。「ちゃんと部屋を借りてるよ。ウィークリーマンションとか、マンスリーマンションとか言われてるやつ」

「それだと、家賃なんかの滞在費も馬鹿になりませんね」

「まったくだ。勝ちまくらなきゃ、やってられねえ。若い連中は共同生活してるよ」

「奥様がたいへんだと思います」

「違うね。俺のほうがたいへん」

「そうですかあ？」

「池、人の取材を横取りするな」

浜國が戻ってきた。周回走行が終わった。他の選手たちも陸続と敢闘門前に集まってくる。総勢十一人。池松以外は、全員が八起会のメンバーだ。

「おっと、やばいぜ」

池松が逃げだした。ピストを押して、検車場へと消えた。

「お疲れさまです」

蘭子は浜國に向かい、頭を下げた。

「腹へったろ」浜國が言う。

「昼飯だ。一緒に行こう」

「ありがとうございます」

車に分乗して移動した。

ファミリーレストランに入った。

2

ファミリーレストランはにぎわっていた。十二人が三か所に分かれて、席を確保した。密着取材の蘭子は、食事中も話を聞くため浜國のテーブルに着く。浜國は、蘭子の真正面だ。なぜか、池松が蘭子の横にいる。一色は若手選手たちのテーブルに行った。選手たちは、誰も着替えていない。ジャージとレーシングタイツのままだ。シューズだけ、サンダルやスニーカーに履き替えている。

料理をオーダーした。浜國も、池松も、ふつうのセットメニューを頼む。盛りも並みだ。

「意外に食べないんですね？」

蘭子が訊いた。

「若手じゃないからな」池松が答えた。

「この年になると、食欲も一般人と大差ない。がつがつ食うのは、あいつらだけだ」

若手のテーブルを示し、あごをしゃくった。

食事をして、デザートを食べ、ドリンクを飲む。

そこで、蘭子は浜國に向かい、インタビューをはじめた。

「池松さんは世間では浜國さんのライバルと言われてますが、本当ですか？」

「いきなり、そうきたか」

池松が笑った。

「うーん」浜國が腕を組み、うなる。

「ライバルになるのかなあ」

横目でちらっと池松を見た。

「なんだよ、それ」池松が文句を言った。

「ここは、即座にそうですと答える場面だろ」

「そう言われてもな」浜國は頭を掻く。

「出会ったのは高校時代だ。俺が二年のとき。知ってると思うけど、俺もこいつも陸上競技の選手だった」

「四百メートル競走ですね」

「ああ、メインはそれだった。百も二百も走っていたが、タイムは四百がいちばんよかった」

「すごく強かったとか」

「いや」浜國は首を横に振った。

「インターハイでは優勝しているが、成績は平凡だった。四十七秒くらい。ちょうど飛びぬけた選手がいない時期だったんだ。一年のときは、本当に俺の天下だった。俺の前を走るやつは、誰もいなかった」

「その翌年だよ」池松が口をはさんだ。

「俺が高校デビューした」

「あんときは、むかついた」浜國の右眉が、小さく跳ねた。

「一年下のくせに、俺とほとんど同じタイムを叩きだしてきた。それどころか、二年のインターハイでは、負けちまった」

「〇・〇三秒差だ」

池松が言った。

「思いだすだけでも腹が立つ」

「でも、そのつぎの年はふたりとも沈没した。俺も浜も惨敗だ。すげーやつがぞくぞくとでてきたんだな。そんときの一位と二位は、ふたりともナショナルチームに入り、ひとりはオリンピックに行った。たしかふたりの記録は、いまでもジュニアの歴代ベストテンに入っているはずだよ」

「要するに、俺たちとはものが違っていたんだ」

「それで陸上を諦めて、浜は競輪に行っちまった。たいせつなライバルを失った俺は、茫然自失さ」

「ぬかせ。やっぱりおまえはライバルなんかじゃなかった」

「とりあえず、出会ったときからライバルだったと書かせていただきます」

　蘭子が言った。

「えらい。正しい」

　池松が手を打った。

「絶対ライバルじゃねえよ」

　浜國は不満そうだ。

「競輪は、適性ですね？」

　蘭子は気にせず、インタビューをつづける。

「三年の秋だったな」浜國が言った。

「もう気分はどん底だった。インターハイで勝てない。国体もだめ。タイムは伸び悩み、一年、二年の選手にぼろ負けする。これじゃ、どう考えても未来がない。オリンピック選手にでもならない限り、陸上で食っていくのは無理だ。いや、オリンピックにでても食えるかどうかわからない。悩んでいたら、監督が競輪はどうだって、声をかけてくれた」

「高校陸上部の監督さんですか？」

「そう。自転車競技にはまったく縁のなかった人。単なる競輪ファンで、自転車には乗らない。車券を買っている人だった。その監督が、師匠を紹介してくれた」

「伊崎洋平《いざきようへい》さん」

蘭子は手もとのメモを見た。

「師匠も陸上出身で、監督の先輩だったんだ。競輪のけの字も知らなかった俺に、技術と知識のありったけを叩きこんでくれた。素人が競輪に転向して、どういうところで悩むのかを本当によく知っていた。俺がいまあるのは伊崎さんのおかげと言っていい」

「伊崎さんが師匠ってのは、うらやましかったなあ」池松が言った。

「俺の師匠は自転車競技専門だったから、練習メニューはよくできてたけど、初心者への手ほどきってのがいまいちだった」

「おまえが不器用だからだろ」

「否定できないのが、つらい」

池松は三杯目のコーヒーをぐびりと飲んだ。

「びっくりしたよ」浜國が蘭子に向き直った。

「こっちが卒業するってときに、こいつが競輪学校に合格したって聞いたときは」

「びっくりですか？」

「まさか、競輪まで追っかけてくるとは思っていなかった。こいつとの腐れ縁は、陸上をやめればすっぱりと切れるはずだった」

「俺も悩んでいたんだ」池松が言った。

「どう考えたって、陸上じゃどうしようもないってわかっていたから。そしたら、浜が競輪に行ったという。これだと思ったね。浜にできて、俺にできないはずはない。というか、むしろ、俺のほうが競輪に向いている」

「どこがだ？」

「持久力も、ダッシュ力も、判断力も」

「嘘はやめろ」

「だって、俺がインターハイをとったあと、浜は、一度も俺に勝ってないんだぜ。順位はどっちもぼろぼろだったが、タイムはいつも俺のほうが上だった」

「百分の三秒な」

「そう。百分の三秒」

「でも、競輪では常に浜國さんが先行されてますね。GⅠ勝利も、グランプリ出場と優勝も、賞金王も、ＭＶＰも」

「みんな去年一年の出来事だ」腕を大きく振り、池松は言った。

「先行はされてない。俺は一年後輩なんだから、今年同じ結果を残せば、同着だ」

「ああ言えば、こう言う」

「負けてたまるか」

「つまり、競輪でもライバルなんですね」

「眩暈《めまい》がする」

浜國は大袈裟なしぐさで頭をかかえた。

「そのライバルを冬期移動で大宮に呼び、道場も自由に利用させています。これはなぜですか？　敵に塩を送るとか、そういった感じでやっておられるんですか？」

「根本的な誤りがひとつある」

「はあ」

「呼んだわけじゃない。池が勝手に押しかけているんだ。道場も利用させているんじゃない。無断で好き勝手に使っているんだ」

「大宮は快適だぞ、道場にくるのも好きにしろって言ったじゃないか」

「記憶にない」

浜國は池松の反論を一蹴《いっしゅう》した。

「浜さん、そろそろ」

一色がやってきて、浜國の耳もとで囁《ささや》いた。

「おっ？」浜國は腕時計を見た。

「もう三時だ。早いな」

「楽しい時間はすぐに過ぎていく」

池松が言った。

「ここの支払いは、池だ」

浜國は伝票を池松の顔面に突きつけた。

「うひゃっ、むごいことを」

池松はいかにも演技っぽくうろたえた。

「あ、わたしがやります」

蘭子が手を伸ばした。

「気にしないで」

それを浜國が制した。

「でも、これうちの取材ですし」

「貸しにしておきましょう。お嬢さん」池松は伝票を受け取った。

「けいりんキングでわたしの個人大特集をやるときに返していただくということで、よろしく」

「ふっ」浜國が鼻先で笑った。

「永久に返してもらえないな」

ファミレスをでた。

八起会の道場に向かった。

練習は、まだ終わっていない。

道場は、浜國の自宅に隣接していた。自宅は、浜國自身が生まれ育った家だ。父親はすでに亡く、母親が同居している。七年前、隣家が引っ越しで売りにだされたとき、浜國が買いとって少し手を入れ、道場にした。平屋の古い家だったが、敷地が広い。その道場を今年頭に改築し、内部を完全につくり変えて、外観も一新させた。庭は半分ほどをつぶし、駐車スペースとした。六台までなら、余裕で停められる広さだ。

選手たちの乗ってきた車三台が、道場の駐車スペースに入った。浜國は自宅の駐車場に車を入れた。ピストは降ろさない。荷室に載せたままだ。

一色がセカンドバッグから鍵を取りだし、道場の扉をあけた。

3

「すごい！」

蘭子の目が丸くなった。

道場に入って、すぐだ。目の前に広がっているのは、本格的なフィットネスジムの光景そのものである。一般的なジムと違うのは、ランニングマシンのかわりに三本ローラー台のコーナーがあることだろう。

「業務用のユニバーサルマシンが二台、レッグプレスマシン、スクワットマシンが一台ずつ。パワーマックスも二台。ローラー台が四台。そのほかに酸素カプセルもシャワールームもある」池松が言った。

「これじゃ、俺が毎日通っちゃうのも当然だね」

「おまえだけ使用料を払え」

浜國が言った。

「これ、どうやって運営しているんです？」

蘭子が訊いた。

「運営？」

質問の意味が、浜國にはわからない。

「道場生の人たちから月々会費をいただいているとか」

「それか。それはない。完全に無料」

「ただなんですか？」

「そもそも弟子から金をとるってことはないんだ」浜國はつづけた。

「師匠は無償で弟子を育てる。一種のボランティアだな。俺もそうだった。伊崎さんにお金を払ったことなんてない。受けた恩は、出世してレースで返す。開催で一緒になって、師匠を引くことができたら、最高だね。死ぬ気で前を走るよ。絶対に師匠を勝たせる」

「でも、こんなに大きな道場ですよ。維持費だってかかるし、ひとりひとり指導してたら、時間もかかっちゃいます」

「そういった手間、コストも含めて師匠だ。それを承知で道場をはじめた。俺が現役で走れるうちは、何があってもここを維持する。そういう覚悟で八起会をつくった」

「じゃ、はじめます」

一色が言った。午後の練習だ。ウェイトを中心にして、室内トレーニングをおこなう。

「おう」浜國はうなずいた。

「俺はもう少し取材に付き合う」

「わかりました」

一色が若手を集めた。トレーニングメニューを示し、マシンを使う順番を割り振った。負荷を決め、若手選手がトレーニングを開始する。

「あれ、何キロです？」

カメラを構え、トレーニングの様子を撮影しようとした蘭子が、フルスクワットに用いられるバーベルを見て、訊いた。プレートのサイズが尋常ではない。しかも、それが何枚も重ねられている。

「いまはまだアップなので、百七十キロです」一色が答えた。

「このあと、補助者がついて、少しずつ重量を増やしていきます」

「百七十キロ！」

「驚くことはない」池松が言った。

「帆刈なんて、アップんときから二百キロオーバーだぜ」

「帆刈由多加選手ですか？」

「そうだ」

「あの人、見た目ほっそりしてるんですけど」

「でもないのさ」池松はにっと笑った。

「あいつ、チャラいからみんなだまされるんだが、筋肉も体力もハンパねえ。めちゃくちゃ鍛えている。選抜前、朝長さんの道場を借りたときに見た」

「おまえ、誰の道場でも行っちまうんだな」

「男一匹、渡り鳥人生よ」

「居直ってやがる」

「帆刈くん、そんなにすごいんだ」

蘭子がつぶやいた。

「あいつは、バンク練習での追いこみも徹底している。伊達《だて》にスーパールーキーをやってるわけじゃねえ。競輪祭は小倉《こくら》のドームだ。前橋の再来もありうる。最大の強敵は間違いなく帆刈だな。ルーキー扱いしていたら、またやられるぞ」

「そういえば、おまえは全プロの千トラでぼろ負けした上に、あいつの番手《ばんて》でも何度かつきバテしてるんだったたな」

浜國が言った。

「ぎくり」

池松の頬がひきつった。

「このままだと、競輪祭も赤信号か」

「過去の話はやめろ」池松の声が高くなった。

「大宮にきて、俺は生まれ変わった。一色のダッシュで、ちぎられない脚をつくった。オリンピックの銀メダリストだぞ。チームスプリントの一番手だぞ。日本一のダッシュだぞ。ここで一色相手に練習をつづけたら、帆刈なんぞに後《おく》れをとることはない」

「不思議に説得力があるなあ」浜國は首をひねった。

「なのに、現実感がない。なぜだろう」

「浜の目が曇ってるんだ」

「だといいんだが」

「おい！」

「こっちの部屋を見てもらおう」池松の相手をやめ、浜國は蘭子に向かって言った。

「ここで池とやり合っていると、練習の邪魔になる」

「はあ」

蘭子は池松の表情をうかがった。池松は肩をすくめて応じた。

「休憩室……ってとこかな」

ドアをあけ、となりの部屋に浜國は入った。そのうしろに、蘭子もつづいた。

「平屋なので、部屋は三つしかない。トレーニングルームと、この休憩室とシャワールーム」

「こっちも広いですねえ」

蘭子が言った。畳に換算すると、三十畳くらいはあるだろうか。その三分の二は床がフローリングになっていて、テーブルや椅子、ソファ、マッサージチェアが置かれている。残りの三分の一は、三十センチほど高くなった床にカーペットが敷かれている。

「流し台と給湯器もあるし、パソコンも置いた。テレビはここに三台と、トレーニングルームにも一台。ＣＳの競輪中継が、いつでも見られるようになっている。もちろん、無線ＬＡＮも使える」

浜國が言った。

「寝泊まりもできちゃうんですね」

カーペット敷きの床の上に毛布が積んであった。枕もある。

「仮眠用だ。泊まるのは認めていない。掃除は毎日、みんなでやる。ノートパソコンやゲーム機器の持ちこみも自由。ルールは少なく、楽しみは多くというのが、八起会の方針ってことになっている」

「いまメンバーは何人ですか？」

「正式に登録されているのは三十二人。競輪選手だけでなく、選手を目指している若いやつも七人いる。俺の弟子は現役が三人で、若いのがふたりだ」

「全員がお弟子さんじゃないんですね」

「弟子にすると、どうしても責任を負うことになる。むやみに引き受けることはできない。八起会も俺が主宰しているんだけど、あくまでも主宰者であって、指導者じゃない。ここにくるやつは自分で練習メニューを決め、自分のやりたい練習をする。まだそういうことがうまくできない若手以外はね」

「………」

蘭子はボイスレコーダーを操作し、メモをとった。

「で、これからなんだが」浜國が言《げん》を継いだ。

「俺も一時間ほどからだを動かしたい。道場にいて、撮影なんかをするのは自由だから、インタビューはまたあとにしてくれないかな。夕飯のときとか」

「お時間、大丈夫でしょうか？」

「もちろん、赤倉さんにしっかりと頼まれたからね。夜まであけてある。それは心配しなくていい」

「ありがとうございます」

蘭子は頭を下げた。

「じゃあ」

浜國がトレーニングルームに戻った。

蘭子は休憩室を撮影してまわった。シャワールームも撮った。いったん外にでて、道場の外観もさまざまな角度から撮った。それから、またトレーニングルームに入った。

浜國と池松がパワーマックスでもがいている。どちらも必死の形相だ。クランクの回転音がすさまじい。

一色がユニバーサルマシンでウェイトをやっていた。上半身の運動だ。肩、背中の筋肉を中心に鍛えているらしい。蘭子は会釈してカメラを向けた。室温は二十度くらいだろうか。けっして高くはないが、一色の盛りあがった筋肉には汗が玉になって浮かんでいる。オリンピックメダリストのこの姿は、最高の被写体である。

三十分があっという間に過ぎた。

一色のトレーニングが一段落した。メニューを終え、マシンから離れた。休憩室に向かう。

「すみません」蘭子は一色に声をかけた。

「インタビューお願いできますか?」

「シャワー浴びますんで、そのあとなら」

話がまとまった。

少し間を置き、蘭子は休憩室に入った。

シャワーを浴びた一色がウェアをジャージの上下に替えて、頭をタオルで拭いていた。休憩室には、ほかにも数人の選手がいて、競輪の中継を見ている。

一色は蘭子に、隅のテーブルに行くよう身振りで示した。

蘭子はそのテーブルの前に行き、腰を椅子に置いた。

「これ、どうぞ」

一色がきた。スポーツドリンクのペットボトルを蘭子に渡した。自分はもうキャップをあけて、同じものを飲んでいる。

一色のことは事前に調べてきた。二十六歳と若いが、世間的な意味では、浜國や池松よりもはるかに有名人である。メダルをとった直後は、競輪のイメージキャラクターとなってテレビCMに出演していた。スポーツバラエティ番組にも多く登場した。しかし、顔と名前は知られるようになったが、肝腎の競輪での成績がオリンピック以降、低迷している。グレードレースでは、まったく勝てない。今年は四月の記念レースで優出し、三位入着が一回だけあったものの、それ以外はよくて準優止まりだ。けいりんキングにも「まさかの燃え尽き症候群？」と書かれ、記事になった。

「いよいよ競輪祭ですが、調子はどうですか？」

一色が席に着くのを待ち、ボイスレコーダーをセットして蘭子は訊いた。

「だめですね」一色は首を小さく振った。

「一年経ってるのに、未だに競輪の感覚が戻ってきません」

一色がとったのは、チームスプリントの銀メダルである。三人一組でおこなわれる種目で、あとのふたりは熊本の才丸信二郎と、石川の蓮登美親《はすとみちか》だ。才丸は競輪に復帰してすぐに成績をあげ、S級S班に入った。だが、一色と蓮はそれができなかった。

「なぜ感覚が戻らないんですか？」

「それがわかったら、解決してますよ」

一色は苦笑した。

たしかに、そうだ。蘭子は質問を変えた。

「八起会は、一色選手にとってどういう存在なんでしょう？」

「そうですね」一色は表情をあらため、答えた。

「もうひとつの家族です」

4

五時になった。

一色のインタビューは二十分ほどで終わり、蘭子は持参したノートパソコンに撮影したデータを移していた。となりのテーブルでは、若手選手ふたりがネット接続できる携帯ゲーム機で通信対戦をやっている。

家族か。

そのさまを見て、蘭子は一色とのやりとりを思いだした。

「八起会には助けられています」と、一色は言った。

「仲間がいるから、なんとか踏みとどまっていられるんです」

「浜國選手は？　どんな方？」

「信念の人です」

「信念の人」

「何があろうと動揺しない。でんとかまえて、必ずまたいい日がめぐってくると信じて生きている。努力している。あの姿を見て、自分もやる気がでてくるのです。こんなことでめげていたらいけないと反省し、毎日練習に励むことができます」

「すごい人なんですね」

「でも、素顔はただのちょっとぶち切れたおっさんです」

「そうなんですか？」

「ええ、そのうちにわかりますよ」

「お待たせ」

浜國の声が、とつぜん蘭子の耳朶《じだ》を打った。

蘭子ははっとして、背後を振り返った。浜國がいる。その横には、池松もいる。

「トレーニング終了。夕飯、食いましょう」

浜國が言った。

「どこに行くんだ？」

池松が訊いた。

「うちだよ。きょうはうちでちゃんこ鍋」

「いいね。鍋パーティ」

「おまえは呼んでないんだけどなあ」

「俺がいなきゃ、盛りあがらないぜ」

「盛りあがる必要はない」

　道場をあとにした。外にでて、数メートル歩くと、そこはもう浜國の家である。所用があるというふたりが帰宅して、総勢は十人になった。

「いらっしゃいませ」

　女性が蘭子を出迎えた。浜國の妻だ。三十二歳と聞いていたが、見た目が若い。二十代半ばと称しても、十分に通用する。結婚するまでは、看護師をしていたらしい。浜國とは病院で知り合った。「リハビリで通いながら、くどいたんだ」と、赤倉は言っていた。おそらく事実だろう。蘭子は、そう思った。

　ダイニングルームに入る。ジャージ姿の競輪選手たちがぞろぞろと廊下を進む。

「相撲部屋だよ、うちは」浜國が言った。

「こいつが女将《おかみ》さん」

　妻を指差した。

「で、こいつが出稽古でやってきた、よその部屋の小結」

池松にも指を向けた。

「せめて関脇に」

池松が言う。

「無理」

浜國はにべもない。

広いダイニングに、テーブルがしつらえられた。若手選手たちがてきぱきと動いて準備をする。蘭子は台所を手伝った。

六時過ぎに夕食がスタートした。テーブルの上にカセットコンロが三台並び、野菜や肉、魚介類といった具材が、びっしりと置かれた。

食事というよりも、ちょっとした宴会である。

「池は、飲むんだろ」

浜國は焼酎のボトルを池松の眼前に突きだした。入手困難で有名な、九州の芋焼酎だ。

「いいのか。飲んだら、泊まっちゃうぞ」

「そんときは、そんときだ」

「飲んだら、帰らないんですか？」

蘭子が訊いた。

「寝るためだけに借りている六畳もないワンルームだ」池松は言った。

「気分よく温まったあとで帰るところじゃない」

言いながらボトルをあけ、焼酎をグラスに注いだ。お湯割りで飲む。

「じゃあ、まずは乾杯だ」

自分のグラスを手に、浜國が言った。グラスに入っているのは烏龍茶だ。

乾杯をした。鍋は一色が仕切る。若手が指示に従って、具材を入れる。

「去年の話をうかがってもいいですか？」

蘭子は浜國に向き直った。席はまたも浜國の正面だ。浜國の左横には池松が陣取っている。

「もちろん」

浜國はうなずいた。

「浜の去年はできすぎだった」池松が口をはさんだ。

「選抜もグランプリも、完璧だったからなあ」

「グランプリは平塚でしたね」

「目標のないレースだった」浜國は言った。

「選抜は綾部が最高の走りでひっぱってくれたんだが、グランプリは関東が俺ひとり。単騎で行くしかなかった。だから、桐ケ谷の番手をもぎとった。考えて奪ったんじゃない。気がついたら入っていたという感じだ。初GPで、完全に舞いあがっていた。しかし、それが逆によかったのかもしれない」

「ゴール前で、4番車のおまえがすぱーんと抜けだして一着だ。俺は目を疑ったよ」

池松が言った。

「伸びたなあ。自分でもびっくりするくらい直線で伸びた。あとにも先にも、あんな感覚ははじめてだった。あれを味わうためだけでも、もう一度グランプリにでたい」

「まだ目はあるぞ。あと一回だが」

「さすがに今年は厳しい」浜國は肩をそびやかした。

「こんな一年になるとは、想像だにしていなかった」

「人生はあざなえる縄のごとし……か」焼酎をぐいとあおって、池松が言った。

「万事《ばんじ》塞翁《さいおう》が馬《うま》だな」

「なんですか、それ？」蘭子が訊いた。

「意味がわかりません」

「教養なし」睨むように、池松は蘭子を見た。

「それでも記者か」

「すみません」

「いいんだ。ほっとけ」浜國が言った。

「こいつは、ただの格言マニアだ。四字熟語と格言以外は、何も知らない。こないだは、スカイツリーって海釣りか川釣りかって訊かれた」

「訊いてねえよ！」

笑い声があがった。

明るい、弾けるような笑い声である。

八起会は、もうひとつの家族だ。

一色の言葉が蘭子の脳裏に甦ってきた。

選手は、誰もが苦しみ、もがいて戦っている。余裕で勝ちまくっている者など、ひとりもいない。オリンピックのメダリストも、深い苦悩の底からなんとか這いあがろうとし、日々奮闘している。グランプリチャンピオンも同じだ。時速六十キロでバンクに叩きつけられ、再起不能に近い重傷を負いながらも、激痛に耐え、麻痺を克服して再び戦場に戻る。むろん、池松も例外ではない。冬の間、家族と別れ、遠く離れた土地で勝利のために汗を流し、歯を食いしばって練習に励む。

漢《おとこ》たち。

そうだ。

ここには本物の漢たちがいる。

あたしは、そのことを読者にしっかりと伝えなくてはいけない。この取材の最大の目的はそれだ。

蘭子は、いま自覚した。新米記者は、まだまだ鈍い。こんな当たり前のことに気がつくのに、半日近くかかってしまった。編集長が知ったら、またどやされることだろう。

「よし、俺と一戦だ。かかってこい！」

池松の声が、甲高く響いた。

「やめとけ。どうせ返り討ちになる」

浜國が応じた。

「馬鹿言え。この前も、本当は俺が勝っていた。コントローラーの不調でしてやられたが、あれは事故だ。俺は負けてない」

「何が事故だ」

「俺は無敵だぞ。俺に勝てるやつはどこにもいないんだ」

池松が椅子から勢いよく立ちあがった。上体が少し揺れる。

池松は焼酎を一本、完全に飲みきっていた。二本目も、半分ほどあいている。

「酔っぱらいの大言壮語《たいげんそうご》だな」浜國も立ちあがった。

「とんだお笑いぐさだ」

ダイニングの右手奥に、テレビがあった。五十型のワイド液晶テレビだ。

ふたりは、その前に移動した。浜國がゲーム機をセットする。テレビの画面に、対戦型格闘ゲームのオープニングが華やかに広がった。

音楽が鳴り響く。気合がほとばしる。ダイニングがいきなり騒がしくなった。気合は
ゲームキャラクターのものと、池松、浜國のそれが複雑に入り交じっている。

罵《のの》り合い、全身をばたつかせて、ふたりはゲームに没入した。

なるほど。

蘭子は納得した。

たしかにこれはどちらも、ただのぶち切れたおっさんである。

「ごめんなさいね」

蘭子のとなりに浜國の妻がきた。浜國須磨子《すまこ》だ。台所で名を教わった。

「取材の途中だったのに」

須磨子は頭を下げる。

「いえ、大丈夫です」蘭子は左右に手を振った。

「もう話は十分にうかがいました」

「なら、いいけど」

「それより奥様」蘭子は前に身を乗りだした。

「奥様のお話を少し聞かせてください」

「え？」

意表を衝《つ》かれ、須磨子は目を丸くした。

5

ダイニングルームに静謐《せいひつ》が戻った。

浜國は時計に目をやった。

午後十一時をまわっている。

「輝也《てるや》と綺留亜《きるあ》はどうした？」

須磨子に訊いた。

「もうとっくに寝ましたよ」

お盆を手にして、須磨子がきた。紅茶のカップが載っている。

「きょうはお疲れさまでした」

カップを浜國の前に置いた。

「そっちこそ」

「きょうは楽だったわ。蘭子さんがしたくも片づけも、全部手伝ってくれたので」

「あれで取材になったのかなあ」

「なったんじゃない」須磨子も椅子に腰かけた。

「いい記事が書けますって喜んでいたから」

「だと、いいが」

「首と腰はどうですか？」

「少し重い」浜國は首すじに手をやった。

「バンクでもがいたときに、軽く電流が走った。鎖骨からきてるやつだろう。十か月近く経っているのに、まだからだが歪《ゆが》みに馴染んでいない」

「久びさに見た重傷患者だったわ」

「病院時代はふつうにかつぎこまれていたんだろ。あの程度の怪我人は」

「そうだけど、車にはねられた人ばかりよ。自転車で転んであんなふうになっている人なんて、ひとりもいなかった」

「そこが競輪の競輪たるところだ」

「なに言ってんだか」

「痺《しび》れもとれないなあ」

浜國は左足のふとももを、てのひらで撫《な》ではじめた。

「あとでまたマッサージをしましょ。お風呂に入ってから」

「風呂といえば」思いだしたように、浜國がおもてをあげた。

「池はどうした？　あのまま寝ちまったのか？」

「お風呂どころじゃなかったわ」須磨子は肩をすくめた。

「飲ませすぎよ。あしたも練習があるのに」

「こういう日も必要だ。たまには」

「たしかに、めったにないことね」

浜國は紅茶を飲んだ。落車の後遺症が消えない。治療はつづけている。月に二回は病院に通い、整体治療院にも頻繁に顔をだしている。しかし、まだ違和感や鈍い痛みがからだのそこかしこにある。筋肉や関節を激しく動かしたあとは、強い疼痛《とうつう》をおぼえることも少なくない。

「今年も、もう終わりだな」

つぶやくように、浜國が言った。

「早かったわね」

「あっという間だった。あんなに悪戦苦闘していたのが、夢みたいだ。しかも、その夢はまだ醒めていない。つづいている」

「池松さんの賞金争い、たいへんなんですってね」須磨子が話題を変えた。

「蘭子さんが言ってたんだけど」

「五人がほぼ横並びだ。しかも、六千八百万円から七千万円の間に、六、七人くらいひしめいているらしい」

「すごい接戦」

「この状態で競輪祭に突入するとなると、予選から決勝まで、まったく気が抜けない。優出を逃したときは、さらに微妙な争いになる。へたしたら、一万、二万の単位で」

「グランプリがかかってるんじゃ、必死になるしかないわね」

「俺は気楽だぞ」浜國は笑った。

「優勝するしかないんだ。グランプリの出場権を得る方法は、それだけだ」

「重かったわね。1番車」

「ああ、想像以上だった」

グランプリの覇者は翌年、一年のレースすべてを1番ゼッケンで戦う。チャンピオンの証しとしての1番車は、当然、人気の対象となる。もちろん、応援を受けるだけの気軽な人気ではない。人気には車券という形で現金が賭けられている。その現実が、すさまじい重圧となって選手にのしかかってくる。期待に応えたい。勝たなくてはいけない。強迫観念が選手を縛り、力を発揮できなくする。恐ろしいジレンマだ。

「あした、練習が終わったらまた治療院に行ってくるよ」浜國は言った。

「大丈夫。競輪祭には絶対に間に合う」

自分に言い聞かせるかのように、浜國は言葉をつづける。

「そうね」須磨子は小さくあごを引いた。

「間に合うわね」


目が覚めた。

たしかにまぶたをひらいたはずだが、視界は闇だ。何も見えない。

どこにいるんだ、俺は。

池松は瞬時、パニックを起こしかけた。

が、すぐに記憶が戻ってきた。

ここは浜國の家だ。

俺は酔いつぶれて、そのまま浜國の家に泊まった。

わかってしまえば、うろたえることは何もない。

何時だろう。

腕時計を見た。ボタンを押してバックライトを点けた。闇の中で、文字盤が青く浮かびあがった。

午前三時九分。

寝たのは何時だったかな。

「…………」

思いだせない。

九時くらいまで浜國とゲームをしていたことは覚えている。鍋宴会がそのころお開きになったからだ。

それからまたダイニングテーブルに戻り、焼酎を飲み直した。若手選手と蘭子と須磨子が、テーブルの上を片づけていた。その横で浜國と馬鹿話をしながら、ぐびぐびと飲んでいた。

そのあとは。

覚えていない。

いきなり闇の世界に飛ぶ。

つまり、いまさっきだ。

六時間ほど寝ていたということか。背中の下には敷布団があり、上には掛布団がかぶさっている。いるのは、たぶん浜國家の和室だろう。泊まるときはいつもそうだ。和室に布団が用意される。体重八十七キロの自分を、浜國といえども抱いて運べるはずがない。支えられ、歩いてここまできた。そして布団にもぐりこんだ。

寝直すか。

池松は目を閉じた。

が、睡魔がこない。まったく眠くならない。どうやら、完全に覚醒してしまったらしい。

　そこでふっと思いだした。

　目が覚める前に夢を見た。

　落車の夢だ。

　飛んだのは、自分ではない。浜國だった。

　あの落車だ。今年の二月。高松競輪場。

　開催には池松も斡旋《あっせん》され、出場していた。落車は三日目の第十レースで起きた。ふたつめの準決勝だ。第九レースを走り終え、一着で勝ちあがっていた池松は、クールダウンをすませて、検車場のテレビでそのレースを見ていた。

　落車の瞬間、検車場がどよめいた。ああっと叫んだ者もいる。モニター画面の映像は小さいが、それでもひどい落車であることはすぐにわかった。

　ゴールした選手が一周してきて落車現場を通過した。カメラが、ふたりの執務員にかかえられている浜國を映した。落車したのは三人だが、あとのふたりは自力で立ちあがった。浜國ひとりが身動きひとつしない。

　救護車がきた。浜國が載せられた。ぐったりしている。

　池松は敢闘門に向かった。救護車が戻ってくる。

　しばし敢闘門で待った。心臓がどきどきしている。スタート前でも、こんなふうに高鳴ることはほとんどない。

救護車が敢闘門をくぐって検車場へと入ってきた。池松は浜國を見た。ヘルメットを外された浜國は、救護車の上で目を閉じ、仰向けに横たわっている。出血があったらしい。白いユニフォームが、ところどころ緋色《ひいろ》に染まっている。左腕の袖口は真っ赤だ。浜國は、医務室に運びこまれた。まずは応急手当て。それから救急車で病院に移送される。この怪我なら、間違いなく病院行きだ。

二十分ほどして、救急車が到着した。病院に移されても、軽傷ならば治療のあとまた競輪場に戻ってきて翌日のレースにでる。だが、この状況で、それはありえない。浜國は、そのまま入院となった。

翌日、池松は決勝三着で高松記念を終えた。夜は市内のホテルで後泊し、つぎの日の朝、病院に行った。面会はできなかった。かわりに、受付で容体を聞いた。このあと手術をすると言う。須磨子の携帯に電話した。子供を実家に預け、羽田に向かっているところだった。昼までには着くらしい。一週間後に日本選手権競輪を控えていたが、池松は病院で須磨子を待つことにした。まだ冬期移動が終わっていない。池松が帰るのは北海道ではなく、大宮だ。ここで須磨子と行き違いになってしまうのは本意ではない。そんなことをしたら、あとで浜國に合わせる顔がなくなる。

須磨子は落ち着いていた。さすがは元看護師である。まったく取り乱してはいない。

担当の医師と、専門用語を交えて、てきぱきと打ち合わせをしている。

これなら、案ずることはない。

池松は大宮に戻った。

発足したばかりの八起会を浜國にかわってとつぜん仕切ることになった一色に、力を貸した。若手選手の指導も代行し、浜國の弟子の面倒も見た。

どうして、こんな夢を見てしまったのだろう。

この家のせいだな。

池松は思った。

浜國の痛恨の記憶が、この家に宿ってしまった。

きっとそうである。そうに違いない。

「お祓《はら》いしたほうがいいぞ」

ぼそりとつぶやき、池松は寝返りを打った。

とにかく寝直そう。

二度寝は最高だ。

6

第九レースがはじまった。

選手たちが北九州メディアドームの屋内バンクにでてきた。

小倉競輪場で開催される朝日新聞社杯競輪祭も、すでに三日目である。あす、十二月の第一日曜日の最終レースが決勝戦だ。きょうは第九レースから第十一レースまでが準決勝戦となっている。三着までに入れば、決勝に勝ちあがることができる。

九人の選手が発走機にピストをセットし、サドルにまたがった。

1番車の才丸は、力を抜いてだらりと下げた左右の腕を小刻みに揺すっている。揺すりながら、深呼吸をする。

この準決勝、何があっても突破しなければならない。

きのう、二次予選を二着で通過して、今年の獲得賞金額が七千二十一万四千二百円になった。賞金ランキングでは七位だ。GI優勝者がいま現在五人いるので、かれらを除くと、二位ということになる。一位の館久仁夫は賞金額が九千万円を超えていて、すでにグランプリ出場が当確となっている。賞金ランキングでグランプリにでられるのは、ふたり、もしくは三人だ。その数は、競輪祭の結果で決まる。とりあえず、誰が優勝してもグランプリに出場できるよう、二位の座は死守しなくてはいけない。

となると、いまこのレースで倒さねばならないのは、3番車の池松竜だ。賞金ランキングは総合で八位。獲得賞金額は七千十六万三千三百三十円で、才丸との差はわずか五万八百七十円しかない。着順がひとつ違ってもひっくり返される差だ。

スタートした。

ゆっくりと前に進む。

才丸のギヤ倍数は四・〇八だ。いわゆる大ギヤというやつである。

オリンピックのチームスプリントで銀メダリストになり、帰国してからギヤ倍数をあげた。それまでは三・六四だったが、いきなり四・〇〇にした。クランクの一回転で、車輪が四回転する。仲間は驚き、あきれたが、それが当たった。勝ち星を量産し、輪界に大ギヤブームをつくりだした。

世界のトラック競技の戦い方を競輪に持ちこんだのだ。一周二百五十メートルの木製バンクで戦われる国際トラック競技では、スピードが勝敗を左右する。大ギヤを利して得た才丸のスピードは、他の競輪選手の走りを圧倒した。

ともに銀メダリストとなった一色太陽と蓮登美親の不調を横目に、才丸はグランプリ出場こそならなかったものの、昨年、輪界に十八人しかいないS級S班選手のひとりとなった。

ついた綽名は、阿蘇の四倍速。

　今年の目標は、当然グランプリ初出場、初制覇である。それに伴い、ギャ倍数も四・〇八とさらにあげた。

　才丸はまだ二十八歳。十分に若い。昨年暮れ、女性月刊誌が企画した競輪イケメン選手コンテストでは堂々の一位に選ばれた。今年に入ってからは、携帯電話のＣＭにも出演している。東京コレクションでは、ファッションモデルもつとめた。受けているのは、その端正な顔と熊本弁とのコミカルなギャップだ。

　バンク上では、選手たちが周回を重ねている。

　態勢がととのった。

　先頭は、石川の井島創《いじまはじめ》が岐阜の田鍋正剛《たなべせいごう》を引く中部ラインだ。そのうしろに、工藤允と池松の北ラインがいる。才丸の眼前には、池松の赤いユニフォームの背中がある。何があっても、こいつより先にゴールに入らねばならない。順位はもちろん、三位以内だ。才丸には、遠山岳彦と二瓶和幸《にへいかずゆき》がつづいている。

　赤板の手前で、最後尾にいた桐ケ谷忠と本月七朗《もとづきしちろう》の南関ラインが前進してきた。才丸の横に並んだ。桐ケ谷は、いちばん長い九州四国ラインを牽制する。

　ジャンが鳴った。桐ケ谷が誘導員を切った。桐ケ谷は昨年のグランプリにも出場した千葉の強豪だ。今年は感染症に罹《かか》って春先に体調を崩し、ＧⅠの優出も親王牌の一回だけだったが、ここぞというときのダッシュ力には侮《あなど》れないものがある。うかつに行かせたら、痛い目に遭う。

才丸は、間を置かずに南関ラインを追った。中部と北のラインは素直に下がった。桐ケ谷が駆ける。田鍋の背後に才丸はぴったりとつける。逃がさない。外から、いったん下がった北のラインがじりじりとあがってきた。池松がいる。中部ラインは、そのあとだ。

ホームで、才丸が前にでた。ここで桐ケ谷を叩き、ラインで先頭を押さえる。そのつもりだったが、遠山の反応が遅れた。才丸のうしろに口があいた。すかさず、追いあげてきた北のラインがそこにするりと入りこんだ。才丸は桐ケ谷をかわし、先頭に立つ。

振り返って、後方を見た。まずい。才丸が工藤と池松を引いている。池松は絶好の位置だ。しかも、バックで中部ラインが追いついてきた。才丸の目に井島の青いヘルメットが映った。

どうするか？　残り百八十メートル。行くしかない。こうなったら、何がなんでも行くしかない。四倍速で、全ラインを振りきる。才丸に打てる手はそれだけだ。

四コーナーをまわった。直線に入る。スピード勝負になって、工藤が落ちた。だが、かわりに池松がでてきた。そのうしろには井島がいる。池松は消耗していない。明らかに足が残っている。

ゴール前で、三者が並んだ。才丸は、もういっぱいだ。力のありったけを振り絞っても、加速しない。

ハンドルを投げた。池松も投げた。井島は届かない。

決勝線を通過。

やられた。

ゴールと同時に、才丸は唇を嚙んだ。タイヤ差程度だったが、自分と池松、どちらが勝ったのかは、はっきりとわかった。

バンクを一周した。ホームに帰ってきた。ハンドル投げで差された。小倉競輪場の敢闘門は、ホーム側にある。観客の声援に、池松が手を振って応えた。

敢闘門をくぐった。才丸はピストから降りてヘルメットを仲間に渡した。池松はシューズをスニーカーに履き替え、歩いてバンクへと戻った。バンク上で観客席に向かい、勝利者インタビューを受ける。インタビューアーは往年の名選手、垣内秀雄《かきうちひでお》だ。

検車場手前の通路で、才丸はへたりこんだ。壁にもたれ、ずるずると崩れるようにして、ベンチシートに腰をおろした。記者が囲む。

「しくじった」

ぜいぜいとあえぎながら、才丸は言った。

ストロボが光る。新聞や競輪雑誌以外の記者、カメラマンが何人か混じっている。女性誌、ファッション誌のスタッフだ。

ユニフォームとシューズを脱ぎ、サンダルを履いた。

しばらく記者の質問に答えた。

さすがの才丸も、口数が少ない。

「すみません。クールダウンのあとで、またお願いします」

質問を打ち切って一礼し、才丸はローラー室へと移動した。すでに自分のピストが仲間の手によって運びこまれている。

ローラー台に乗った。タオルを首に巻き、ピストのクランクをまわす。

十分ほどまわしていたら、池松がきた。となりのローラー台に入った。

「きつかったすよ」

首をめぐらし、才丸は言った。

「俺もやばかった」池松は大きくうなずいた。

「おまえ、すげえかかっていたなあ」

「いやもう、賞金ランキングのためですから」

「俺が逆転したのか？」

「そうです」

「大丈夫だよ」薄く笑って、池松は才丸を見た。

「あした、俺は優勝しちゃうから。おまえがマークしなくちゃいけないのは、朝長さんだ」

「言ってくれますねえ」

「朝長さん、きょうは最終レースで帆刈の番手だぞ。差はいくらだっけ？」

「いまの時点で百万ちょっとじゃないですか」

「きょうは、まあ安泰だな」

「きょうは、ですか？」

第十レースのスタート時間になった。

才丸と池松はローラー台から降りて、モニターテレビの前に行った。観戦する。

一色と浜國がでている。賞金ランキング十一位のベテラン、八十嶋誠もいる。

「八十嶋さんがきたら、ますます追いつめられちゃうなあ」

才丸が言った。

「こういうときのまこっさんは強いぞ」

池松がぼそっと言う。

「池松さん、後輩をいじめすぎです」

「艱難《かんなん》は汝《なんじ》を玉《たま》にするんだ」

「馬耳東風《ばじとうふう》にします」

才丸にうまく切り返されて、池松は舌打ちした。

「ちっ」

レースがはじまった。

打鐘《だしよう》過ぎから、一色が先行した。渾身《こんしん》の先行である。ホームをとり、バックもとった。静岡の宇佐美栄《うさみさかえ》と馬部敏春が一色を叩こうとする。しかし、抜けない。二センターで、元谷の番手にいた綾部が前にでた。一色は四コーナーまで浜國と栃木の柘植健勇《つげたけお》をひっぱり、そこで力尽きた。綾部が浜國を捲《まく》る。関東の三番手、八十嶋もしっかりとついていく。

いいところがなかったのは、近畿中部勢だった。ラインの動きが後手《ごて》にまわり、まったく挽回できない。どんどん離されていく。しかも、下がってきた静岡勢に進路をふさがれた。舘がひとりで抜けだそうとしたが、時すでに遅し。挽回は不可能だった。

ゴールした。一着綾部。二着が八十嶋、そして三着に浜國が残った。

「よっしゃあ！」

拳を握り、池松が叫んだ。浜國、久しぶりの優出だ。首の皮一枚を残したような三着だったが、それでも優出は優出である。

「やっぱり八十嶋さんがきちゃったよ」

池松の横では、才丸ががっくりとうなだれている。

「やりましたね、浜國さん」

蘭子があらわれた。

「ああ」池松は、握った拳の親指を立てた。

「あした勝つのは俺だが、浜もよくやった」

「勝つのは池松さんなんですか？」

蘭子は苦笑する。

「俺しかないだろ」

そこで、池松はきびすをめぐらした。敢闘門まで浜國を迎えに行く。カメラを手に、蘭子もそのあとを追った。

第十一レースでは、才丸の願いが半分通じて、半分通じなかった。

帆刈が圧勝したが、朝長は帆刈につききれず、敗退した。一車身半離されての二着、三着には瀬戸石松と関大五郎が入った。オールスターの覇者、都賀公平もここで敗れた。

決勝進出の九選手が決まった。

福島の帆刈。北海道の池松。東京の綾部。埼玉の浜國。山梨の八十嶋。三重の関。石川の井島。熊本の才丸。広島の瀬戸。

朝長が消えたが、かわって賞金ランキング十位の関大五郎が優出してしまった。予想外の出来事である。

結局、同じことになったか。

才丸は、密かに肩をそびやかした。

いいさ。みんなぶち抜いてやる。

そう思った。

7

小倉競輪場の選手宿舎は、道路をはさんで北九州メディアドームの向かい側にある。新三萩野《みはぎの》会館だ。選手は地下通路を通って、宿舎と競輪場を行き来する。

競輪祭決勝戦の前夜。

新三萩野会館二階のラウンジに、一色と才丸がいた。

夕食後のひとときである。

「外は雪だって？」

コーラを飲みながら、才丸が言った。才丸はコーラが大好きだ。食事中もお茶がわりに飲んでいる。仲間には顰蹙《ひんしゅく》を買っているが、気にしない。

「けっこう降ってますよ」一色が言った。

「さっきテレビのニュースでやってました。横殴りに吹雪《ふぶ》いてるんで、びっくりです」

「九州って、十二月の頭から雪が降るとこだったっけ?」

「今年はどこもかしこもめちゃくちゃですよ」一色はコーヒーカップを口もとに運んだ。

「夏は猛暑で、冬は激寒。ドームのレースで本当によかった」

ゆっくりとコーヒーを飲む。

「ドームといえば」思いだしたように、才丸が言った。

「北京のワールドカップも寒かったなあ」

「あのときは、たしか外気温がマイナス二十何度かだったはずです」

「レースがドームの中でなかったら、凍死してたな。きっと」

「日本の競輪場も、みんなドーム化して屋内自転車競技場《ベロドローム》にしてくれませんかね」

「いや、そこまでは言わねえ。……おっ」

コーラを飲んでいた才丸の動きが止まった。

「帆刈!」

いきなり立ちあがる。グラスを持った手を頭上に挙げた。

一色はうしろを振り返った。

そこにきょとんとした表情を浮かべて、帆刈が立っていた。茶色だった髪を完全なブロンドに染め直し、派手な柄のスウェット上下を着てタオルを首にかけたその姿は、どう見てもチャラい坊やの風呂あがりである。

「帆刈、コーラを飲まないか。おごってやるぞ」

「はあ」

才丸がテーブルの上と自分のとなりの席を示した。テーブルには缶コーラが十本と、氷入りのグラスがいくつも並んでいる。すべて才丸のおかわり用だ。

「遠慮するな」

「じゃ、失礼します」

ソファに腰を置き、帆刈は才丸に並んだ。

「しっかし、またいっそうチャラくなってやがる」

才丸はしみじみと帆刈の頭を見た。

「そうっすか？」

帆刈に自覚はない。

「絶好調だな。帆刈」一色が言った。

「きょうの先行もすごかった」

「あざっす」

帆刈は才丸からコーラを受け取り、その中身をグラスに注いだ。

「おまえ、競技はやんないのか？」

才丸が訊いた。

「やってますよ。千トラ」

「それじゃねえ。世界のほうだ。スプリントとか、ケイリンとか」

「オリンピックっすか？」

「そうだ」

「自分、ジュニアんときは世界選手権とかアジアカップとかはでてたんです。ケイリンで」

「成績は？」

「アジアは勝ちました。でも、世界になるといまいちでしたね」

「雪辱《せつじょく》しよう。雪辱。オリンピックはすごいぞ。メダルを獲ったら、もっとすごいぞ」

「勘弁してください」

身を乗りだしてきた才丸を、帆刈は制した。

「いやなのか？」

「合わないんです。飯と空気が」

「飯と空気？」

才丸は一色と顔を見合わせた。

「メダリストおふたりを前に、ほんと申し訳ないですが、外国はあきません。ヨーロッパがとくにだめです。空気は乾いているし、飯はまずいし」

「それで勝てなかったのか？」

「まあ、そうです」

「惜しいと思うんだよなあ」一色が言った。

「おまえなら、ケイリンで金《きん》が狙えるのに」

「無理っすよ。気持ちよく適当に生きていくってのが、自分のモットーですから」

「適当で、特別の決勝に乗れるか」

才丸が帆刈の肩を肘で突いた。

「そっちは運です。マジに」

「本当にチャラいんだな、おまえ」

一色が言う。一色は帆刈と面と向かって言葉を交わすのは、これがはじめてだった。

「それ、自分の売りですから」

帆刈はへへっと笑った。

一色が腕時計を見た。

「時間だ」

つぶやくように言った。

「浜國さんか？」

才丸が訊いた。

「マッサージが終わります。行かなきゃなりません」

「なら、自分も」

一色と帆刈が、立ちあがった。

あっという間に、ラウンジからふたりが消えた。

「つれないなあ」

ひとり残された才丸は、コーラをぐびりと飲んだ。


一夜が明けた。

競輪祭決勝戦がはじまる。

敢闘門の扉がゆっくりと左右にスライドし、ひらいた。

発走の音楽がドーム内に鳴り響く。屋外の競輪場のような、照明やガスバーナーを使った華やかな演出はない。

ミニスカートのマスコットガールが敢闘門前で赤と白のチェッカードフラッグを振ると、選手がひとりずつバンクへとでてきた。

1番車はもちろん、昨年のグランプリの覇者、浜國波人だ。つづいて車番順に、才丸信二郎、綾部光博、帆刈由多加、瀬戸石松、井島創、八十嶋誠、関大五郎、池松竜がピストに乗ってバンクに躍りでる。

発走機に着いた。ピストをセットする。選手が観客席に向かって頭を下げ、サドルにまたがる。

クリップバンドを締めた。それぞれがそれぞれのやり方で、精神を統一する。ある者は瞑目し、胸に手をあてる。ある者は目を見ひらいて天を睨む。大きく深呼吸をしたり、両の拳を握って声を発し、気合を入れる者もいる。

音楽が鳴りやんだ。全員が前傾姿勢になり、ハンドルを握った。四百メートルバンクを六周。二千四百二十五メートルの戦いが、いまスタートする。

号砲が耳朶を打った。

帆刈が飛びだした。正攻法で、前をとった。そのうしろには、井島がつづいた。さらに、瀬戸、綾部がくる。この両者はやや牽制気味で、なかなか位置が定まらない。

バンクを一周半してバックを通過したあとに、ようやく隊列が落ち着いた。

帆刈、池松、関、井島、瀬戸、才丸、綾部、浜國、八十嶋。一列棒状で、バンクを周回する。綾部は中団をとれなかった。とりあえずは、前にでるしかない。

赤板前に、綾部は動いた。前進して、関東ラインが帆刈に並んだ。帆刈は突っ張ることなく、後方に下がる。

綾部が引く関東ラインを、瀬戸、才丸の中国九州ラインと関、井島の中部ラインが追った。帆刈は最後尾にまわった。ここから再度、先頭を狙う。気配を察知し、外にでた。二コーナーで、山降ろしをかけるように帆刈が踏みこんだ。

綾部が加速する。誘導が外れた。

つぎの瞬間。

帆刈がきた。恐ろしく速い。池松は遅れていない。またたく間に前七車を抜き去り、先行態勢に入った。ジャンが鳴る。池松は帆刈にしっかりとついている。

瀬戸、才丸が反応した。帆刈を追って、カマそうとする。瀬戸は帆刈に並んだ。

帆刈は譲らなかった。帆刈がイン、瀬戸がアウトで併走する。我慢較べだ。意地と意地がぶつかるチキンレース。

ホームまで瀬戸は粘った。が、そこで力尽きた。瀬戸は後退した。しかし、力尽きたのは帆刈も同じだった。帆刈の速度もブレーキがかかったかのようにゆるんだ。

両者共倒れ。

すかさず綾部が行った。待ちに待った好機である。一センターで、綾部は瀬戸と帆刈をかわした。

その綾部のダッシュに、番手の浜國がつききれない。口があいた。それを見逃さなかったのが、帆刈を目標にしていた池松だ。綾部の番手に池松が飛びつき、入った。池松のうしろが浜國で、さらにその背後に八十嶋がいる。八十嶋のインに、才丸がきた。先行の瀬戸は失ったが、才丸は自力で内をすくおうとしている。

最終バックで、関が巻き返しの加速を開始した。

井島を連れて、捲りを放つ。池松が加わった関東ラインを抜きにかかる。

四コーナーを過ぎた。

綾部が終わった。もうラインを引ききれない。池松はインに向かった。浜國と八十嶋は外に抜けだした。池松の、さらに内側を才丸が狙っている。

関がきた。勢いを利して、池松と才丸の間にもぐりこもうとする。強引な中割りだ。

関の前輪が、才丸の後輪《ハウス》と接触した。関はバランスを失した。立て直せない。そのまま、つんのめるようにひっくり返った。そこに、井島が突っこむ。

井島のピストが前転した。外に跳ね飛び、浜國の眼前に転がった。

浜國の前輪が宙に浮く。井島のピストに乗りあげた。そのさまを目にした八十嶋は、反射的にインへと逃げた。理屈ではない。勘だ。豊富な経験が、八十嶋を絶体絶命の危機から救った。

浜國が横ざまに倒れた。右肩を路面に打ちつける。

八十嶋は蛇行して走り、落車した井島と関をよけた。ほとんどアクロバットだ。行手に才丸がいる。その背中が、見る間に大きくなった。才丸が失速？　チャンスだ。しかし、もう決勝線まで距離がない。池松、才丸、八十嶋が、ひとかたまりになってゴールした。

勝ったのは、池松だ。が、才丸と八十嶋はわからない。完全に並んでいた。

才丸がゴール直後に止まって、ピストごと倒れた。後輪が歪んでいる。関とハウスしたときに壊れた。これがとつぜんの失速の原因だ。四コーナー審判員が赤旗をあげ、審議になった。その上で、才丸と八十嶋は写真判定である。

池松と八十嶋がバンクを一周して敢闘門に戻った。才丸がいる。倒れたのは俗に言う立ちゴケなので、才丸に怪我はない。三人は出走控室に入って放送を待った。審議対象選手は関と才丸だ。池松の一着はほぼ確定しているが、正式発表がないので、まだ胴上げはおこなわれていない。

放送が流れた。才丸は失格とならなかった。着順が決定した。

優勝、池松。二着、八十嶋。三着、才丸。

この瞬間、グランプリ出場選手もすべて決まった。賞金では舘と才丸が入り、八十嶋も逆転で八回目のグランプリ出場をもぎとった。四十四歳。GIすべてに勝ってグランドスラムを達成している八十嶋が、ただひとつ手にしていないタイトル。それがKEIRINグランプリだ。そのタイトルへの挑戦権を八十嶋はいままた五年ぶりに獲得した。

セレモニーが終わった。

池松が医務室に入った。

ベッドの上に浜國がいる。そのかたわらに一色がつきそっている。

「浜、どうだ？」

池松が声をかけた。浜國は仰向けに横たわり、肩までシーツをかけている。左腕は動くが、右腕は動かない。

「また鎖骨だ。今度は右だよ」

浜國は言った。

「困ったもんだ」

池松は首を横に振った。

「いいさ」浜國は薄く笑った。

「うちは八起会だ。何度でも起きあがってやる。なんなら、名前を変えようか。十起会とか、百起会とか」

「馬鹿言え」

池松も笑った。

救護員と看護師がきた。

「救急車、到着です。病院に行きます」

「おう」

一色と救護員に介助され、浜國はベッドから立ちあがった。右腕は、三角巾で固められている。医務室の出口に向かった。

その途中で浜國は足を止め、うしろを振り返った。

「すまん、池。忘れてた」低い声で言った。

「優勝おめでとう。グランプリ、出場だな」

「ああ」

「獲れよ。何があっても獲れ。グランプリは最高だ」

「獲るさ」池松はうなずいた。

「必死で獲って、おまえに追いつく。いや、抜き去る」

「仕方ないな」

浜國はきびすを返した。そして、背中で言った。

「今年は譲ってやるよ」

GRAND PRIX
第七章

KEIRINグランプリ

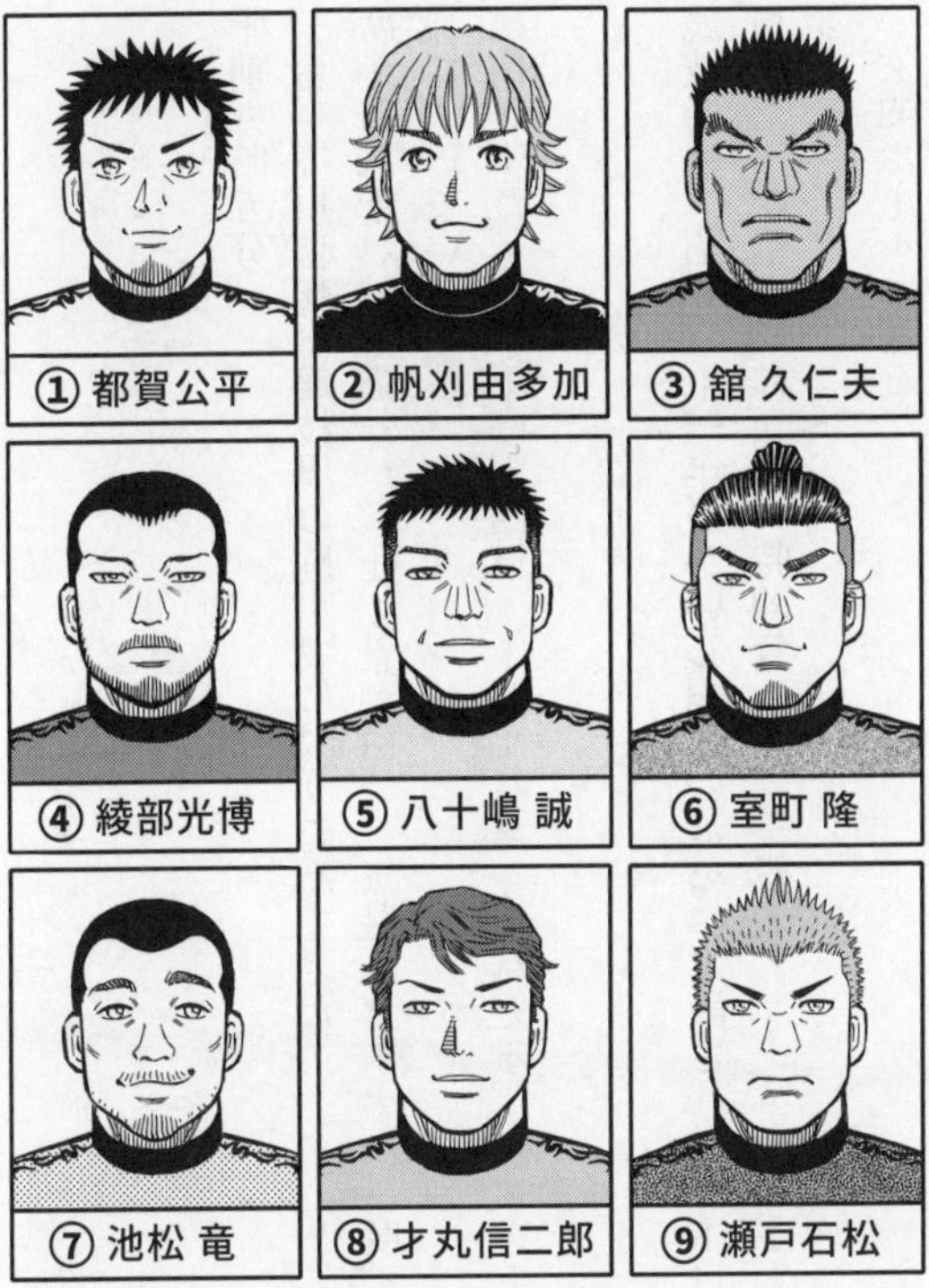

KEIRIN GRAND PRIX

1

十二月二十一日、午前九時五分。

国産のミニバンが一台、境川《さかいがわ》自転車競技場の駐車場に滑りこんできた。

ドアがあき、運転席から八十嶋誠が降りた。吐く息が白い。気温はマイナス二度。空は快晴だが、空気が凍《い》てついている。

八十嶋は、管理棟に向かった。左手下に、四百メートルバンクが見える。バンク上に人影はまだない。

管理棟に入った。

山梨県境川自転車競技場は、昭和六十一年のかいじ国体のために建設された日本自転車競技連盟の公認競技場だ。競輪場ではない。時間貸しで、一般のアマチュア選手も、競輪選手も利用できる。

八十嶋は、管理棟の玄関ホールに進んだ。

「よお」

声をかけられた。

事務室の中に、若林泰造《わかばやしたいぞう》がいた。ソファに腰かけ、お茶を飲んでいる。その横には女性事務員が立ち、八十嶋に目を向けている。

「あ、おはようございます」

八十嶋は頭を下げた。若林は、山梨県自転車競技連盟の幹部だ。七十三歳だが、現役のコーチとして、県内の高校自転車部員の面倒をみている。八十嶋も高校時代は若林の指導を受けた。

「バンク練習かい？」

若林が訊いた。

「そうです。きょうは高校生がくるんですか？」

「午後からだ。いまはたぶん街道をやっていると思う。俺は今度の記録会の件で、こんな時間にきたんだ。かち合ってないから、安心しろ」

年期の入っただみ声で、若林は言った。

「じゃあ、昼まで使わせていただきます」

「グランプリの練習だろ。あと十日を切ったな。がんがんやれ。がんがんやって、今度こそ優勝しろ」

「そのつもりです」

「ほかに、誰かくるのか？」

「涌山と佃、花房《はなふさ》、恩田原《おんだわら》、庄司《しょうじ》はきます。きのうメールで確認しました。あと、斡旋《あっせん》が入ってない若手が、三、四人くるんじゃないでしょうか？」

「いい顔ぶれだ。涌山と佃なら、仮想帆刈をつとめられる」

「帆刈、見たことありますか？」

「ああ」若林は二重顎《あご》を小さく引いた。

「インターハイでも国体でも、目《ま》のあたりにした。言っちゃ悪いが、化けもんだよ、あれは。自転車でバンクを走るために生まれてきた男だな」

「一緒にレースを走ると、もっと化けもんですよ」八十嶋は言った。

「とんでもないダッシュ力です」

「グランドスラマーでも、あきれてしまうか？」

「あきれちゃいます」

六つあるGⅠレースすべてで優勝することをグランドスラムという。優勝者はグランドスラマーだ。五年前、八十嶋は最後に残ったオールスター競輪を制し、グランドスラマーとなった。だが、その年もグランプリは獲れなかった。以降、GⅠ、GⅡでの優勝は一度もない。

「はようっす」

威勢のいい挨拶が、室内に響いた。

競輪選手が六人、玄関ホールにぞろぞろと入ってきた。先頭に立っているのは、涌山大輔だ。今年ＧＩ初出場ということで、日本選手権競輪を走った山梨期待の若手選手である。そのうしろには、まだＡ級２班ながら、将来の大物との呼び声が高い佃克信もいる。

全員ではないものの、きょうの練習メンバーはおおむねそろった。

さっそく車からピストを降ろし、階段を下った。

管理棟の一階が自転車置場や整備場、更衣室、シャワールームなどになっている。着替えて、練習を開始した。グランプリまでまだ日にちがあるので、アップのための周回練習を十分にやったあと、徹底的に追いこんで走った。周回練習中に、遅れてきたふたりが加わった。

二度の休憩をはさんで、正午まで走った。午後はバンクを高校生に譲る。プロの競輪選手と高校生ではレベルが違いすぎるので、同時に練習はできない。練習のやり方も違う。

「きょうは勉強になりました」練習が終わったとき、佃が八十嶋に言った。

「声をかけていただいて、感謝しています」

「それは、こっちの言葉だ」八十嶋は首を横に振った。

「さすがだよ。よくかかっていた。ついていくのが精いっぱいだった」

「とんでもないです。自分は練習ではまあまあなんですが、どうにも本番の勝率が伸びません」

「練習弁慶だな。俺もむかしはそうだった」

「ほんとですか？」

「ああ。S級にあがったころだ。練習では無敵だったから、自信満々で先行しているのに、ゴール前で大きくたれてしまう。あっさりと捲《まく》られ、あとはずるずる後退だ。そんなレースがしばらくつづいた」

「どうやって抜けだしたんです？」

「練習だ」間を置かず、八十嶋は断言した。

「ひたすら練習。それしかない。米作りみたいなもんだよ。田植えと手入れ。それが練習であり、仕事だ。レースは収穫。稲刈りだな。豊作か否かは、どれだけ仕事をしたかで決まる。天候や運が左右するところも少し似ているが、基本は仕事。しっかりと手入れしたやつが、最後は笑う。練習の前には、スランプもへったくれもないのさ」

「…………」

「いくつになった？」

「二十歳《はたち》です」

「俺は四十四歳だ。若いときにしっかりと練習しておけば、この年になってもトップ選手と競うことができる。いろいろ迷うこともあるかもしれんが、とにかくがむしゃらに練習だ。時代遅れの古くさいやり方だな。しかし、俺にはそんなアドバイスしかできない」

「わかりました。ありがとうございます」

「つぎは大垣のＦＩだっけ？」

「そうです」

「がんばれよ」

「八十嶋さんこそ、絶対にグランプリを獲ってください」

「ベストを尽くす」

互いに手を振って、別れた。

帰宅した。

八十嶋の自宅は、甲府市内にある。中央高速の甲府昭和インターチェンジを降りて、すぐだ。

ガレージに車を入れ、ピストとダッフルバッグをかかえてリビングに入った。

三年前、妻を一時入院させて、家をリフォームした。請け負ってくれたのは、知り合いの工務店だ。福祉住環境コーディネーターと相談して設計し、わずか数日の工事で完成させた。寝室、リビング、キッチン、トレーニングルーム、書斎、風呂、トイレ。家としてのすべての機能を一階に集めてある。外観は二階建てのままだが、実質的には平屋と同じだ。二階の部屋は倉庫となった。

玄関をあけて家に入ると、すぐにリビングルームだ。下足箱はあるが、式台《しきだい》や上《あが》り框《かまち》はない。完全にフラットだ。リビングには、介護用の電動ベッドが置いてある。同じ部屋に八十嶋自身のベッドもあり、テレビもソファも小さなテーブルもある。ローラー台やパワーマックス、ユニバーサルマシンなどのトレーニング機器もずらりと並ぶ。隣接するキッチンは対面式テーブルで仕切られているが、大きな窓が設けられていて、調理中もリビングの様子が完全に見てとれるようになっている。

「お帰りなさい」

声がした。人工音声だ。

ベッドの脇に、妻の富子《とみこ》がいた。電動車椅子に乗っている。車椅子にはノートパソコンが組みこまれていて、わずかに動く指先で富子が文字を打ちこむと、それを音声に変換してスピーカーから流すことができる。富子の症状が重くなり、気管切開して人工呼吸器をつけることが決まったとき、IT系の企業に勤めている友人たちが集まり、市販の電動車椅子を改造してくれた。

境川自転車競技場の駐車場をでる直前、八十嶋は自宅に電話を入れた。ホームヘルパーがでたので、まもなく家に戻ることを告げた。ちょうど介護時間が終わる頃合いだ。この電話を受けて、ヘルパーは帰る。ケアマネージャーと相談して決めた手順だ。何かの都合ですぐに帰宅できなくなった場合は、ケアマネージャーに連絡して自費延長を依頼する。

六年前、富子が三十五歳のときに病気が発症した。最初は四肢の痺《しび》れや痛み、こわばりといった軽い症状だったが、進行は予想以上に早かった。発症の二年後には電動車椅子を使うようになった。足も動かないし、腕も動かない。さらに悪化したのは昨年の夏だ。呼吸困難に陥り、人工呼吸器の装着を余儀なくされた。四十歳を過ぎていたので、介護保険適用申請をだした。

発症後、最初の三年ほどは介護と競輪選手の両立にとまどいがあった。競輪選手はレースに入ると、帰宅できなくなる。前検日も入れて、FIで四日、GⅢで五日。日本選手権競輪だと、最大一週間は競輪場に滞在する。それが、少なくとも、月に二回はある。追加斡旋が入ったりすると、月の半分は不在だ。しかも、連絡が容易にとれない。

症状が軽いうちは、親戚の力を借りたりした。富子の母親や姉妹が手伝ってくれた。

女性の身のまわりの世話を男にまかせることはできない。

症状が重くなってからは、難病患者のヘルパーを派遣してもらったりした。だが、子供のいない八十嶋夫婦にとって、八十嶋の不在期間が長いのは、大きな問題であった。

八十嶋は練習時間を削って、富子の世話をつづけた。引退も考えたが、それは現実的ではなかった。無収入では、すぐに生活が行き詰まる。介護を前提に考えると、競輪選手の収入はどうしても欠かせない。

最近は、富子も八十嶋も、この生活に慣れてきた。どんなことでも、工夫と経験でなんとかなる。八十嶋は、そう思うようになった。富子のパソコンには、いざというときクリックして起動するだけで、自分とケアマネージャーに非常事態であることを知らせるメールを発信できるソフトも入っている。

そういったこともあって、激減していた練習量が少しずつ復活し、一時はS級2班転落を覚悟するほど落ちていた競輪の成績ももとに戻ってきた。

甦った不死鳥。

今年は、そんなキャッチフレーズまで競輪雑誌につけられた。たしかに、自分でもできすぎの一年だったと思う。増えたとはいえ、まだまだ介護に縛られて練習時間は限られている。だが、それが逆に効を奏した。四十四歳の現役選手なのだ。無理に動いて疲れを蓄積させるよりも、適度に休みをはさんだほうが調子がよくなる。

チャンスがめぐってきた。

獲り残したグランプリチャンピオンの称号。もう自分には縁がないと思っていたその栄光の座が、いま手の届く位置にまで近づいた。

バッグとピストを床に置き、八十嶋は妻の車椅子の前に向かった。帰宅したら、妻のからだをやさしく抱きしめる。それがふたりで決めた習慣だ。

病に倒れた富子。彼女が、自分の選手寿命を伸ばしてくれた。

富子は八十嶋の生き甲斐だ。彼女がいるから、この年になってもまだ競輪の最前線で戦うことができる。過酷なレースを勝ち抜き、一歩ずつ頂点へと進んでいくことができる。

「よかったよ」富子の肩を抱き、八十嶋は小さくつぶやいた。

「おまえが嫁で、本当によかった」

2

十二月二十一日、午前十一時三十七分。

広島は、朝からみぞれ混じりの雨だ。気温も低い。

瀬戸石松は、自宅につくったトレーニングルームにいた。

ひとりではない。清河道場の兄弟弟子が三人、きている。そのうちのひとりは、田端秀勝だ。

新清河道場。

清河一嘉の弟子たちは、瀬戸の家のトレーニングルームを勝手にそう呼んでいる。当然、兄弟弟子ならば、利用は自由だ。清河が引退する前の呼称は清河道場瀬戸分室だったが、引退して道場を閉鎖してからは、こちらがいつの間にか清河一門の公式道場になってしまった。くるのが瀬戸の弟子ではないから、瀬戸道場にはならない。瀬戸は部屋を少し広げ、トレーニング機材も大幅に増やした。ローラー台やユニバーサルマシンは、清河道場から移した。シャワールームもつくった。そうしないと、自宅の風呂まで傍若《ぼうじゃく》無人《ぶじん》な競輪選手たちに占拠されてしまう。

田端がパワーマックストレーニングをはじめた。

瀬戸は携帯音楽プレーヤーのイヤフォンを両耳に挿しこみ、ローラー台でのんびりとクランクをまわしている。あとのふたりはウェイトトレーニングだ。

「また、たるい練習をやってやがる」

とつぜん騒がしくなった。

ドアがあき、清河一嘉がトレーニングルームに入ってきた。

「おはようございます」

瀬戸は平然と対応する。まったく驚かない。ここ数日は、これがいつものことだ。グランプリが近づいて、清河は落ち着きをなくしている。

「きょうは遅かったですね」

さりげなくイヤフォンを外し、笑顔で瀬戸はそう言う。

「店ひらいてからきたんだ」

「接客はしないんですか？」

「雄太《ゆうた》がいるよ」

引退した清河は、スポーツ自転車のショップをひらいた。その名も、〝スポーツバイクプラザ　キヨカワ〟だ。店名のわりには、買物自転車も一応扱っている。電動アシスト自転車も置いている。総合自転車ショップだ。

競輪選手は競輪学校在校時に、自転車の整備法や組み立て方をひととおり教わる。自分の商売道具は自分で面倒をみろということだ。人には得手《えて》不得手《ふえて》があるので、誰もがそういった技術に習熟するとは限らないが、中には競輪以上に整備が得意になる者もいる。それらの選手が引退後に自転車ショップをはじめることは少なくない。溶接技術を身につけ、フレームビルダーになる者もいる。

だが、清河の場合は少し違った。

「雄太くん、ひとりでいいんですか？」

瀬戸が訊いた。

「馬鹿野郎」その問いを、清河は一蹴した。

「なんのためにあいつを志部輪業《しべりんぎょう》に五年も預けたと思ってるんだ。すべてはこの日のためだ。販売も、整備も、修理も、すべて身につけさせた。俺がいちいちでていく必要は、どこにもない。いたら、かえって足手まといになる」

雄太は清河の長男だ。上に姉がふたりいる。自転車競技にはまったく興味を示さなかったが、スポーツ自転車でのサイクリングは子供のころから親しんでいた。整備も得意だった。そこで、清河は雄太を地元の工業高校に進学させ、卒業と同時に知り合いの自転車屋に預けた。それが、五年前のことだ。そして、引退と同時に雄太を家に戻して、自宅をショップに改築した。道場を閉鎖したのは、そのときだ。隣接する道場部分が、そのまま店になった。

「ガキだと思っていたら、あいつも来月には二十三だ」清河は言葉をつづけた。

「もう十分に一人前だよ」

「そんなわけないでしょ」

「大丈夫。かかあもいる。あいつの実家は、繁昌しているトンカツ屋だ。結婚するまで手伝っていたから、客あしらいはうまい」

「トンカツ屋と自転車屋は、ぜんぜんべつですよ」

「うるせえ。大丈夫ったら、大丈夫だ。それより、おまえはちゃんと練習してるのか。

グランプリで勝つ気があんのか？」

清河は、むりやり話を変えた。

「ありありです。調整もばっちりです」

「信じられん」

「弟子を信じなくて、どうするんです？」

「弟子だから、信じられん」

「やれやれ」

「おまえ、あした東京に行くんだろ。あさっての前夜祭に備えて」

「そうです」

「帰ってくるのは、いつだ？」

「二十四日です」

「二十七日は前検日だ。練習する日なんて、もうなんぼもありゃしない。いまやっとかないと、あとで後悔するぞ」

「だから、やってますってば」

「石松さん、スタートしますよ」

声がかかった。ウェイトをやっていた若手のひとりだ。ユニバーサルマシンの脇に置かれたテレビを指差している。

「前橋FIの初日です」清河に向かい、瀬戸は言った。

「第三レース、本多《ほんだ》が走ります」

「予選か？」

「こっちのテレビで見ましょう」

瀬戸はジャージのバックポケットに入れてあったリモコンを取りだし、ボタンを押した。ローラー台の正面の壁に液晶テレビがかけてある。そこに映像が入った。CSの競輪中継だ。

「そういや、おまえは今年の広島記念にはでられないんだな」

清河が言った。

「初日が前夜祭の日ですからね」

「地元記念にSSがひとりもでていない。仕方がないといやあ、仕方がないが、ちっとさみしいぜ」

FI初日の第三レースは、A級の予選だ。3番車が清河最後の弟子の本多不比人《ふひと》である。デビュー二年目の若手だが、小気味のいい先行で成績をあげ、A級2班に昇班してからは、勝率が急上昇している。

選手が発走機についた。

スタートする。

周回を重ね、赤板を過ぎた。本多が先行態勢に入った。

「石っ、捲れ！」清河が叫んだ。「こいつは帆刈だ。石、帆刈を捲るんだ。捲っちまえ！」

師匠にそう言われては、やるしかない。

瀬戸はハンドルを握り直し、前傾を深めた。

クランクをまわす。全力でまわす。一気に加速する。ローラー台の回転音が変わった。ごうごうとうなりだした。音は、さらに甲高くなる。ピストが大きく揺れ、ローラーの上で跳ねそうになった。しかし、脱輪はしない。完全にコントロールされている。

瀬戸はもがいた。残り二百メートル。本多の前にでた。捲りきった。が、ケイデンスは落とさない。フルパワーでまわしつづける。ローラー台の音は、もはや悲鳴だ。いあわす者、すべての耳をつんざいている。

ゴールした。テレビ画面の中では、本多が逃げて勝った。後続に二車身近い差をつけた。

だが、本多は知らない。

遠く離れた広島のトレーニングルームでは、自分が惨敗していたことを。

「ふむ」清河が小さく鼻を鳴らした。

「いけるんじゃねえか」

ぼそりと言った。

3

十二月二十一日、午後三時二十五分。

気合がほとばしる。

汗が散る。

空手道場の冬合宿だ。三十人ほどの小、中、高校道場生に混じって、都賀公平が型演武をやっている。小柄なので、まったく目立たない。完全に埋没している。

演武が終わった。息吹《いぶき》と呼ばれる呼吸法をおこない、息をととのえる。暖房などいっさい入っていない道場だが、都賀は全身汗まみれだ。古い空手着が、皮膚に張りついている。

師範の駒草勲《こまくさいさお》が、都賀の横にきた。空手道撃拳館京都西支部の支部長だ。二十年前、都賀が亀岡市役所裏のダンススタジオを借りてやっていた撃拳館の道場に入門したとき、駒草は三年先輩の初段だった。その後、道場は亀岡駅前ビル二階に移り、支部長も駒草にかわって、いまに至っている。

「型、忘れてないな。まるで現役の空手家みたいだ」

駒草が言った。

「押忍《おす》。競輪場でも、よくやってますから。押忍」

都賀は答えた。口調も言葉遣いも、完全に道場生そのままである。

「きょうはびっくりした。おまえがくるとは思っていなかった」

「押忍。すみません」

「グランプリに出場するんだって？」

「押忍」

「知らなかったけど、グランプリってのは三十日にやる競輪の一発勝負で、優勝賞金が一億円だってさっき聞いたぞ」

「押忍。そうです」

「いいのか、自転車の練習をしなくて」

「押忍。バンク練習は午前中に向日町競輪場でしっかりとやってきました。午後は、こちらで精神を鍛えてください」

「なるほど。そういうことか」

「押忍」

「組手は、まずいよな」

「押忍。それは勘弁してください。グランプリが終わったら、また挨拶にきます。そのときにでも」

「ばーか、そんときは祝賀会だよ。組手どころじゃねえだろ」

「押忍。恐縮です」

「よし」

駒草は都賀から離れ、道場の奥へと進んだ。

壁に神棚があり、両脇に香取《かとり》大明神、鹿島《かしま》大明神の掛軸が吊るされている。その壁を背にして、駒草は道場生たちに向き直った。道場の一員として名札は残してある都賀だが、月謝は払っていない。それで遠慮しているのだろう。いちばん端の道場隅に立っている。

駒草は声を張りあげて言った。

「押忍。このあと自由組手に入るが、その前にしばし禅を組む。心を鎮め、精神を砥《と》ぎ澄ませる。邪念を捨てろ。意識を無にして、相手と対峙《たいじ》する。これが勝負の心得だ」

「押忍!」

道場生全員が拳を握った両腕を胸もとで交差させ、勢いよく左右にひらいた。

その場に腰をおろす。すわって足を組み、両手で印を結ぶ。

「瞑想」

どーんと太鼓の音が鳴った。

いっせいに目を閉じた。

4

十二月二十二日午前十時十五分。

綾部光博が立川競輪場のバンク中央部、ホーム側に立ち、腕を組んで立っている。

バンクをピストで走っているのは、息子の拓馬だ。ピストは綾部のお下がりである。新車ではない。いまひとつサイズが合っていないが、それはステムやシートポストなどのパーツでなんとか調整した。

「やってるなあ」

バンクを横切って、俊博がきた。立川所属の選手たち八人と一緒だ。

「試験休みに入ったからな」息子から目を離さず、綾部が言った。

「朝九時過ぎからずっとまわらせている。おまえらの邪魔をするわけにはいかないから」

「兄貴は走ったのか？」

俊博が訊いた。

「俺もあとだ。おまえらとやる」

「余裕だね。グランプリまで一週間だっていうのに」

「よおし、ラスト千だ！」手をメガホンにして、綾部は怒鳴った。「全力でもがけ。行けるところまで行ききれ！」

拓馬がバックを通過した。綾部の声を聞き、尻をあげた。全力で加速する。

二周半まわった。最後の一周はもう完全に体力が尽きていた。脚が動かず、フォームも乱れ、歩くような速度でゴールラインを切った。そのあとはさらに一周かけて減速し、ホームに戻ってくるはずだったが、半周で止まりそうになってふらつき、バックから中央通路に入った。入ったところで人工芝マットの敷かれたグリーンゾーンに突っこんだ。そのままばったりと倒れる。クリップバンドをゆるめることも、爪先をトゥクリップから抜くこともできなかった。

綾部が駆け寄った。拓馬は半失神状態だ。力を根こそぎだしきった。そんな感じである。

綾部は拓馬の足をペダルから外し、ヘルメットをとって、人工マット芝の上に仰向けに寝かせた。呼吸が荒い。自分が着ていたベンチコートを脱ぎ、拓馬のからだにかけた。

「よくやった」耳もとに口を寄せ、囁く。

「選手の練習がはじまる。このままここで休んでいろ」

うなずくような反応があった。

「追いこむねえ」

葛井新作《くずいしんさく》がきて、言った。S級2班の先輩選手だ。

「いまはタイムも、フォームも関係ありません」首をめぐらし、綾部は言った。

「まずは距離を走ることです。何もできてない素人ですから、からだと心肺機能をつくっておかないと、競技の練習をはじめられない」

「たしかに、そうなんだが、まだ中坊だろ」

「無駄ですよ」横から俊博が言った。

「兄貴の性格を知ってるでしょ」

「徹底してるな。本当に」

「まったくです」

「あしただっけ？　グランプリの前夜祭」

「そうです」

俊博はうなずいた。

「いよいよだなあ。……って、そういえば、おまえも京王閣走るんだよな。寺内大吉《てらうちだいきち》記念杯」

「斡旋きてます。行きますよ。グランプリの直前に決勝戦ですから」

「兄弟でつづけて表彰台ってのは、いい話だ」

「がんばります」

グランプリは十二月三十日に一試合だけレースがおこなわれるわけではない。二十八日から三十日までの三日間、FI開催という形で寺内大吉記念杯競輪が開催される。その初日、二日目、三日目の最終第十一レースに、ヤンググランプリ、SSカップみのり、KEIRINグランプリが、それぞれ割りあてられている。ヤンググランプリはKEIRINグランプリに出場しない若手S級選手の中から競走得点上位九人が出場するレースで、SSカップみのりは次年度S級S班選手の内、グランプリに出場しない九人が出場するレースだ。三十日の第十レースは寺内大吉記念杯競輪の決勝戦である。

練習がはじまった。

昼まで、みっちりと走った。最初、六本と決めていたダッシュ走だったが、走り終えるたびに綾部が「もう一本」と言う。そのたびにまた走る。葛井が八本目に音《ね》をあげ、逃げた。結局十一本を走った。最後は綾部を含む全員が、人工マット芝の上でひっくり返った。

「そうかあ。もうグランプリの季節か」

マットに倒れ、まぶたを閉じてあえいでいた綾部の頭上で声がした。

目をあけると、小柄な老人が綾部の顔を覗きこんでいる。サイクルウェアではなく、黒っぽいジャンパー姿だ。

「先生！」

それが誰かわかって、綾部は上体を起こした。

「久しぶりだな。綾部くん」

老人はにこやかに笑って、右手を振った。

是沢順四郎《これさわじゅんしろう》。トラック競技、往年の名選手だ。アマチュアでも競輪でも活躍し、世界選手権にもスプリントで出場した。一時、競輪学校の教官をつとめていたことがある。

「きょうはどうされたんです？」

綾部は立ちあがった。是沢には、競輪学校でさんざん世話になった。その前で、いつまでも地面に転がっているわけにはいかない。

「午後から練習があるんだ。もうすぐ生徒たちもやってくる」

是沢は言った。二年前から、是沢は東京立川学園第一高等学校自転車部の監督をしている。

「いいときにお会いできました」

綾部は言った。

「いいとき?」

「紹介させていただきます」

綾部は手招きで拓馬を呼んだ。拓馬はとうに回復し、父親のベンチコートを着て競輪選手の練習を見学していた。

「息子です」是沢の前に、拓馬を立たせた。

「来年、東京立川学園に進学させます」

「自転車部にくるのか?」

「ご迷惑でなければ」

「迷惑なんか、しないよ」

「入学するまでには、それなりに走れるようにしておきます」

「無理しちゃだめだね、綾部くん」是沢は、拓馬から綾部に向き直った。

「気負いすぎると、伸びる子も伸びなくなる」

「はあ」

「それより、きみはグランプリだ。グランプリに勝つことに専念しろ。子は親の背中を見て育つ。親父の力をグランプリで思いっきり見せつけてやれ。それが、この子のやる気を最大限に引きだす重要な鍵になる」

「………」

是沢は、拓馬の肩に手を置いた。

「きみは、いい父親を持ったな」静かに言った。

「綾部くんは、強い選手だ。きみも強くなれ。大丈夫だ。絶対に父親を超えられる」

拓馬は無言で小さくうなずいた。

「やれやれ」身を起こしたものの、立ちあがるきっかけがなくて芝生マットにすわりこみ、膝をかかえていた俊博がつぶやくように言った。

「もう一本、やるか。高校生が入る前に」

「一本じゃすまないんだろ」

葛井が言った。言って、立ちあがった。

「俺、きょう死んじゃうかも」

肩をそびやかし、自分のピストにまたがった。

5

十二月二十三日、午前十一時二十二分。

シャッター音が鳴り響く。

「はい。もう少し目線を上に」

カメラマンの指示が細かく飛ぶ。

才丸信二郎は赤坂の撮影スタジオにいた。仕事だ。女性ファッション雑誌に依頼され、モデルをつとめている。人気女性モデルとのツーショットだ。

朝、飛行機で羽田空港に着いた。そのまま編集者に連れられ、このスタジオに入った。メーキャップと着替えを終え、すぐに撮影がはじまった。あっという間に、三十分が過ぎた。

「オッケイ」カメラマンが言った。

「少し休もう」

スタッフが動いた。小道具を入れ替える。モデルのメイクを直す。衣装もチェンジする。

「お疲れさまです」

椅子に腰かけ、コーラを飲んでいる才丸の横に松丘蘭子がきた。

「いや、本当に疲れたよ」才丸は言った。

「四百ダッシュ二十本ぶんだね。これなら、グランプリまで練習しなくてもいいかも」

「だめです。練習してください」

「そもそも、どうしてここにけいりんキングさんがいるんだ？」

「取材です。グランプリの」

「今夜の前夜祭は？」

「もちろん、そちらもうかがいます」

「すごいスケジュールだね」

「才丸さんに言われたくないですよ。まさか、きょう、この撮影を入れてしまうなんて」

「熊本からわざわざ上京するんだからね」いたずらっぽく笑い、才丸は言った。

「一緒に仕事もすませちゃうっての合理的でしょ」

「なんか、前検日まで、このまま東京に留《とど》まるって聞いたんですが」

「地獄耳だねえ」

「編集長情報です」

「赤倉さんか。あの人なら、何もかも筒抜けだな」

「ということは？」

「そのとおりだよ」才丸はうなずいた。

「このまま東京で練習する。あしたは京王閣で塔さんの指導を受ける」

「群馬の塔日出男選手ですか？」

「そう。あした京王閣にくるんだってさ」

「塔さんもみのりにでられますからね」

「知ってると思うけど、塔さんの調整、指導力は定評がある。となれば、俺も行くしかない。行って、ばっちりチェックしてもらう」

「親しくされているんですか？」

「親王牌のとき、同期だったやつが塔さんに新車のフィッティングをやってもらっていたので、俺もお願いしたんだ」

「先輩に対して、大胆ですね。塔さん、顔もすごく怖いのに」

「たしかに顔は怖いけど、怖いのは顔だけだよ。実際はすごく穏やかだし、後輩にも気を遣ってくれる」

「知ってます。あたしも何度かお世話になりました」

「塔さんのフィッティングは最高だった。両手でピストを持ちあげ、指を左右に動かして微妙なバランスを確認するんだ。それで、サドルの前後位置や取りつけ角度、シートポストの高さなんかを少しずつ調整していき、ベストポジションを見つけてしまう」

「本当にすごいんですね」

「あしたが楽しみだ。乗り方も教えてもらう。京王閣に慣れることもできるし、これでグランプリは勝ったも同然さ」

「がんばってください。きょうの撮影もグランプリも」

「まかしとけ！」

才丸は胸を張った。

「お待たせしました。撮影、再開します」

スタッフから、声がかかった。

6

十二月二十四日午後三時九分。

バニッシュバニーのリハーサル時間になった。九分ほど遅れているが、一応は予定どおりだ。

午後五時開場、六時開演で、クリスマスライブがはじまる。いわきのライブハウス、ＳＴＯＮＥ　ＣＯＬＤが主催するオールナイトイベントだ。福島浜通りで名の知れたバンド十組が、朝までノンストップで演奏を繰り広げる。その参加バンドの一組として、バニッシュバニーも招待を受けた。

「すみません。押してるんで四十分でお願いします」

ライブハウスのスタッフがステージにきて言った。

「それ厳しいよお」

萱場美羽が、唇をとがらせた。

「うだうだ言わない」渡久地嘉人がドラム椅子に腰を置いた。

「時間の無駄だよ」

スティックを振りかざした。

「間に合ったか？」

大声がホールに反響《こだま》した。

観客席を横切り、ベースギターをかかえてステージに駆けあがってくる者がいる。

「由多加！」

美羽の目が丸くなった。

「滑りこみセーフかな」

帆刈がベースの弦を掻き鳴らした。冬だというのに、黒いタンクトップと真っ赤なクォーターパンツという姿だ。黄金色に染められた髪が、糊で固めた刷毛《はけ》のように、まっすぐ立っている。

「だっさー」

　美羽は顔をしかめた。

「何しにきたんだ」

　ベースの峰勘太が言った。ベースは俺がいる。間に合ってるぞ。そういう口調だ。

「リハだけまぜてくれ」峰の上着の袖をつかみ、帆刈は言った。

「俺だって、たまには弾《はじ》けたい」

「あんた、グランプリの練習はどうしたのよ？」

　美羽が割って入った。

「いま、東京から帰ってきたところだ。きのう、品川のホテルで前夜祭があったんだ。二十二日までばっちり練習して、二十三日の朝、東京に行き、昨夜は泊まってさっき帰ってきた」

「前夜祭？」

「毎年やってるグランプリのイベントだよ。ファンも参加して、出場選手がインタビューを受けたり、一緒に写真を撮ったりする。車番もそのときに抽選で決まる」

「何番になった？」

　ギターの夏村英郎が訊いた。

「2番だ。地味な黒」

「渋いじゃん」

「セクシーなピンクがよかった」

「バカ」

美羽が帆刈の頭を小突いた。

「はじめるぞ」渡久地が怒鳴った。

「バカはとりあえずまぜとけ。ダブルベースだ」

「了解！」

三人が手を挙げた。なぜか、バカ呼ばわりされた帆刈も拳を握って右手を頭上に伸ばしている。

「行くぜ。クライスト・エヴォリューション」

スティックを打ち合わせ、リズムをとった。

演奏がスタートする。クライスト・エヴォリューションは、今回のイベントのためにつくった新曲だ。メンバーには歌詞とメロディを同報メールで流していたので、どういう曲かは、帆刈も一応知っている。

前奏がけたたましく響いた。

「ボーカル、シャウト！」

　帆刈が叫んだ。

　マイク前に立ち、美羽が歌いだした。きょうの衣装は、白いブラウスに赤いベストとミニスカートのクリスマスバージョンだ。アンクルブーツも、赤い。

　立てつづけに三曲を演奏した。

　三曲目が終わると同時に、帆刈が崩れ落ちた。ステージ上で尻もちをつく。

「どうした？　飛び入り」

　美羽が訊く。

「マジくたた」帆刈は舌をだした。

「やっぱ、強行軍だったぜ」

「そんなんで、グランプリに勝てるか！」

　美羽は右足で、帆刈の腰を軽く蹴った。

「そうだ、そうだ」

「勝てっこない」

「立て、由多加。走れ、由多加！」

　三人が美羽に同調する。

「くそっ。やってやらあ」

　帆刈は立ちあがった。

もう一曲、演奏した。

それで、時間になった。

「気持ちいいっ。すっきりだ」

帆刈がはしゃぐ。

「応援行くよ。東京まで」

美羽が言った。

「またライブやるのか？」

「無理っ！」帆刈の問いに、夏村が答えた。

「調布に知り合いはいない。手配する時間もない」

「そもそも、十二月三十日ってのが問題だ」峰が言った。

「親父が許さねえ」

「母ちゃんも、だめって言う」渡久地が言葉をつづけた。

「掃除を手伝わないと、命がない」

「いい。あたしひとりで行く」美羽は帆刈を見た。

「ひとりなら、家族席でも気にならない。兄貴に話つけてもらう」

「本気か？」

「本気よ」

「じゃあ、こい」帆刈は言った。

「優勝したら、チャンピオンジャージをおまえにくれてやる」

「いらない。そんな汗臭そうなもの」美羽は首を横に振った。

「それより賞金がいい。一億円ちょうだい」

両手をそろえ、帆刈に向かって突きだした。

「たはははは」

美羽を除く全員が、その場に倒れた。

7

十二月二十五日、午後一時四十八分。

練習が終わった。

名古屋競輪場から、室町隆は草壁弘之とともに轟治療院へと移動した。途中、若宮町にある和食のファミリーレストランに寄り、昼食を食べた。きょうは治療院の定休日だ。グランプリ直前ということで、練習も午前中で終わり、ふたりとものんびりしている。

治療院で、室町は草壁のマッサージと鍼治療を受けた。院長が不在なので、整体治療はやらない。それはまたあしただ。

「いい感じに仕上がってきた」

室町はパンツ一枚の裸で俯《うつぶ》せになり、治療台の上に横たわっている。そのふくらはぎを両手のてのひらで撫《な》でてあげながら、草壁が言った。

「6番車になったのは、ちょっといただけないがな」

室町が言う。

「おまえが自分で引いたんだ。どうしようもない」

6番車のグリーンユニフォームは、通常、もっとも競走得点の低い選手が着る。しかし、グランプリでは競走得点に関係なく、抽選で車番を決める。室町は、みごとにふだんの開催ではまったく乗ることのない6番車を引き当てた。

携帯電話が鳴った。

室町の携帯電話だ。治療台の横に置かれたかごの中に入っている。室町は右手を伸ばして電話機を把り、二つ折りの本体をひらいて耳にあてた。

「よお。できた？　オッケイ。わかった。これから行く」

電話を切り、携帯電話をかごに戻した。上体を起こして右に大きくひねる。草壁に視線を向けた。

「治療は？」

短く訊く。

「終わった」

「よっしゃ。だったら、ちょっと行くところができた。付き合ってくれ」

「やな予感がする」

「時間はあるんだろ。夕飯もおごるからこいよ」

「その口調が気に入らない」

「ぐだぐだ言うな」

室町は治療台から降りて、立った。タオルでマッサージオイルを拭きとり、服を着た。

草壁は治療道具を片づけ、後始末をした。

外にでる。駐車場に車がある。草壁のワンボックスカーと、室町のセダンだ。

「どこに行くんだ？」

車に乗る前に、草壁が訊いた。

「稲沢オートだ」

室町が言った。

「やっぱり」草壁は苦笑した。

「予感が大当たりだ」

二台の車で、稲沢オートに向かった。

二十分ほどで着いた。稲沢陸上競技場の近くだ。

自動車の板金塗装修理工場があった。裏手の駐車場にまわると、そこに室町自慢のデコトラが置かれていた。

車を停め、草壁は窓をあけた。室町が車外にでて、草壁の車の横まで歩いてきた。

「どうだ」デコトラを指し示す。

「これがグランプリ仕様だ」

荷室のアルミパネルに描かれていた絵が、変わっていた。モチーフは織田信長のままだが、絵柄も色合いも一変している。

一言でいうと、より派手になった。

車体左側の面に描かれているのは、信長の京都御馬揃《おんうまそろ》えの絵だ。天正九年の二月二十八日に、信長が京都で催した一大イベントである。本来は軍事的示威《じい》行動なのだが、信長は、これを公開のエンターテイメントに仕立てあげた。

「反対側も見ろ」

室町はワンボックスカーのドアをあけ、草壁を運転席から降ろした。

右面には、南蛮甲冑《かっちゅう》姿の信長と安土城が描かれている。

「なんだ」拍子抜けしたように、草壁が言った。

「また安土城か」

「もちろんだ。安土城は欠かせない」

「本能寺で敦盛《あつもり》を舞っている信長にしてほしかったなあ」

「そりゃ、光秀に襲われて死ぬ直前だ。縁起でもねえ。これでグランプリに乗りこむんだぞ。採用できるか」

「グランプリに行くのか、これで。本気か？」

「おう。本気と書いてマジと読む。おまえ、取材でくるんだろ。こいつで一緒に京王閣に行こう」

「やだ。俺は新幹線で行く」

「天下布武の仕上げだぞ。これくらいやらないで、どうする？」

「仕上げじゃない」草壁は、室町をまっすぐに見た。

「はじまりだ。グランプリを獲って、それからようやくおまえの時代がはじまる。男の勝負は、天下を獲ってからだ」

「言ってくれるなあ」

「言うさ」

「約束するぜ。俺は天下を獲る」

「ああ」

「だから、こいつで、一緒に行こう」

「やだっ」

草壁はきっぱりと言った。

完璧な拒絶だった。

8

十二月二十六日、正午。

一色太陽が、全力でダッシュを開始した。大宮競輪場の五百メートルバンクだ。池松竜が番手《ばんて》について、そのあとを追う。

「どうした？　もがけ！　もっとまわせ！」

敢闘門前で、浜國波人が大声を張りあげる。

ゴールラインを通過した。池松は三車身ほど離された。

一周半をまわって、敢闘門に戻ってきた。そのまま自転車を横倒しにし、池松はひっくり返った。仰向けになって、コンクリートの上に横たわる。

「だめだ」浜國が怒鳴った。

「そんなんじゃ、また帆刈に置いてかれるぞ」

「またって言うな」あえぎながら、かすれた声で池松が反論した。

「ちくしょう。病院からでてきたら、もう全開状態だ。自宅療養も忘れるな」

「いや、まだ全快じゃない」

「やめろ。うんざりだ。親父ギャグは」

池松は身を起こし、手を左右に大きく振った。

「おまえに言われたくないね」

浜國は池松を上から見おろしている。まだ患部を固定しているので、右腕は上着の袖に通してない。

「そもそも、あしたが前検日だ」池松が言った。

「こんなレースの直前までしごきまくるコーチなんか、どこにもいねえよ」

「グランプリはべつだ」浜國はかぶりを振った。

「二十七日に競輪場に入ったら、選手は三十日まで指定練習以外は何もしない。脚を休ませる時間は、十分にある。いま、ここで追いこんでおかないと、ピーキングにしくじる」

ピーキングは調整法のひとつだ。レース当日を目標にトレーニングや休憩の時間をコントロールして体調を計画的にととのえていく。そして、スタートの瞬間にピークを持っていく。

「それは、そうだが」

池松はヘルメットを脱いだ。もはや、やる気がない。練習を終える気でいる。

「信じろ」浜國が言った。

「去年のグランプリチャンピオンの言葉だ。信じてやれば、絶対に勝てる」

「やばい道場にきちまったよ」池松はぼやいた。

「過ぎたるは及ばざるが如《ごと》しってのを知らないな」

「池松さん」

一色がきた。練習に参加している若手選手たちとともに、いままでゆっくりと周回をつづけていた。

「もう一本、行きましょう」

明るく声をかけた。

「うるせえ。八起会の連中は、みんな変態だ」

池松は毒づいた。

毒づいてから、いったん脱いだヘルメットをかぶり直した。こんなふうに言われては、他の選手の手前もあって、無視することはできない。

立ちあがり、ピストのハンドルをつかんだ。

「一色！」浜國が言った。

「もう五本だ」

9

十二月二十六日、午後二時二十一分。

十畳の和室の端に、五十型の3D対応プラズマテレビが置かれている。スピーカーは六本。ブルーレイレコーダーが五台、テレビゲーム機が三台。日本橋で特注した静音設計のパソコンも三十二型のディスプレイとともに設置されている。床の上にはアニメ専門誌や漫画の単行本、ブルーレイディスク、DVDディスクが散乱していて、足の踏場もない。しかし、組みあげられたプラモデルのロボットやキャラクターのフィギュアだけは、専用のガラス張りオーダー家具に納められて整然と並べられている。

舘久仁夫の部屋だ。

舘はテレビの前にすわってあぐらをかき、食い入るようにテレビ画面を見つめている。

部屋全体が薄暗い。窓の障子を閉め、照明をつけていない。

ドアがひらいた。

舘頼政が入ってきた。

「久仁夫、何してるんだ？」

しわがれ声で訊く。

「見てのとおり」画面から目を離さず、舘は答えた。

「練習も、セッティングも、からだのケアも、すべて完璧にすませた。残っているのはこれだけだ」

「漫画映画を見ることか？」

「そう。これがいちばん重要なトレーニングだ」

「トレーニング？」

「メンタルトレーニング。モチベーションを高め、気合を注入し、精神を砥ぎ澄ませる」

「何言ってるんだ？　おまえ」

「冬コミパを捨てて、グランプリにでるんだぜ」舘はつづけた。

「勝たなかったら、同志たちに合わせる顔がない」

「同志って、誰だ？」

「バラージュ小隊の戦友たちだ」

「頭、大丈夫か、久仁夫。熱、あったりしないか？」

「無理よ。お爺ちゃん」

頼政の背後に由美子があらわれた。お盆を手にして、立っている。祖父が訪ねてきたので、お茶とお菓子を用意し、運んできた。

「無理って、なんだ？」

「おにいちゃんの話を理解すること」

「………………」

「あたしが通訳したげるわ。とにかくそこにすわって」

目で部屋の右隅を示した。

雑誌の山に半ば埋もれて、そこに小さな座卓が置かれている。

頼政が座卓の前に腰をおろした。その向かいに、由美子もすわった。

「おにいちゃんは『神聖旅団ドハツオー』を第一話から見直しているのよ。大好きなアニメ作品を見て、やる気を爆発させるために」

「どはっ？」

「おっきいロボットがでてくるアニメ。ドハツオーを見ていると、どんどん気分が高揚して力が湧きあがってくるんだって。お爺ちゃんもそういう経験ない？」

「タイガースが巨人をぶち倒している試合を見たら、燃えるぞ」

「それね」由美子はうなずいた。

「効果は、それと同じ。いまおにいちゃんが見ているのは、タイガースが二十六連勝している試合をたてつづけに、すべて観戦しているようなものなの」

「そいつはすごい」頼政は、ずずっとお茶をすすった。

「そういうビデオがあったら、わしももう少し勝てた。グランドスラムくらい、やっていた」

「けっこう単純な爺いね」

「何か言ったか？」

「ううん、なんでもない」

由美子はにっこりと笑った。

「で、同志というのは、おにいちゃんのアニメ友だちのことよ」言《げん》を継いだ。

「お爺ちゃんが入っている炎虎会のメンバーってとこかしら」

「なんとか小隊って言ってたな」

「それそれ。野球じゃないから、球場に応援に行くってことはないけど、年に二回、盆と暮れには東京のビッグサイトで開催される東京コミパークって催しには集まることになっている」

「夏には、行っていた。覚えている。あのときは、久仁夫にだまされた」

「練習もしてたわよ。ピスト、持っていってたし」

「どうだか」

頼政は信じていない。

「冬コミパは行かないわ。グランプリに出場するから」

「そりゃ、そうだろう。グランプリを蹴ってそんなとこに行くやつだったら、わしが絞め殺す」

「穏やかじゃないわね」

「当然だ。グランプリなんだぞ。ＧＩ優勝はなかったが、なんとか出場権が確保できた。となれば、絶対に優勝するしかない。ＧＩのぶんまで、グランプリで勝つんだ。何があっても、勝利するんだ！」

「血圧、血圧」

「こんなことではあがらん」

「よしっ。二十一話、制覇」

舘が叫んだ。

「見終わったのか？」

頼政が訊く。

「あと五話だ」首をめぐらし、舘が言った。

「第二、第三シーズンは、京王閣で見直す」

「気合はどうだ？　入ったか？」

「入ってる。どんどん入って、俺の筋肉の中にがんがん溜まっていく」

「勝てるな？　グランプリ」

「もちろん！　戦士黒バラが、必ず撃破してやる」

「優勝しろ！」

「了解、ブラザー」

舘は拳を握って指を二本立て、頼政に向かい、敬礼した。

「おう」

頼政も敬礼を返す。

「バカだわ」由美子が小さくつぶやいた。

「このふたり、本物のバカだ」

そして、くすっと笑った。

10

京王閣は、冬晴れになった。

北風が強いが、空は快晴だ。青く澄み渡っている。すぐ横を流れている多摩川のはるか向こうには、白く冠雪した富士山の姿が見える。

京王閣のバック側裏手、多摩川沿いの道路に面した選手通用門前には、入り待ちをするファンが何人も並んでいた。カメラを持った記者もいる。早い選手は午前九時くらいからきているが、十時を過ぎても、グランプリの出場選手はまだひとりも入っていない。

歓声があがった。

黒いミニバンが到着した。守衛が門の扉を横にひらいた。

八十嶋誠だ。拍手をするファンがいる。

中に入った。車を停めた。ひとまず降りて、門の前に戻る。ファンに挨拶をした。色紙を差しだす者がいる。サインして、一緒に写真を撮った。

「これ、食べてください」

ファンが紙袋を渡した。老舗和菓子店の名が、印刷してある。紙袋を受け取った八十嶋は、手を振ってきびすを返した。今度は記者が集まってくる。

その五分後。

瀬戸石松がタクシーに乗ってやってきた。瀬戸は、寺内大吉記念杯にでる仲間と飛行機で前入りし、新宿のホテルに泊まっていた。

つづいて、帆刈があらわれた。福島勢とともに、こちらもタクシーでの到着だ。ファンの間から「かわいい」という声があがった。

イタリア製の赤いスポーツカーで乗りこんできたのは、池松竜だった。車は北海道からフェリーで運び、八起会の駐車場に置いていた。太いエンジン音が空気を震わせる。

都賀公平と舘久仁夫が乗ったタクシーが、門をくぐった。このふたりは、新幹線での当日入りだ。舘はグレーのスーツを着て、ボルサリーノをかぶっている。ファンの声援に、ボルサリーノを脱ぎ、それを振って応えた。

「俺が目立たねえよ」

都賀は不満そうである。まさか舘がこんな恰好でやってくるとは思っていなかった。元お笑い芸人志望のアニメおたくを甘く見ていた。自己顕示欲は尋常ではない。

十時三十五分。綾部光博がきた。白のベントレーに弟の俊博が同乗している。ハンドルを握っているのは、兄のほうだ。国分寺からの当日入りである。

その直後。

悲鳴のような女性の声が、甲高く響いた。

「しんじろー！」

声をそろえて、名前を呼ぶ。

才丸信二郎だ。黒塗りのハイヤーに乗ってきた。着ている服は純白のデザインスーツだ。もちろんイタリア製である。門の手前で、降りた。サングラスをかけ、有名ブランドの小さなボストンバッグを手にしている。

たちまち、女性ファンに囲まれた。花束やプレゼントが乱れ飛ぶ。それらを全部受け取り、才丸は握手をする。サインも書く。写真撮影にも応じる。頬にキスもする。それから、歩いて京王閣に入った。

十時五十五分。

ファンの群れがざわめいた。記者とカメラマンの動きがにわかにあわただしくなった。

グランプリ選手、最後のひとりが登場した。

クラクションが鳴る。赤、黄、青のライトが激しく明滅する。

デコトラだ。

室町隆のデコトラが、人波を分けて、ゆっくりと進んできた。室町は窓から顔をだし、手を振っている。

「やりやがった」

それを見て、赤倉達也が笑った。

「すごい」

松丘蘭子は、赤倉の横で茫然としている。高松宮記念杯で前検日にこられなかった蘭子は、はじめて室町のデコトラを目にした。

天下布武、戦国乱世、といった文字が、ボディのそこかしこに躍っている。車体を彩るさまざまなライトは、もはやイルミネーションのレベルである。

デコトラが、京王閣の選手通用門を通過した。停めて、室町は運転席から降りた。服装はごくふつうのブレザーにチェックのズボンだ。いあわす誰もが期待していた甲冑姿ではない。さすがに、そこまではやらなかった。一応、分別はある。

ファンの前に行った。

ひとしきりサービスをする。千社札《せんじゃふだ》も配る。自分の名前に天下布武の短冊をあしらったデザインの千社札だ。

「やっぱ、拒否して正解だった」

管理棟のロビーから、草壁弘之がでてきた。名古屋から新幹線できて、九時過ぎに京王閣に着いた。新宿からは京王線だ。京王閣は、京王線の京王多摩川駅改札口をでたところに正門がある。競輪開催時のみひらく臨時改札口だが、これのおかげで日本一、駅に近い競輪場になっている。客が帰宅するときにとぼとぼと歩くオケラ街道は、わずか二十メートルしかない。

十一時から検車がはじまった。

検車場は選手と報道陣で、ごったがえしていた。グランプリは、どの開催よりも記者やゲストの数が多い。テレビカメラの数も、常より増えている。その隙間を縫って、宿舎でジャージとレーシングタイツに着替えてきた選手たちが頻繁《ひんぱん》に行き交う。ピストを運び、組み立て、整備をする。通路では、ＣＳ放送やネット動画のキャスターとしてやってきた女性タレントや芸人が選手をつかまえ、カメラの前でインタビューをしている姿もある。

これはお祭ね、と蘭子は思った。一年を締めくくる、競輪の年末大祭。レースがはじまるという緊張感よりも、もっと浮きたった感じの空気が、いまここにはある。

八十嶋がいた。蘭子は挨拶をして、写真を撮った。話も聞きたかったが、その余裕はない。前検を終えたら、すぐに指定練習に入る。長く延びた検車の順番を待つ選手の列に、八十嶋は加わった。

「すごいだろ」

声をかけられた。振り返ると、草壁がいた。けいりんキングには草壁のトレーニング講座が毎月掲載されている。担当は蘭子だ。

「びっくりです」蘭子は答えた。

「グランプリって、ぜんぜん違うんですね」

「実は、ぼくもグランプリははじめてなんだ」頭を掻き、草壁は笑った。

「すごいとは聞いていたけど、想像以上だった。なんか、右往左往しちゃってるよ」

「正午からヤンググランプリの共同インタビューがありますね」

「そうなんだ。行かないと」

「指定練習が一時半までで、一時半にはみのり出場選手の共同インタビューがあります」

蘭子は手にしていたスケジュール表のコピーを草壁に見せた。

「うはっ、いろいろあるなあ」

草壁はコピーに目を通した。

午後二時から参加式。二時五十分からは、バンク内でみのりとグランプリ出場選手の集団写真撮影。三時からはグランプリ出場選手の共同インタビューとなっている。

参加式は、今開催に出場する全選手が一室に集まり、ルールや注意事項を伝達される内輪のセレモニーだ。このとき、ヤンググランプリ、みのり、グランプリの参加選手は、それぞれ専用のウォームアップウェアも渡される。式は非公開で、取材も許されていない。

華やかで、かつあわただしい、一種奇妙な雰囲気の中、決められた行事が淡々と進行していく。

気がつくと、参加式が終わり、集団写真撮影の時間となった。ついさっきまで人がひしめいていた検車場には、もう検車員と記者たちの姿しかない。ずらりと並んでいるのは、選手たちが持ってきたさまざまな色のピストだ。オイルの匂いが、室内に濃く漂っている。

敢闘門近くで待機していた蘭子たちの前に、グランプリ出場選手がぞろぞろとやってきた。九人全員が、支給されたばかりの白いウォームアップウェアを着用している。ジャケットの背中に描かれているのは、人気競輪漫画のキャラクターだ。このキャラクターは京王閣のポスターやチラシ、うちわなどの配布グッズにも使われている、いわば京王閣の顔的存在である。敢闘門の扉にも、このキャラクターが大きく描かれている。バンクにでた。みのり出場選手もあらわれた。こちらはオレンジ色のウォームアップウェアを着ている。

写真撮影をした。九選手ずつ横一列や二列に並んで、ポーズをつくってもらう。さらに、個別の写真も撮る。選手たちは、リラックスしている。まだレース前特有の張りつめた空気は、どこにもない。

撮影後は、インタビュールームに向かった。

共同インタビューが、すぐにはじまる。

インタビュールームは記者たちで満席になっていた。蘭子は赤倉とともに撮影をするので、席には着かない。草壁が最後尾隅の席に腰を置いた。

「八十嶋選手、入ります」

ドアの前にいた執務員が言った。八十嶋は5番車だ。インタビューは車番順ではない。用意ができた者から、ひとりずつ室内に入ってくる。

八十嶋がきた。一礼し、デスクに向かって腰かけた。

最前列中央にいた大都スポーツの田臥隆昭《たかあき》が立ちあがった。

「では、KEIRINグランプリの共同インタビューをはじめます」マイクを持って、言った。

「まずわたしが代表質問をおこないます」

「よろしくお願いします」

八十嶋は少し緊張している。いつもより、わずかに表情が固い。

「では、最初に今年一年を振り返ってください。どんな年だったんでしょう?」

「運に恵まれた年だったと思います。特別での優勝はなかったのですが、コンスタントに確定板に乗れて賞金を積みあげることができました」

「八十嶋選手は偉大なグランドスラマーですが、グランプリでの優勝は、まだありません。五年ぶり十二回目の挑戦に対する意気ごみをお聞かせください」

「もう二度とでられないと思っていたグランプリにでることができました。今度こそラストチャンスです。何をしてでも勝利にこだわり、優勝できるように全力を尽くします」

「並びを教えてください」

「綾部くんのうしろを固めます。グランプリですが、しっかり仕事をして綾部くんに自由に駆けてもらうつもりです。ゴールでは、綾部くんと限界ぎりぎりの勝負をしたい。それが、自分にとって唯一の勝ちパターンでしょう」

「帆刈くんを意識してますか？」

「当然です。かれの先行を誰がどうやってつぶすのかが、勝負の分かれ目になると思います」

「年齢差二十三歳ですね」

「息子と喧嘩《けんか》するような気分です」

八十嶋の口もとがゆるんだ。記者たちの中からも笑い声があがった。

「ありがとうございます」田臥も笑った。

「ほかに質問がないようなら、これで終わります」

振り返って、まわりを見た。

ストロボが、繰り返し明滅する。

「いいね」カメラを構えた赤倉が、低い声でつぶやいた。

「きょうの八十嶋、ちょっといいよ」

「つぎは1番車、都賀公平選手です」

執務員が言った。

11

夕闇が、冬の蒼空を覆いはじめた。

京王閣にナイターの照明が灯《とも》る。観客席はほぼ満席だ。いつもはほとんど無人の東スタンド席も空席はほとんどない。

開催最終日。

十二月三十日だ。天気は、きょうも快晴。冬型気圧配置が少しゆるんで、風がおさまった。気温は午後四時で十二度である。

萱場美羽は、管理棟の四階にいた。バック側特別観覧席の上の階だ。記者席がある。その奥の部屋がゲストルームになっていて、美羽は、その部屋に案内された。窓に面して、つくりつけの細長いデスクがあり、椅子が並んでいる。

美羽が京王閣にきたのは、第三レースがはじまる直前だった。スクーターではなく、新幹線と電車できた。部屋には、先客が六人いた。どうやら一家族らしい。祖父、祖母、母親、子供三人といった感じである。子供は中学生とおぼしき男の子ひとりと、小学生の女の子ふたりだ。

軽く会釈をして、あいている椅子に美羽は腰を置いた。

窓ごしに、バンクを見おろした。

最初に美羽の目に映ったのは、予想以上の数の観客たちだった。ふだんCSの競輪チャンネルでレース観戦をしているが、観客席がこんなに埋まっているのは、かつて見たことがない。GIでも、スタンド席は空席が目立つ。

第十レースの寺内大吉記念杯決勝が終わったとき、家族連れが大歓声をあげた。優勝したのは、7番車の綾部俊博だ。レース中、子供たちが間断なく「叔父さん、がんばれ」と言っていた。綾部俊博は父親ではなく、叔父らしい。となると、この六人は俊博の兄、綾部光博の家族である。祖父母は、綾部兄弟の両親だ。

ごめんなさいね。

と、美羽は心の中でつぶやいた。

グランプリで勝つのは、由多加なんだから。

「いよいよスタートの時が迫りましたねえ」

背後に置かれたモニターテレビから、女性アナウンサーの声が聞こえてきた。

「歴史の目撃者になりましょう」

ゲストコメンテーターが言う。橋功《はしいさお》。競馬の人気騎手だ。大の競輪ファンとして世間に知られている。そのとなりにいる解説者は昨年のグランプリの覇者、浜國波人だ。怪我をしているらしい。右腕を三角巾で吊り、その上にジャケットを羽織っている。

くやしいんだろうな。

浜國の顔を見て、美羽は、そう思った。昨年のチャンピオンが、今年はグランプリにでられず、テレビ中継のゲストとして京王閣にきている。走ってなんぼの現役選手が、競輪場にいるのに走れない。こんなくやしいことは、他にないはずだ。

視線をバンクに戻した。

背すじがざわついた。

十レースが終わって十一レースがはじまるまでに、東スタンドの様相が一変していた。観客がひしめいている。車券売場に行っていた客が戻ってきて、席に着いたのだろう。いまはもう完全にスタンドが人で覆い尽くされている。見た感じ、立錐《りっすい》の余地すらない。ホームの野外ベンチ席前も観客があふれている。

美羽の搏動が高鳴った。

由多加、大丈夫かしら？

そう思った。ひしめく観客というのは、ライブで経験している。しかし、あの観客数は、せいぜい数百人程度だ。小さいライブハウスだと、数十人でも観客がひしめき合う。何万人、いるのだろう。美羽には、見当もつかない。この膨大な数の観客に囲まれて、まもなく由多加が走る。

あのどうにもチャラい由多加でも、ここで平常心を保てるとはとても思えない。観客数の桁が違いすぎる。あたしなら、足が震えてステージにへたりこむ。もしくは、舞いあがってハイになり、自分を失う。

背後から、浜國の声が聞こえてきた。

「注目選手は、福島の帆刈由多加です。かれが今年のグランプリのキーマンでしょう」

「いま、出走直前の控室で、黒いカバーの２番ヘルメットをかぶろうとしている選手ですね」

アナウンサーが言う。

「ええ、二十一歳の若手です。その思いきりのいい先行でレースの主導権を握り、勝敗を左右する存在になってくれると思います」

「帆刈くんと連携する池松選手はどうですか？」橋が言った。

「浜國さんは、池松選手と一緒に練習をしていたと聞いたんですが」

「池松くんは万全の体調でグランプリに臨んでいます。帆刈くんに遅れることも、他の選手に番手を譲ることもないでしょう」

「選手たちが控室からでてきました」アナウンサーが言った。

「自転車をラックからだして、ストレッチをしたり、気合を入れたりしています」

美羽は敢闘門を凝視した。場内に音楽が鳴り響いている。

敢闘門から選手がでてきた。京王閣のイメージガール、オーバルピクシーの九人がなめ一列に並んで選手のユニフォームカラーに合わせた旗を持ち、それをまっすぐ前方に突きだしている。

花火があがった。爆発音が轟き、走路の両脇に置かれた黒いガスバーナーのノズルから、断続的に炎が吹きだした。

先頭は9番車の瀬戸だ。一礼し、ピストに乗って中央走路をゆっくりと進む。8番車の才丸が、それにつづいた。さらに、池松、室町、八十嶋、綾部、舘、帆刈、都賀がスタートラインへと向かう。

選手全員が発走機前に着いた。後輪をはめこんで、セットした。

サドルにまたがる。クリップバンドを締めた。

都賀は拳を握り、丹田《たんでん》に力をこめた。静かに息吹をおこなう。頭に言葉が浮かんだ。

拳禅一如《けんぜんいちじょ》。空手道場に、そう書かれた額が掲げられていた。

動じるな。冷静を保て。いまは輪禅一如だ。無の境地に至れ。押忍。

帆刈は、わくわくしていた。心が弾む。すげえことになっている。大観客だぜ。武道館でライブやってるみたいだ。ちくしょー、一度でいいから、やってみたいよお。

薄く笑った。まずいと思いつつも、にやけた顔になってしまう。むりやり頬を引き締めた。

舘は東スタンド席に視線を据えていた。そこにバラージュ小隊の横断幕がある。だが、この横断幕をつくってくれた同志は、ここにいない。かれらは、かれらの戦場である東京ビッグサイトにいる。そこで、同人誌を売りまくっている。

新幹線の中で、メールを受け取った。レースは携帯のワンセグで見る。撃破せよ！　戦士黒バラ。そう記されていた。

綾部はユニフォームの衿をつかみ、胸もとを広げて、そこに顔を半分入れた。そのまま、しばし瞑目する。是沢順四郎の言葉が聞こえてくる。子は親の背中を見て育つ。親父の力を見せつけろ。

そのとおりだ。だから、家族を京王閣に呼んだ。どこにいるのかはわからないが、どこかで自分を見つめている。恥ずかしいレースはできない。

八十嶋は穏やかな表情とは裏腹に、少し興奮していた。五年待った。もう待てない。グランドスラマーにしてグランプリチャンピオン。その称号を俺は獲る。

指を組み、腕を頭上に挙げて、背すじを思いきり伸ばした。

室町はてのひらで顔を覆った。動きを止め、小声でつぶやいてる。天下布武。俺は信長になる。輪界の頂点に立つ。

しっかりと自分に言い聞かせた。

池松ははやる気持ちを必死で抑えていた。明鏡止水《めいきょうしすい》。我慢する木に花が咲く。浜、実況席で解説しながら見てろよ。絶対に追いついてやる。

鋭い声を発した。気合を入れ、二度、手で顔を軽く張った。

才丸は両手を脇にだらりと下げ、腕全体をぶらぶらと揺すっていた。リラックスのための儀式だ。これで五輪の銀メダリストとなった。

しかし、もうオリンピックは卒業だ。つぎは競輪で表彰台にあがる。もちろん、今度は銀じゃない。絶対に金だ。金メダルだ。

瀬戸は両手を左右に広げ、深呼吸をした。思いはひとつしかない。夢をかなえる。俺の夢は師匠の夢。かなえれば、ふたりぶんの夢がいちどきにかなう。

息を吐いた。すべて吐ききり、ハンドルを握った。深い前傾姿勢をとった。

号砲が響く。

スタートした。

四百メートルバンクを七周。二千八百二十五メートルのレースがはじまった。

牽制はない。帆刈が勢いよく飛びだした。そのあとを追うのが、都賀、舘、綾部、瀬戸だ。あとの四人はひとかたまりになって、ゆっくりと前にあがっていく。

位置取りがはじまった。

帆刈のうしろに池松が入った。都賀の前には舘がくる。前後が入れ替わった。舘のラインはいちばん長い。都賀の背後に室町がついた。しかし、室町は共同インタビューで、「とりあえず近畿勢の三番手」と言った。場合によっては、他のラインに乗り換えるかもしれないという微妙な言いまわしである。

関東は綾部と八十嶋のふたりだ。瀬戸の番手は才丸で、中国九州ラインをつくる。前にでるのが遅れ、最後尾になった。瀬戸の狙いは帆刈を先行させての捲りだが、この場所はいまひとつ希望どおりではない。

位置取りは、一周半で落ち着いた。午後四時半を過ぎて陽が落ち、宵闇が京王閣を覆っている。ナイター照明が煌々《こうこう》と照らしだすバンク上を、先頭誘導員に引かれた選手たちが、一列棒状で静かに周回を重ねていく。いつもより二周多い周回数だが、見ている者はそれを長いと感じない。むしろ、高まっていく緊張感で肩に力が入る。観客たちの目は、九人の選手に釘づけだ。

残り二周半となった。赤板前のバックを過ぎた。そこで瀬戸と才丸が動いた。腰をあげて前に進み、帆刈の横に並んだ。

しばらく併走する。まだ誘導は外さない。

ホームを通過した。一コーナーに入った。帆刈と池松が下がった。綾部と八十嶋が外にでて才丸のうしろにあがってくる。舘、都賀、室町もそれにつづいてきた。

下がろうとする帆刈の外側を近畿中部ラインの三人が押さえた。怖いのは、爆発的な帆刈のカマシ先行だ。バックから再び先頭にでてくるであろう帆刈を、そのまま加速させてしまうと厄介なことになる。踏みだすタイミングをできる限り遅らせたい。

鐘《ジャン》が鳴った。と同時に、瀬戸が速度をあげた。誘導をかわして先頭に立ち、インにつく。ついて、少し足をゆるめる。意図的な減速だ。うしろを振り返り、瀬戸は後続の様子を見た。

帆刈が下がりきった。近畿中部ラインの包囲から逃げた。内に包まれなかった。

下がって、踏み直した。

くる。東北の超特急が一気に突っこんでくる。

合わせられるか？

瀬戸は再び腰をあげた。

最後尾から帆刈と池松がきた。

まっすぐにはこない。二センターから四コーナーを駆け登った。

山降ろしだ。誰も牽制できない。

瀬戸が加速する。

抜かれた。帆刈と池松が、隊列の先頭に飛びだした。集団が一瞬にしてホームを過ぎる。残り一周だ。

舘が帆刈を追ってでてきた。瀬戸とともに、池松のうしろを狙った。瀬戸の真横に、舘がきた。邪魔だ。瀬戸は捲りにでられない。舘に頭突きを食らわせて、どかそうとする。舘も頭突きでやり返す。後続の勢いがそがれ、帆刈、池松との間に少し口があいた。

このままだと、帆刈に逃げきられる。北ラインにとって、絶好の展開になる。

激しくやり合っている中国九州ラインと近畿中部ラインが、一センターでバンク上方に浮いた。内側がぽっかりとあいた。

綾部がインをすくって前にでた。とにかく帆刈を追わないといけない。瀬戸があわてて綾部を牽制しようとするが、間に合わない。

すかさず室町が切り換えた。近畿ラインから離脱し、八十嶋の背後へともぐりこんだ。

最終バックで、綾部が池松に迫る。彼我《ひが》の距離を詰める。すさまじい高速レースだ。

あと半周を残して、誰もがもう全力疾走である。

二センターから四コーナーへ。まだひとりも大きく遅れていない。九人がおおむね一団となって、ホームの直線へとなだれこんでいく。

横に広がった。さすがに帆刈が疲れた。速度が鈍っている。しかし、あと五十メートル。必死でもがく。

池松が外にでた。内には綾部がいる。さらにその内には八十嶋と室町がきている。一方、池松の外側には、舘、瀬戸、都賀、才丸が競り合うようにしてあがってきた。この四人も、まだ脚が終わっていない。

ゴールが迫った。

舘と瀬戸の間がわずかにひらいた。そこに都賀が中割りをかけた。小さなからだで頭を振り、舘と瀬戸をどかす。どかして自分の進む道をつくり、池松を追う。落車覚悟の強引な戦法だ。舘と瀬戸は抵抗する。その間隙を才丸が狙う。綾部も八十嶋も室町も、前にでてくる。九人の選手、譲る気はかけらも持ち合わせていない。自分が勝つ。その一心で、ただひたすらに決勝線をめざす。

九車。

ひとつの塊と化して、ゴールに突入した。

どよめきが夜空をつんざいた。

12

京王閣の選手通用口の門がひらいた。

八十嶋誠のミニバンがゆっくりと、その門をくぐる。

いったん停まった。

門の外に出待ちのファンがいた。ざっと二十人。まもなく午後八時になる。この寒空の下、でてくる選手を二時間以上も待っているのだ。そのうちの数人が、ミニバンに駆け寄ってきた。色紙を手にしている。

八十嶋は窓をあけ、色紙を受け取った。サインをして、戻す。

道路にでた。

多摩川沿いを西に向かって走った。

しばらく行くと、道が鶴川街道と交差する。右折した。まっすぐ進めば、甲州街道だ。中央自動車道の調布インターチェンジが近い。

コンビニがあった。駐車場に入った。

ミニバンを停め、先ほど選手管理から返してもらった携帯電話を、八十嶋は上着の内ポケットからだした。

メールの着信を調べる。

何通か届いていた。リストを表示させ、発信者を確認した。

富子の名があった。

そのメールを読んだ。

「ご苦労さま。いいレースでした。残念だったけど、また来年の目標ができたわね」

そう書かれていた。

来年の目標か。

八十嶋は苦笑した。

そうだな。

小さくうなずいた。

グランプリは最高の目標だ。来年は四十五歳。しかし、グランプリという目標があれば、もう一年、やっていけるかもしれない。富子もきっと一緒にがんばってくれる。

返信メールを打った。

「すぐに帰る。きょうはもう寝なさい」

送信した。

しばらく待った。

メールがきた。富子からだ。

読んだ。

「起きて、待ってます」

「やれやれ」八十嶋は肩をすくめた。

「あしたは大晦日《おおみそか》だ。何かあっても、先生はきてくれないんだぞ」

うれしそうにぼやいた。

本作は、二〇一一年六月に早川書房から単行本として刊行されました。
二〇一〇年度の競輪ルール、開催要綱等に基づいて構成されています。
登場人物、組織、事象等はフィクションです。

あとがき

わたしがはじめてKEIRINグランプリを目にしたのは、二〇〇六年の京王閣である。仕事ということで、いきなり検車場に入れてもらうことができた。仕事を依頼したのは、KEIRINマガジン編集長の若生武則さんである。グランプリのレポートを書いてみないかと言われ、競輪のことなど何も知らないまったくの素人にもかかわらず、即座に引き受けた。

グランプリはすごいイベントだった。競輪自体は、それまでに何度か観戦していた。自転車に乗りはじめて、オリンピックやワールドカップのトラック競技にも興味を持ったわたしは、世界のトップ選手が参加するということで、国際競輪を見るために京王閣に通っていた。グレードはFIである。おもしろかった。ロードレースとはまったく違うが、間違いなく、これは自転車競技である。ギャンブルでなくても、見る価値は十分にあるスポーツだと確信した。

しかし、グランプリは通常の開催とは完全に別物だった。選手にとっても、観客にとっても特別な存在。そういう印象を強く受けた。

十二月三十日に一レースだけおこなわれる、輪界の頂点を懸けた九選手の死闘。もうそれだけで、ドラマである。当時の競輪選手の数は、およそ三千五百人。この場にくるだけでも、気の遠くなるような過酷な戦いを勝ちぬいてこなくてはならない。その裏には、さらに熾烈なドラマが秘められているのである。

その後、若生さんには競輪の知識を深めるためのさまざまな機会を提供していただいた。それにより、多くの貴重なシーン、選手の日常生活、戦いと鍛錬の日々を直接、目にすることができた。本当に感謝している。そのおかげで、この『グランプリ』を上梓《じょうし》することが可能になった。小説はアイデアや構想だけでは書けない。そういったものを具体的にひとつの作品として結晶させるための知識、経験が必要となる。それを、わたしは与えてもらう機会を得た。ひじょうに幸運であった。

ところで、小説の末尾に、わたしは、
本作は、二〇一〇年度の競輪ルール、開催要綱等に基づいて構成されています。
と書いた。
競輪は、しばしばルールが変わる。また、開催されるレースやその要綱も、年によって変化する。本書の執筆中も、いくつかの変更が発表された。そのことについて、簡単に記しておこう。

　まず、高松宮記念杯競輪を開催していた大津びわこ競輪場が、二〇一一年の三月に廃止された。これはもう、実に残念でならない。とりあえず二〇一一年度の宮杯は、前橋競輪場で開催されることが決まったが、こういった伝統的なレースは、単純にどこかで開催されればいいというものではないのである。事情はいろいろとあったのだろうが、ここはなんとしても競輪場の廃止だけは避けていただきたかった。

　また、いくつかの特別競輪の開催が見直され、二〇一二年度以降のレーススケジュールから消えることになった。

　SSシリーズ風光る（GⅠ）、SSカップみのり（GⅠ）、東西王座戦（GⅡ）である。年に二回おこなわれていた共同通信社杯競輪（GⅡ）は年一回の開催となった。同時に、十八人いたS級S班の選手がグランプリに出場した九人だけになることも発表された。ヒエラルキーのトップは、ますます狭き門になるのである。

　それと、本書の第五章六節で「勝ちあがりは複雑」と記したオールスター競輪の概定《がいてい》番組（トーナメント表）だが、これも、大きく見直され、よりわかりやすいものに変わった。敗者復活戦がなくなり、これについては、ひじょうにすっきりした形になった。もはや複雑ではない。

最後になってしまったが、本書の執筆にあたっては、先に紹介した若生武則さんをはじめとして、多くの人たちにお世話になった。この場を借りて感謝の意を表したい。KEIRINマガジンの中村美智留さん、漫画家の石渡治さん、一本木蛮ちゃん、競輪を統括するJKA、本書に登場する日本各地の競輪場と山梨県境川自転車競技場のみなさん、大橋豊さんには、取材においてひとかたならぬご尽力をいただいた。加藤慎平選手、小嶋敬二選手、新田康仁選手、深澤伸介選手、後閑信一選手といった競輪選手の方々もそうだ。プライベートなことも含めて多くのことを尋ね、教わることができた。とくに、加藤選手にはさまざまな形でお力を貸していただいた。ただもう感謝するしかない。ご迷惑をおかけしたことへのお詫びとともに、心からお礼を申し上げる。

ありがとうございました。

二〇一一年春　　　　高千穂　遙

本書を脱稿する直前に東日本大震災が起きた。多くの方がこの未曾有の災害の被害に遭われ、競輪選手の中にも被災された方がいた。競輪場も、取手やいわき平がバンク、施設に少なからざるダメージを蒙った。

地震災害の犠牲となった方々に、心から哀悼の意を表する。
東北がんばれ。日本がんばれ。
その思いをこめて。

巻末エッセイ

競輪の物語は続く

芸人
玉袋筋太郎

「今年の競輪グランプリは本当に素晴らしいレースだったなぁ……でも車券は、はずしちまったけどよぅ……」

本作を読みながら登場選手達のエピソードに感情移入し、実際に競輪グランプリを予想してしまう自分がいた。車券を的中して配当を受け取るのがギャンブルの一番の醍醐味なのだが、はずしてしまっても、なぜか清々しい心地よさになってしまうのが競輪だ（本当は的中して豪快に夜の街にくりだしたいのだけども）。

この作品を読み終えた私は思わず、京王閣競輪場のレースが終わってから必ず飲みに行く、京王閣に一番近い居酒屋「八重」に飲みに行きたくなった。本作の「KEIRINグランプリ」で自分勝手に予想した車券が全てパーとなりオケラ状態であるにもかかわらず。現実に京王閣競輪場でオケラになっても飲み行って仲間とレースの反省会をする安い居酒屋。オケラのくせになぜ居酒屋へ行けるのか？　それは京王閣に遊びに行くと誰かしら仲間がいて、一人ぐらいは勝っているので、その人間にたかって飲めるから行くのである。

高千穂先生の敢闘精神溢れるこの一冊は、選手側の競輪のドラマが描かれている。登り口はそれぞれ違えども目指す「頂」はひとつ、選手・家族・仲間たちの痺れるような物語。また、私のように客席から車券を買って、安い居酒屋で競輪について「あ〜だ」「こ〜だ」と酔っていくのもまた競輪のドラマである。選手側のドラマと、こっち側のドラマを総てひっくるめて、肩までドップリ浸かれるのが競輪だ。

本当は肩というより口元ギリギリで息ができなくなるほどまで、否、沈んでしまうほど浸かってるんだけども。

それまでギャンブルに興味がなかった自分だったが、普段自転車に乗って仕事現場に通っているという情報を聞きつけた番組制作会社が、「自転車好きの玉袋を呼んだらいいんじゃねぇ……」的な感覚で競輪のビッグイベントに乗っかった番組にゲストで呼ばれたのが競輪との出会いだった。

ロードバイクに乗ってはいたが、全く競輪の世界を知らないオレは福島のいわき平競輪場でのオールスター競輪の現場で『当たらないのは当たり前なんだから、なんでもいいから適当に車券買って番組成立させればいいんだろ！』てな気持ちで車券を買ったら、いきなり万車券を的中！　現場のいわき平競輪に向かう頃の財布が「せんべい」ほどの厚みとしたら、収録終わり帰りの財布の厚みがビッグマックを重ねたほどの厚みになっていたからさぁ大変！　すっかり浮かれて「競輪って最高じゃん！」と事あるごとに声を大にして発していたら競輪場でのステージの営業の仕事が入った。Ｆ２のナイター開催の京王閣、レースの間の時間の十分ほどのステージを二回というものだった。

一度のビギナーズラックだけで、競輪を知る努力もせず臨んだオレのステージは芸人として本当に恥ずかしい落車失格で斡旋《あっせん》停止になるような惨憺《さんたん》たるステージとなった。営業で呼ばれたのでダメなステージでもギャラは当然頂く、これじゃオレは泥棒同然だ。そこから一念発起！　競輪選手よろしく、もがくように競輪に没頭するようになり今に至っている。

競輪場で出会った仲間達の物語。

京王閣でいつものように端っこのラーメン屋で酒を飲みながら若い衆と競輪を打っていたテーブルに「あっ玉ちゃん、ちょっとここいいですか？」と相席になったオジさん。内心、面倒だけど外面《そとづら》よくする為に「どうぞ、どうぞ！」とにこやかな私。

さぁレース発走！　アチャ〜毎度のことはずれ！　すると相席のオジさんが的中！「ちょっと払い戻してくるから」と席を立ち、戻ってくるなり「ハイ、これ」と私と若い衆にいきなり一万円ずつのご祝儀《しゅうぎ》を切ってくれた。さっきまで相席で面倒なオヤジと思っていたのに、ご祝儀配られると私と若い衆の口から、打ち合わせもせずに出た一言「神様ありがとうございます！」それから、そのオジさんは「神様」と綽名《あだな》されて仲間になった。しかしそれ以降、神様はまったく力を発揮せず今では「紙様」と呼ばれるようになった。

立川競輪場の物語。

「オイ！テメェ～玉袋だな！」と絡んできた酔ってフラフラのオジさん。「いいかぁテメェ～！競輪なんてものなんかやるんじゃねぇぞ！ったく！」自分は競輪場にいるにもかかわらずの物言いである。

「やるもやらないも、オジさんだって競輪場にいるじゃねぇか！」と跳ね返してみると「うるせぇ～いいから競輪なんかやるんじゃねぇ！オレなんかよぉ家を何軒取られたと思ってんだよぉ！」こっちの知ったこっちゃない事をのたまう。

「わかるけど、オジさん、こうして競輪場にいるじゃねぇの！」ともう一度跳ね返すと、オジさんキレ気味になり「うるせぇ～お前オレをなめてんのかぁ～」舐めたくもないオジさんである。

「おい、オレはなぁ、こう見えても赤レンガに入ったこともあるんだぞ！」赤レンガ？そうか刑務所か！

「家も取られて、ムショにも入ったオジさんに正論なんかないだろうよ！」と、その日は勝っていたのでビール奢《おご》ったら欠損している指を合わせて「なっ、話せばわかるだろ！　競輪は最高だぞ！」と、取っ掛かりから全く違うことを言いながら去っていったオジさん……。

こんなドラマは競輪に出会わなければ絶対にお目にかかれない。こんな人達も私も人生をもがきながら最後は選手達と共にKEIRINグランプリを目指すのだ。

嗚呼、遙かなる競輪の物語は永遠に続く……

著者略歴　1951年生，法政大学社会学部卒，作家　著書『ダーティペアの大冒険』『ダーティペアの大征服』『連帯惑星ピザンの危機』『ガブリエルの猟犬』（以上早川書房刊）他多数

HM=Hayakawa Mystery
SF=Science Fiction
JA=Japanese Author
NV=Novel
NF=Nonfiction
FT=Fantasy

グランプリ

〈JA1304〉

二〇一七年十一月 二十 日　印刷
二〇一七年十一月二十五日　発行
（定価はカバーに表示してあります）

著　者　高《たか》千《ち》穂《ほ》遙《はるか》
発行者　早川　浩
印刷者　草刈明代
発行所　株式会社 早川書房
郵便番号　一〇一 - 〇〇四六
東京都千代田区神田多町二ノ二
電話　〇三 - 三二五二 - 三一一一（大代表）
振替　〇〇一六〇 - 三 - 四七七九九
http://www.hayakawa-online.co.jp
乱丁・落丁本は小社制作部宛お送り下さい。
送料小社負担にてお取りかえいたします。

印刷・中央精版印刷株式会社　製本・株式会社川島製本所

ISBN978-4-15-031304-3 C0193

本書は活字が大きく読みやすい〈トールサイズ〉です。